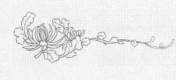

商女高嫁

下

文創風 389

輕舟已過 著

目錄

第二十一章

「織造聯盟」名下已經聚集三十二家中小織造坊，六千石稻穀籌備得很快，閻大掌櫃也絲毫不含糊，當場將詳細的花楝織造工藝冊子交給了他們的代表。不過，臨別前，代表聯盟的黃大掌櫃收到了一張白素錦親筆題寫的邀請帖，十日後，請聯盟內所有織造坊東家到小荷莊一聚，共賞妙物。

織造聯盟後，又有兩批人送糧過來，同樣收到了白素錦的帖子。

秦五爺與汪四爺自然也聽說了這件事，猜不透白素錦的用意，可手裡又沒有邀請帖，只能乾著急。

第三份織造工藝冊子送出去後的第三天便是帖子上所約之期。

能被琢磨出花楝的小荷莊莊主稱為「妙物」，想來定不會差。是以，離約定時間尚有半個多時辰呢，受邀之列的各家織造坊東家們就已紛紛到齊。

蓮湖的湖心亭寬敞清透，花楝借助繡工製成的屏風錯落有致擺放於亭子四周，涼風穿習，拂面清爽，佐以一壺清淡的綠茶，遠眺開去，山水田園之間，悠然宜興。

好個小荷莊，不愧錢塘許家的手筆！

白大太太在世之時為人行事特別低調，甚少參加別家後院女眷的聚會不說，自己也極少邀人小聚，是以沒多少人有眼福能一覽小荷莊內的景致，如今得將軍夫人邀請，從外門一路行來，直到蓮湖的湖心亭，窺到的不過是冰山一隅，卻真切感受到了被譽為大曆「五大私園」之一小荷莊的秀美精緻。

白素錦提前一刻鐘到湖心亭，穿過蜿蜒的水上遊廊，剛出現在眾人視線之內，諸位東家便紛紛起身欲行大禮。

雖在小荷莊，但往日的白三姑娘如今已是有誥命在身的撫西大將軍夫人，饒是臨西「四象」之家的東家見了，那也是要大禮相見的，何況他們這些小家小戶。

白素錦緊走兩步上前，免了眾人的見禮。

「今日特地選在小荷莊招待各位東家，就是因為咱們大家都是布行的商友，諸位無須多禮。」

在座的個個浸淫商場多年，見白素錦並非虛意客套，就客隨主便。可雖然大禮省了，舉止神情間卻很是敬重。

「承蒙諸位東家對花綀的錯愛，按理說，本不該在這個時候占用各位的寶貴時間，但今日聚到一起，想必大家也看出來了，在座諸位手中的織造坊在規模上來說，應當與我小荷莊的相仿，即便是大，怕是也大不出多少，但是，我莊上的織工們，現下三個人一天就能織出一疋花綀。」

白素錦此話一出，當下引起一片質疑聲，即便是織麻布，也不能達到這個速度，何況是紗線如絲一般的花練！

白素錦也不急著回應，朝關管事做了個手勢。沒一會兒，四個織工就抬著兩個大件東西過來，上面都蒙著一層紅布。

東西被抬到眾人與白素錦座位之間的空地上，放穩後，待白素錦點頭，關河抬手便將覆在上面的紅布揭開。

人群中響起無數道抽氣聲。

展現在他們眼前的，赫然是四錠腳踏紡車，以及改良後的織機！

「我小荷莊出花練多，織工手藝好是一方面，另一方面是織具夠精、夠趁手（注）。用這兩件改良後的織具紡紗織布，起碼也能比平時快出一倍。更妙的是，這架改良後的織機織錦時，一改往日慣用的經線起花，使用緯線起花，織出來的麻錦雖仍不如絲錦那般精緻，但同現下相比如何，諸位親眼看看便知。」

白素錦話音未落，宋嬤嬤帶著雨眠幾個丫頭手腳麻利地將托盤裡裁成小塊的麻錦分到各桌。

蠶絲精貴，所織的尋常絲帛都不是一般市井人家所能消費的，更不要說絲錦了，即便是在座的這些個人，雖頂著織造坊東家的名頭，每季能給府裡添置幾疋絲綢已屬不小的花費。

麻錦，在行市間又被稱作粗錦，算是絲綢和麻布之間的中階產品，有著並不輸於絲綢的

注：趁手，意指使用起來順當、方便。

市場。

在座的東家們再次被震撼到，翻來覆去仔細端詳著手裡的那塊布料，捨不得放下！

於是乎，視線再度投諸到亭子中的兩件織具時，彷彿餓了好幾天的人看到了噴香的大米飯。呃，就眼神的火熱程度看，白素錦覺得滿漢全席似乎更貼切。

「獨樂樂不如眾樂樂，今日請諸位東家來，坦白說，就是為了這兩件東西。先頭因為花練，咱們也算是打過交道了，我這個人，最是喜歡開門見山、明碼實價。」白素錦眉眼清和從容地掃了一圈眾人。「一萬五千石中等米稻穀，易兩件織具的打製圖紙。」

一萬五千石?!

聽到這個數，在座眾人不禁腦袋嗡了一聲。

今日受邀的三股東家，合計四十八位，一萬五千石中等米稻穀，折合成白銀是兩萬七千兩，各家平攤，五、六百兩，不算少，但同兩件東西的價值相比，簡直是撿到寶。

可要命的是，這大將軍夫人、小荷莊的東家她不要銀子，只認稻穀！

前陣子三股人打劫似的緊著從市面上各自搜羅了六千石稻穀，合在一起就是一萬八千石。

那可是整整一萬八千石啊！

整個臨西府市面上流通的中等米稻穀又能有多少？現在又要一萬五千石！

不是沒人想討價還價，可瞧瞧白東家的臉，再想想眼前這兩件東西的精貴程度，長點心的人也張不開這嘴。

許大管事站在屏風一角，看看急得恨不得團團轉的東家們，再看看自家悠然旁觀的主子，心裡默默給眾人點蠟。自家莊主偶爾惡作劇一把，只能慣著了。

「白東家，您看，這籌糧的期限能較上次給的再寬鬆些嗎？一萬五千石中等米稻穀，僅在臨西及周邊幾個府城採買，一來不易，二來怕是要引起米市的不安。」茂昌織造坊的鄭老東家於在座眾人中年紀最長，被推出來做了代表。

「自然如此。」白素錦徐徐一笑。「此次專程將諸位請到這裡，是因為這兩件織具，我只打算與諸位糧易，再不會易出第二次。時間上，諸位莫多慮，一個月內籌糧到位即可，而且，我尚有個提議，還請各位東家參詳。」

「白東家儘管說。」鄭老東家一聽有一個月的時間，總算鬆了口氣，心下歡喜得不行。

「這次諸位東家能拿到花練的織造工藝，俱是彼此合作所致。人多力量大，這世上的銀子是賺不完的，單靠一家之力，所得不過微薄，若我們彼此合作，互通有無，豈不更好！所以，我也是受了諸位的啟發，想著不若我們在座這些家都歸到『織造聯盟』旗下，定制個具體的章程出來，將咱們臨西的中小織造坊擰成一股繩，在布業裡好好闖他一番，如何？」

「妙甚！」

「當行！當行！」

因著白素錦一番話，整個湖心亭如一鍋煮開了的水，沸騰不已。

「既然白東家有此提議，想來必是已有了章程輪廓，今日咱們各家東家齊聚，您不妨給我們具體說道、說道。」鄭老東家一張老臉都激動得泛了紅。

許大管事默默往屏風後蹭了兩步。自家莊主忽悠人的本事漸長，漸長……

白素錦看著半邊身子隱到屏風後的許寬，不急不緩地說道：「此想法雖是我一時興起萌生，但具體的章程都是許大管事領著幾位主事琢磨的，還是讓他來給各位東家說說吧。」

得，莊主不僅嘴上功夫漸長，眼神兒也越來越毒辣了！

許大管事挺了挺肩，邁步走上前來，開始用自己的話翻譯日前主子交給他的那份章程。

正式的「織造聯盟」成立後將會統一定價、合理優化販賣地界、聯合收購原麻和麻紗等原料，相應的成立核價部、售賣部、採買部及綜合調度部。此外，還要成立工藝部。哪家研究出了新的工藝，就報給工藝部，聯盟內各家可以享受優惠，然後由工藝部代為對外售賣該工藝，所得收益三七開帳，研究出工藝的那家拿七成，餘下的三成用於聯盟內統一採買原料時的補貼，惠及各家。

當然，享受聯盟帶來實惠的同時，各家也要承擔必要的責任。這第一點、也是最重要的一點，就是誠信。尤其是在工藝上，私下販賣最新工藝的，一旦發現，即可逐出聯盟，永不再納不說，還會受到整個聯盟的合力打壓。

許大管事在解說時，尤其著重強調了責任這部分。

先禮後兵，這是他在這次風波中從自家莊主身上見識到的。

「若諸位有志一同，那花絨和這兩件織具，便算作是聯盟內的第一批共用工藝。」待許大管事詳述完畢，白素錦接過話。「此事對在座各家都是大事，需慎重考慮，這樣吧，月底。這個月月底，還是在此地，還是帖子上的時辰，有意的東家憑手上的帖子直接過來即可，如何？」

實際上，在座之人幾乎都已動心，但既然白素錦這麼說，自然紛紛應下。在一個小丫頭面前太過急切，臉面上似乎有些過不去啊……

甭管臉面上過不過得去，為了讓白素錦了然，這些個商海裡翻騰的浪裡白條們可絲毫沒掩飾地將心意表現在臉上。

白素錦察言觀色，心下也有了底。

你好、我好、大家好，多好！

「另外，還有一事要請大家幫個忙。前些日子我同二叔、蘇、秦、汪三家還有六大糧行的東家們聚在一起吃了頓飯，席間聽幾位東家講，名下的糧行和田倉都沒多少存糧了，所以啊，我就想著，這回諸位東家合力籌備這一萬五千石稻穀，就不要為難那幾位東家了，還是從遠一些的外地採辦比較好，時間上若是吃緊，一個半月也是可以的。」

白素錦元味樓宴請那十位東家之事，臨西商界有頭有臉的人就沒有不知道的，白素錦眼下這般說，在座的這些人豈會聽不出話裡的意思，當即紛紛應下。

外地購糧的藉口好找得很，何苦不賣這個人情給白素錦呢？再說很快就要綁到一起了！

送走這四十八位東家，白素錦負手站在蓮湖邊，遠遠看著那一大片花期將過的棉田，微微瞇起眼睛，似自語，又似對身側的許大管事說道：「當日給架了梯子不要，日後想再搭上來，可就沒梯子嘍……」

白素錦一下子邀請數十位織造坊東家，秦五爺和汪四爺直覺不簡單，一直密切關注著，可白素錦手下的人，不管是小荷莊的，還是大將軍府的，想要從他們嘴裡探聽點東西出來甚是不容易，只能從受邀的那些個東家身上下手。

可這回真是邪了門了，任五福和榮生兩家大掌櫃如何周旋，眾家只一致口徑——就新買到手的花練工藝交流了一番。若是再問他們為何繼續採買稻穀，甚至不遠幾百里從滇、黔、兩湖地區採辦，這些個東家就個個找理由搪塞，要不就三緘其口、避而不談。

異象之下必有隱情。

秦五爺與汪四爺心中不安愈甚，一時卻也沒什麼法子，只得靜觀其變。

許大管事最近也被一件事困擾著寢食難安。

「莊主，從城西大營撥出來的那三萬石稻穀已經安置在莊子外園的庫房裡了，東溪鎮莊子上還有兩萬石淘汰下來的，您看，是不是分批送到豐泰，讓江海把價錢折得再低一些，這兩年滇南、黔中一帶多災荒，這些摻了半夏米的稻米雖然在口感上會差很多，但只要價格便宜，應該很快就能脫手。」

整整五萬石啊，如今天氣炎熱、雨水豐沛，半夏米極容易返潮，幾萬兩銀子轉眼就會打水漂。許大管事現在晚上一閉上眼睛，腦海裡出現的就是一滿倉一滿倉發了黴的稻穀。

作孽啊，逮到摻半夏米的罪魁禍首最好連頓砍頭飯也不給，讓他做個餓死鬼！

白素錦仔細瞧了瞧許大管事，這些日子應該是沒睡好，隱隱都現出黑眼圈了。

「這是一早陸總兵派人送來的回信，大管事過目看看，我已經派人去商行請劉大掌櫃了，林大總管稍後也會過來，到時候咱們一起議一議，看這五萬石稻穀如何運過去。」

信封上有明顯的加急、加密標識，許大管事接過來後抽出、展開裡面的信紙，狂放遒勁的飛揚字體映入眼簾，可許大管事絲毫欣賞書法的心情都沒有。

「莊主的意思……是要用這五萬石粳稻換一萬石糯稻？」許大管事的手有些發抖。

滇省百姓多種糯稻，價錢與粳稻相仿，如今用五萬換一萬，這也太敗家了吧……

許大管事默默暗忖，可轉過心思又一想，為了堵軍糧這個大缺口，自家莊主眼睛都沒眨一下就把花練工藝和兩件織具給甩出手了，五換一這事還真幹得出來！

近來或許是與林大總管交道打多了，許大管事裝植物的功力越發見長，難得見到他失態，白素錦覺得心情……略爽。

整個討論過程中，林大總管和劉大掌櫃也發現了，今兒白素錦的情緒很高。

與滇北總兵陸鵬越聯繫本來就是林大總管建議的，可見他是個足以信任之人，由他牽線搭上滇省總督，這五萬石稻穀的買賣一錘定音。

五萬石稻穀流出川省，無論分幾批，勢必都要被人關注，若再銷往災區，那後患怕是更無窮無盡了。既如此，那還不如直接找一個能扛得住麻煩的大買家！

而且……

白素錦唇角微微勾起，想到了什麼有趣的事似的，原本就如黑晶石一般的雙眸越發璀璨流轉，看得書房內另外三人眉心直跳。

就他們這段時間來的觀察所得經驗，每次白素錦露出這樣的笑意，眼睛滴溜溜直轉的時候，就是有人要倒大楣了。

這批稻穀將會全部交由許家商行代為運送，東溪鎮莊子上那兩萬石已經在運返臨西的路上，再過五、六日便可到，屆時，這五萬石稻穀將會從臨西萬順碼頭出發，分三批，沿濟河而下，然後在進到滇北後，轉入青河，在滇中康來碼頭登陸，交給滇省總督派來的迎糧官就行。

「這批糧食一進滇中，怕是不速之客就要上門了。」林大總管眉宇間透著淡淡的憂慮。甫起意，白素錦第一時間就諮詢過林大總管，對他口中所說的不速之客早有心理準備。

「戰士們的血，絕不能白流。」

許大管事和劉大掌櫃或許聽不懂白素錦這句話中的深意，但林大總管出身林家，這麼多年來又追隨在周慕寒左右，豈會聽不出來她的意思，當下頗為吃驚。「莫非夫人您一早便打算將此事鬧大，進而引起朝堂關注，派遣欽差大人過來徹查倉糧一事？」

白素錦勾了勾嘴角，笑而不答，意思再明白不過。

隨著第一批裝滿稻穀的商船駛離萬順碼頭，白素錦的生活彷彿又回到了最初的悠閒時光，但似乎又隱隱更似暴風來臨前的寧靜。

無論哪種情況，白素錦都決定好好休憩一番。即便做了再精細的腹案，可現實的走向總是充滿了意外，白素錦人前從容自若，背後卻實打實地寢食難安，因為哪怕是極小的一步誤差，都是她所不能承受的。

白素錦以肉眼可見的速度瘦下來，身邊一干人看在眼裡急在心上，如今好不容易能喘口氣，身邊這些人恨不得把她圈起來當寵物養，尤其是在廚房「隻手遮天」的趙嬤嬤，一天三頓變著法兒給她大補不說，點心全天候供應，晚上還要加一頓夜宵，效果很快顯現，沒出幾天，白素錦就淌鼻血了……

白素錦連喝了三天白粥，嘴巴裡淡得直想撓牆，好在清淡飲食的醫囑沒幾天，結束的時候，中秋節也到了。

這是嫁為人婦後的第一個中秋團圓節，儘管大將軍出征在外，可作為府裡唯一的主子，白素錦怎麼著也得把門面撐起來。比照著小荷莊上長工們的福利標準，府裡的下人每人也得了二兩銀子的過節紅包，許大管事等一干主事的福利自然更為優渥，尤其是關河和趙士程，甭管周慕寒回來後如何嘉賞，自己這一份可不能省。

白素錦授意下，中秋晌午這天，大將軍府和小荷莊兩處開席，廣蚨祥、豐泰糧行和普潤茶行三家的掌櫃、夥計聚到莊子上，御風馬場的聚到府裡，分別由許大管事和林大總管主持節宴。

按照修改後的規矩，中秋節當日休假，晌午參加節宴的都是家工和長工，前陣子的動盪不安中，這些人是幫著度過危機的主要力量。白素錦雖接觸頗多史料，深知這個社會體制的遊戲規則裡，「為奴者役於主」，尤其是買斷了契約的，說是生殺予奪皆在主人之手也不為過，然而，這些對白素錦來說，仍舊還停留在書面文字上，現實裡，她還是以現代員工的身分來定義他們，不同在於，簽訂合同的長短而已。

所以，調整工時、提倡多勞多得、優化福利……白素錦憑著當初在表哥公司人力資源部實習時的經驗嘗試著將現代企業管理的一些基本概念移花接木到這個世界。

充滿著風險，但她決意一試。不為虛名，只是覺得那些單純憑藉勞力過活的人日子過得太苦，他們值得更好一點的生活。即便自己的力量在這個龐大的社會體系面前微不足道，但能做到一點是一點，總比旁觀來得強。

更為重要的，白素錦有著私心。福利待遇好，招工就相對容易，更利於穩定住有經驗的熟手，對名下產業良處多多，所得到的回報也更豐厚。

說到底，還是那句老話——「天下熙熙，皆為利來；天下攘攘，皆為利往。」白素錦幹不來損己利人，也不屑損人利己，雙贏永遠是最佳選擇，不損己是最大的底線。

午飯時分，白素錦在內院小花廳裡單獨開了一大桌，自己坐在上座，夏嬤嬤、趙嬤嬤、宋嬤嬤還有雨眠、素尺、清曉、清秋幾人都被喊上了桌，和樂融融地吃了頓豐盛的節宴。自從在這個世界醒來後，此時同桌的幾個人對自己的照拂，白素錦銘記於心。

「雨眠來年也十六了，夏嬤嬤和大管事商量、商量，挑出個日子來，去相看、相看黃先生家裡的那個三小子吧！我和閻大掌櫃見過幾次，人看著親厚，也挺穩重，盡得黃先生真傳，是把管帳的好手，前些日子被閻大掌櫃給搶到了廣蚨祥做大帳房，寶貝得不得了，若不是經年攔著，估摸著這會兒就訂下來當自己姑爺了！」

雨眠和素尺聽到這話小臉騰地紅上來，頭低著，恨不得把臉埋到面前的飯碗裡，而夏嬤嬤和宋嬤嬤則笑得不能更燦爛，忙不迭道謝。白素錦見狀忍不住笑出聲來。「趙嬤嬤也不要著急，趙管事和梁管事家可都替著自家的半大小子盯著呢，就連闕管事也打聽過妳們幾個丫頭的親事。哈哈，嫁人嘛，不愁、不愁！事關一輩子的大事，急不得，總要好好參詳。」

這下子，原本看好戲的江家兩姊妹也被鬧了個大紅臉。

老話說的好，一個女人一輩子過得幸不幸福，關鍵在結婚後。未嫁時，哪個父母不捧著、疼著，可嫁了人，做了人家的媳婦，才是考驗幸福指數的關鍵時刻。尤其是在這個男人可以合法擁有二兒、三兒、四兒的時代，一個女人若想過得幸福順遂，需要太多的考慮和經營，自己身邊這幾個丫頭都是好的，白素錦願意為她們多打算幾步。

午宴過後，白素錦就給幾個人放了假，催著她們回莊子上去了。許大管事、閻大掌櫃和江大掌櫃都住在小荷莊的院子裡，中秋晚上總要一家人聚在一起賞賞月才應景。幾個人聽到白素錦的安排當即不贊同，哪有因為過節就留主子一個人的道理！

一番討價還價後，最終決定夏嬤嬤和宋嬤嬤值夜，兩人正好可以商量一下兩個孩子下訂的細節，白素錦推脫不過，只得由著她們。大將軍府本來也有幾個在內房伺候的丫鬟，但知道白素錦身邊有信得過的人，在她過門前，林大總管就在周慕寒的示意下，將幾個丫鬟都調到了房外。

林福親緣福薄，聽周慕寒講，林福的娘子和一雙子女在京城當年的一場風寒症中相繼離世，這些年來也沒動過再續弦的心思，就這麼一個人過著，替周慕寒打理著背後的事情。劉從峰一行府裡侍衛出身周慕寒的近衛軍，從軍在外，自然也沒有家人在身邊，白素錦就讓夏嬤嬤帶人打開酒窖，搬了幾大罈酒到前院，又送了不少的月餅和瓜果。劉從峰安排好換值，帶著兄弟們和林大總管過了個舒心節。

可偏偏就有人不想讓白素錦那麼舒心。

「夫人，司樂房那兩位想要見您，這會兒被攔在院門口呢。」夏嬤嬤送酒水、瓜果之後從前院回來，遠遠就看到司樂房的柳如煙和江輕舞站在院門口對兩個小丫鬟疾言厲色，走上前去問過才知道，是這兩人非要進院子給夫人請安。

「是我讓人攔著的，怎麼，在院門口撕扯上了？」這會兒雖然才黃昏，但天氣好，想來能好好賞賞月，於是，白素錦索性讓人將茶點等一干吃食備在了外面的小花園裡，本想著也文藝一把，學學古人月下賞花獨酌什麼的，可月亮還沒爬上來，就有不長眼的巴巴湊上前來干擾興致。

「給她機會好好過節，非要湊上來找不痛快。」白素錦放下手裡的茶盞。「算了，讓她們過來吧。」

宋嬤嬤應聲出去，沒一會兒工夫就領了兩個女子回來，白素錦邊品著茶邊端詳，身如纖柳，步態輕盈，遠遠看著身姿就是抓人眼球的，近上來細看，一個明豔靈動，一個文靜含蓄，還真是各有風情。

「奴婢江輕舞給夫人請安！」

「奴婢柳如煙給夫人請安！」

兩人側身福禮，給白素錦請安。可這身子福了下去，好一會兒也沒聽到白素錦免禮，江輕舞忍不住微微抬起頭來打量，正迎上白素錦不動聲色的打量目光，不由得心下一顫，慌忙低下頭去。

「放肆！」宋嬤嬤在兩人身邊低喝一聲。「既是奴婢，拜見主子就是這般虛禮敷衍的嗎！」

兩人不宣自來，還是初次求見這一府主母，福身之禮的確輕浮。

被宋嬤嬤這麼一喝，兩人立刻膝蓋放軟，雙雙跪倒，行了個大禮告罪。

從這兩人進入視線範圍內開始，白素錦就在仔細打量，長得豔亮的，眼珠子轉得太活，文靜的那個呢，看著人畜無害，可有關寧那個白蓮花閨蜜的教訓在前，白素錦一朝被蛇咬，對這種類型的女人就落下了被害妄想症的毛病。

「說吧，非要見我，所為何事？」

沒有得到當家夫人的話兒，兩人也不敢起身，就這麼跪在小花園的石徑上，江輕舞回道：「奴婢能繼續留在府裡，不用再受流離之苦，還能當上司樂房的管事，這都是靠夫人恩賜憐惜，夫人對奴婢和如煙妹妹恩同再造，就想著趁今兒中秋佳節，怎麼也要親自給夫人磕個頭才能安心！」

柳如煙輕聲細語附和，隨著江輕舞一起給白素錦深深叩了兩個頭。

白素錦的唇邊浮上一抹若有似無的笑意，過了好一會兒才淡淡開口，話語間透著月華般的涼薄。「念恩是好，但也要懂進退。」

江輕舞和柳如煙跪在地上，頓覺一股冷意從腿部直衝心肺。

「當日我不是沒給過妳們機會恢復自由身，可既然妳們自己選擇繼續留在府裡為婢，就該知道一個下人該守的本分。」白素錦身體微微後傾，斜靠在椅背上。「給妳的，妳就心安理得拿著，那是妳該得的；不給妳的，就別妄動念頭，不然注定得不償失。我這個人就是這樣的性子，今兒念在妳們初次，便不追究了，下去吧。」

白素錦話落，跪在地上的兩人恭恭敬敬地磕了個頭，起身匆匆退下去，綽約的身影怎麼看都有些狼狽的意思。

宋嬤嬤低低地冷哼了一聲。「這兩個，怕是沒那麼安分。」

「聽說，這些個『瘦馬』打小就按著寵妾的樣子養著，不僅琴棋歌舞了得，就是女紅也不錯，更不必說伺候男人的心思了。」自從知道大將軍府裡有這兩個人在，夏嬤嬤的顧慮就一直沒消過。

大將軍雖以金書為聘，誓不納妾，可說到底，妾室也不過是個名分而已，通房、外室若養了起來，偏著、護著，對自家姑娘來說，同樣是失寵的威脅。

白素錦見兩位嬤嬤眉間深思凝重，笑著讓她們坐下。「今兒過節，兩位嬤嬤就不要這般拘束了，坐下來一同賞月。」

沒有外人在場，夏嬤嬤和宋嬤嬤也不再固執推託，平白惹得姑娘不痛快，爽利地在石桌旁坐了下來。

「人和人的關係呢，即便是父母子女，也是需要細心經營的，夫妻間亦是如此。對大將軍，我是有信心的，也會盡力，兩位嬤嬤莫多慮，從旁護著我就好，日子嘛，多想無用，只管一日日往前過著才知道如何。」

知道白素錦是在寬慰她們，兩位嬤嬤笑著應下，三人舉杯飲了一盞，明月當頭，不用對影，互為伴。

儘管白素錦不想承認，但是在這個名為團圓節的晚上，她有些掛念遠在數百里之外征戰的周慕寒，於是喝著、喝著，就有些高了。

兩位嬤嬤似乎也體諒她的心情，也沒攔著，只在她微醺之後，扶著回了房。

第二十二章

第二天，白素錦一覺睡到日上三竿，雨眠她們幾個都已經從莊子上回來了。剛被伺候著穿衣、洗漱完，宋嬤嬤急匆匆從門外進來，在白素錦跟前低聲道：「老太太那邊派人來，說是請您馬上回白府一趟。」

白素錦一愣。「這麼急，知道什麼事嗎？」

宋嬤嬤的臉色有些糾結，聲音越發壓低了兩分。「聽說是二老爺的外室帶著兒子找上門來了！」

白素錦身形一頓，看向宋嬤嬤，一側眉角微微挑起，臉上的表情再明顯不過——什麼？我沒聽錯吧？

宋嬤嬤意會到白素錦的意思，沈著臉點了點頭，心想——這白家老太太幹的都是些什麼事兒啊！

白素錦這會兒真心覺得吐槽無力，就算是放到現代社會，二叔在外包養的小三兒帶著私生子找上門來，也沒有喊姪女去圍觀的道理啊！

「去和傳話的夥計說，我雖是白家的姑娘，但如今還是新嫁婦，而且大將軍身在邊疆作戰，我委實不方便隻身回去，冬月裡是祖母生辰，屆時大將軍也班師回城，我們會一同過府去給她老人家祝壽。」白素錦雖然從未怕過麻煩，但明知是灘討不到丁點兒好的渾水，她又幹麼蹚進去呢？

聽到白素錦這般決定，宋嬤嬤臉上的糾結明顯淡了幾分，爽快地應了聲就準備去前面回話，剛走到屋門口，就碰上了步履匆匆的林大總管，身後跟著白家二少爺白語元的隨身小廝首陽。

一見到白素錦，首陽忙跪下請安，然後道明來意。「夫人，東家急遣奴才來替他傳個話，說如今那處是個泥潭，讓您遠遠瞧著就好，不必靠前。」

想來白語元知道了白老太太派人來請自己，便急忙派首陽來給自己提個醒。

「嗯，回去和二哥說，我知道了。若有什麼事，你儘管如今日這般，直接到西側門出示這腰牌，自然有人引你入府。」白素錦說罷，讓林大總管給了首陽一塊大將軍府獨有的外客腰牌。

首陽受寵若驚，跪謝後隨著林大總管退了下去。他是奉了白語元的意悄悄過來的，不敢耽誤時間，怕引人注意洩漏了行蹤，到時要給自家主子惹麻煩了。

「二少爺倒是個有心的。」宋嬤嬤到前院去打發老太太派來的人，夏嬤嬤將舀好的粥遞到白素錦手邊，隨口說道。

白素錦嗯了一聲，也沒再多說什麼，專心享用自己的早飯。

大將軍府內一如往常般寧和靜謐、井然有序，而同城白府內，正被小齊氏鬧得雞飛狗跳、人仰馬翻。當初白老太太自作主張撮合小齊氏與白大爺，未果，又將主意打到了白二爺身上，小齊氏的母親，也就是白老太太的同胞妹妹本是氣不過、不想應允下這門婚事的，只不過白老太太與白二爺當時允諾過——如若小齊氏過門五年內有子，白二爺不納妾。

正是因為這個承諾，白二爺與小齊氏的婚事才得成。

嫁入白府後，雖有白大爺與許氏伉儷情深在前，白三爺迎娶官家女余氏在後，但小齊氏婚後沒多久就一舉得男，而大房婚後多年無子嗣，三房沒兩年就納了妾室，相較之下，小齊氏也算找到了心理平衡點。隨著大房夫妻倆先後早逝、家產大權旁落到二房後，小齊氏心裡的這種平衡徹底打破，白家後院內風頭一時無兩。

可惜，老話說得好，爬得越高，摔得越狠，當這個身形婀娜、低眉順眼的女人帶著個比白語年還要大上六個月的兒子找上門來時，小齊氏覺得自己被狠狠甩了個耳光，頭暈耳鳴，天旋地轉。

當年所謂不納妾的承諾，不過是口頭上的，且只限於一小圈知情人的範疇，白老太太有心維護自己的親外甥女，可未等開口，小齊氏就將後院鬧得雞飛狗跳，兵荒馬亂之中，白二爺被抓破了臉、扯壞了衣衫，形容狼狽，在親娘及一眾小輩跟前徹底沒了臉面。

白二爺本來對丁氏私自帶著兒子上門頗為不滿，可經由小齊氏這麼一鬧，氣急敗壞之下揚言非要將丁氏接回府裡抬為姨娘，小齊氏若再撒潑，大不了一拍兩散！

白二爺帶著丁氏母子拂袖而去，小齊氏膝蓋一軟，跌在地上拍著青磚嚎啕大哭。

白老太太坐廳內上座，扶額頭痛，按捺不住心底翻湧而上的無力感，同時，不由得埋怨白素錦的迴避。

金書為聘一事，整個大曆幾乎無人不知、無人不曉，白老太太第一時間遣人去找白素錦來，為的，不過是借助白素錦身分、經歷，透過她的嘴表明白家後院的立場。關鍵時刻，老太太可是一點也不糊塗，深知此時的自己已經無力讓白二爺言聽計從。

然而，兩件事大大出乎她的意料。一是白素錦竟然會全然不顧情面，直接拒絕出面；二是小齊氏竟然這般愚蠢且衝動，大庭廣眾之下絲毫不給白明承留臉面。

這場鬧劇中，白家三房旁觀無語，二房呢，只有白三少白語年當眾力挺母親小齊氏，白語元和白語婷皆始終保持沈默，不同的是，白語婷眉眼冷肅，不僅視丁氏母子為仇敵，便是看著白二爺，也帶著掩飾不住的怨懟，反觀白語元，依舊是眉眼冷淡，一如往常，讓人看不透他的想法。

事實上，白二少一開始力勸小齊氏保持冷靜，可惜，如他所料，他這個娘親根本就沒有如此隱忍力和……遠見。

白二爺拂袖而去，三房先行離開，蝠廳內便只剩下白老太太與二房母子幾人。

小齊氏全然不顧形象坐在地上大哭，白語年之前沒少幫母親說話，沒料到平日裡好脾氣的父親竟然會被激怒，驚詫後情緒落差太大，愣愣地坐在一旁的椅子上，以往臉上張揚的表情被不解、憤懣、茫然取代，此種複雜情緒，白語婷深有同感。

蕭氏見婆婆哭聲漸竭、嗓音嘶啞，暗下扯了扯白語元的衣袖，待他會意後，兩人上前輕聲寬慰了兩句，想要扶她起來坐到椅子上，意外就在這個時候發生。

白老太太臉色不愉，拍著桌子埋怨了句「嫁出去的女兒潑出去的水，飛上高枝就不認娘家人了」，話裡話外的意思再明顯不過，氣白素錦這個時候不回來給自己和二房撐腰。

經過一哭二鬧三嚎，小齊氏身心俱疲，本打算順著兒子、兒媳給的臺階下來，可聽到老太太這麼一說，心裡騰地就竄起一股火，將撫上她胳膊的兩隻手猛地甩開。

蕭氏聽到老太太對白素錦不著邊際的埋怨有些走神，等反應過來的時候已然慢了一拍，加之小齊氏甩開她手時力氣也不小，就這麼一轉眼，蕭氏身形一趔趄，就倒在了地上。

不過沒站穩摔了一下而已，裝什麼嬌氣！

蕭氏跌倒的瞬間，小齊氏一愣，轉而看到她眉心緊蹙臉色泛白，低頭垂目的模樣，不知怎的，眼前就浮現出丁氏的那張臉，冷冷哼了一聲。

白語元卻一反常態大驚失色，三兩步奔到蕭氏身邊，小心翼翼抱起她，陰著臉沈聲說了句「怡娘身子不適，孫兒先帶她回去」，轉頭大步邁開，一邊往外走一邊吩咐人趕緊去請大夫。

將白語元的反應看在眼裡，屋裡幾人一時不解，但是小齊氏與白老太太對視數秒後，忽然想到了一處，兩人的臉色驀地難看起來，雙雙起身往清溪園趕。

誠如她們所料，蕭氏是有了身子。最近幾日蕭氏覺得身子總是乏得很，月事也遲遲未來，心裡隱約有了判斷，便私下和白語元說了。白語元自是欣喜不已，本打算今兒請個大夫過來給瞧瞧，沒承想碰巧就趕上了這場鬧劇，還一個沒照顧到，累及蕭氏出了差錯。

虧得蕭氏身體底子好，加上那一跤跌得也不重，只是有些動了胎氣，不過身子還不足兩個月，正是不穩定的時候，需要臥床好好休養一陣子。

總算是有驚無險，白語元舒了口氣，臉色卻依舊黑沈得很，到偏廳和等在那裡的白老太太一行人報過平安後臉色也沒舒緩。

「元小子，這事雖說有你娘的不是，但純屬無心之失，怪只怪糟心事都碰到了一起。你可是這院子裡的長子，如今鬧出這樣的事情，你可要給你娘、給你弟弟、妹妹們作主！」

白老太太這話一說，屋裡幾個人心情越發凝重。

白語元眸光深斂，緊抿的嘴角快速閃過一絲弧度，似自嘲，隱隱泛著苦澀，但很快掩飾下去，無人察覺。

「子不言父之過，況且，家裡有祖母在，父親的事，哪有孫兒多嘴的規矩。」白語元開口，語速不急不緩，意思再明確不過。「娘，恕兒子坦白講，眼下這情形，若爹鐵了心要將那母子倆接進府，任憑咱們再反對，恐怕也改變不了。您不若退一步，另作打算。」

啪！

青瓷茶盞的碎裂聲應聲而起，盞內剩餘的茶水濺出，濕了白語元的袍角。

白語元身形絲毫未動，眼角餘光瞥了眼被摜碎在自己腳邊的茶盞，面無表情。

「退一步？」小齊氏眉宇間滿是憤怒暴躁，指間掐著絲帕隔空指點著白語元，厲聲道：「憑什麼我要退一步？不可能！人都說女生外向，沒想到我命苦，白白養了你這麼個胳膊肘往外拐的，從小跟在大房那兩個人屁股後面不說，這回居然替那個賤人和野種說話，你還知道誰是你的親娘嗎?!」

小齊氏雙眼布滿血絲，情緒再度瀕臨失控邊緣，饒是白老太太和白語年、白語婷此時心裡都同意白語元的想法，也沒人敢出聲。

白語元深知，眼下的狀態，自己多說無益。

「怡娘胎氣不穩，大夫叮囑需要安心靜養，孫兒想明日便送她到莊子上將養。」

小齊氏狠狠瞪了白語元一眼，甩手就出了偏廳。

白老太太重重嘆了口氣。「也好，府裡出了這等事，依你娘的性子，怕是要有一段時間不安寧了，你先帶著怡娘去莊上住吧，萬事以孩子為重。你也不要因為剛才那番話怨恨你娘，她也是氣昏了頭，話不走心。」

白老太太對重孫心心念念盼了許久，如今聽聞蕭氏有了身孕，心中自是歡喜，這個孩子的到來，也沖散了不少老太太心頭的陰霾。

白語元是真的被蕭氏那一摔嚇到了，警醒著守了她一整晚，本打算穩定兩日再動身去莊子上，但小齊氏一大早起來就摔摔打打、尋著下人發脾氣，蕭氏著實覺得難受，白語元特意細細問過大夫後，用了早飯和小齊氏打過招呼後就離了府。

白府的動靜一直在林大總管的關注之內，白素錦自然第一時間就知道了大致的情況，傳過來的消息雖說蕭氏只是動了胎氣，並無大礙，白素錦卻仍有些掛心。前些日子蕭員外派人送來消息，說是姑爺白語元託他準備的一萬石稻穀已經備好，不日即可送往東溪鎮。

無論如何，白語元及其背後的蕭家這次施以援手的恩情，白素錦都要承下來。

這世間，即便是親人之間的感情也是需要用心經營的，對旁人尚要「點滴之恩，湧泉相報」，對親人，自然是有過之而無不及。

所以，白素錦自認為，被自己視為親人的人其實挺幸福的。

白素錦再次和白語元同桌而坐時已是八月末，夏麻收割已經完全結束，持續了一個月的麻織原料收購價格戰也終於結束，各家織造坊盤點庫房的同時，市面上花練由廣蚨祥一家獨供的局面也被打破。

新上市的花練雖打著吉祥織造坊的旗號，實際上不過是暗裡掛靠在蘇家名下，現由秦、汪兩家運作，作為花練織造工藝的中轉站而已。

「這兩日我路過幾家大的布行，看到都有花練在架上。」白語元狀似隨意說道。

白素錦瞧瞧他面無表情的臉，心裡忍不住吐槽，你說你關心人就好好關心唄，非得端著，要不是這回周慕寒攤上這麼個坎兒，搞不好自己還得把他的悶騷當成高冷。

「是啊，不僅這樣，價錢每尺還便宜了二十文呢。」白素錦點了點頭，悠哉哉喝了口趙嬤嬤新折騰出來的冰奶茶，舒爽得直想讚兩聲。

「看來妳是早有對策了。」白語元見她這副波瀾不驚的模樣，再想想她一貫的行事風格，篤定自己是白操心了。

白素錦但笑不語，兩人便心照不宣。

詳細問了蕭氏的情況後，白素錦真心誠意恭喜了一番，然後話題一轉，臉上的神情也嚴肅了幾分。「聽說二叔已經將人接進了府，還改了名字入了族譜，更是將人帶在身邊出入鹽行，談生意的時候也領著，大有悉心栽培的意思，不知二哥有何打算？」

白語元唇角微揚，扯出一抹冷笑。

雖在心裡有隱隱猜想，但聽到白語元坦白說出要放棄白記鹽行的打算，白素錦仍覺得衝擊不小。

鹽業暴利，眾所周知。放眼當今大曆，兩大鹽業中心，東部兩淮，西部就是以臨西為中心的川中地帶，兩淮鹽業歷史最為悠久，以海鹽為主，川中鹽業雖興起相對較晚，又因交通問題一度受滯，但井鹽純度高、產量大，朝廷又大力興修官道，是以川中鹽業發展迅速，時至今日，同兩淮相比也不遑多讓。

川中每年鹽引總量兩百萬引，鹽場出場價每斤十文，鹽商實際市場售價每斤六十文，每斤毛利就是五十文。鹽引每引三百斤，鹽商每引毛利十五兩，鹽稅三成，僅是川中鹽商，每年上繳的稅銀便有九百萬兩之多。川中鹽商的富有程度，可想而知，白記鹽行在川中鹽商之中，地位僅次於總商蘇家。

般。

任誰看來都是一座金山，從白語元嘴裡說出來，卻像是一塊唯恐甩不掉的狗皮膏藥一

「鹽商的風光，如今不過金玉其外罷了。」將白素錦的訝異看在眼裡，白語元淡淡一笑。離了白府，兩人現在相處明顯放開了許多。

「鹽商表面看著風光，實際啊，頭上頂著三座山——鹽稅、報效銀、養廉銀。」白語元將三個茶盞擺在兩人之間的茶桌上。「先說這鹽稅，朝廷規定是三成，可輸納、過橋、過所、開江、關津、口岸等一系列關卡走下來，算上各處疏通費用，可不止三成。至於報效銀，那名頭就多了，聖上出巡、太后生辰、皇子誕生、軍費開支、賑災、興修水利、修葺行宮等等，當今聖上登基至今，川中鹽商僅是報效銀就拿出了少說三千萬兩。

「最後說養廉銀，以城中的鹽運司衙門為例，衙門日常開支每天一百二十兩，一年下來就是四萬多兩，差役打賞一年也要一萬五、六千兩，都要由臨西府的鹽商們承擔。鹽政衙門的官員，朝廷只發放薪俸，就拿巡鹽御史來說，一年的薪俸不過百餘兩，鹽商每年供給的養廉銀卻有五千兩，離任時還有兩萬兩的別敬銀。鹽政衙門那麼多官員，一筆筆算下來，再刨去運輸、人工等成本，真正落在鹽商口袋裡的銀子，遠沒有想像中那般豐厚。」

白語元呷了口茶，幽幽道：「大伯當初涉足鹽業，所圖的不過是用最短的時間積累家底，意外發生的兩年前，他就和我說過，鹽業與官家牽扯太深，不是興家的長遠之計，打算慢慢從鹽業中抽身，轉投田地和糧行，可惜……」

提及憾事，白語元語凝，一時間，茶室裡陷入沈默。

「二哥，我爹他……真的是意外遭遇山賊嗎？」白素錦鬼使神差地就問出了口。

白語元神情一震，盯著白素錦的雙眸掩飾不住外露的躁動，急急問道：「為什麼這麼問？莫非妳知道什麼隱情?!」

果然沒那麼巧！剛剛那句話白素錦只是靈光一閃之下脫口而出的，現下看白語元的反應，倒是印證了她的猜測。

「我也只是一時念頭閃過，妄自猜測的。」

見白素錦搖頭，白語元頗為失望地垂下肩，身體後傾靠在椅背上，重重嘆了口氣，眉宇間的陰鬱瀰漫不散。

「大伯意外身故後不久，大伯母就私下讓我慢慢與大房疏離，過世前最後一面，更是千叮嚀萬囑咐我暗下照看著妳。待到彌留之際，大伯母竟破天荒留下遺囑說，妳的婚事交由妳自己作主，我便猜測，當年大伯父的身故怕是沒那麼簡單。可這些年來，我一直在私下想方設法調查，那幫杳無蹤跡的山賊、蘇家，甚至……甚至是我爹，可始終沒有查到什麼……」

白語元越說越覺得頹敗。

白大爺遇難，白家家產大權旁落，外人看來，受益最大的當然是白二爺。白語元竟然查了自己的親爹，無論結果如何，但憑這份心，白素錦也覺得他沒有辜負白大爺的栽培之情。

許氏過世之時，白三姑娘就已經和蘇家訂了婚約，她彌留之際留下那般遺囑，定然別有深意。是防患於未然，還是另有暗示？反正當初的婚約已經作廢，自己也沒有嫁進蘇家，有的是時間徐徐圖之。

事後想想，白素錦覺得自己還真得謝謝林瓏那場鬧劇。

白語元立志完成白大爺的意願，經營田莊和糧行，白素錦自然雙手贊同。軍糧危機已經解決，「織造聯盟」那一萬五千石稻穀已經籌措到過半，白素錦便將白語元應急的那兩千石先還了回去，並自己墊付了蕭家那一萬石稻穀。

五福、榮生準備充分，無論是花綀的供銷量，還是價格，都穩穩壓了廣蚨祥一頭，花綀市場破開一家獨秀，但卻並未如秦、汪兩位東家預料那般出現兩家爭霸的情形。

很簡單，人家廣蚨祥壓根兒就沒稀罕搭理他們！

不增量、不減價，一切照舊。

能掏銀子買花綀的，也不差那一尺省個二十文錢。況且，甭管外邊多少家賣花綀的，臨西廣蚨祥才是正宗字號。

白素錦此時的心思大多放在「織造聯盟」的章程上，中間各家掌櫃又聚在一起碰了兩次面，最後決定將聯盟改為「臨西布業四十九坊聯合商會」，具體章程已經最後定稿，印刷後各家一本，按照章程規定，四十九家齊聚一堂推選了第一屆商會會首和第一屆日常管理大掌櫃。商會內茂昌織造坊的鄭老東家年資最長，被推選為會首，而廣蚨祥是起草章程、促成商會最終成形的不二功臣，故而日常管理的商會大掌櫃便由閻大掌櫃擔任。

然後根據章程，鄭會首和閻大掌櫃作主，從四十九家商會會員中挑選人員組建第一屆商會管理班子。

不出意外地，白素錦再一次當起了甩手掌櫃。

當然，白素錦甩手掌櫃的悠哉日子也沒享受著幾天就被不速之客打斷了。

一行二十餘人，統一的玄色暗紋錦袍，腰側帶刀，齊刷刷的狹眉冷目，饒是再情緒內斂，也擋不住撲面而來的「冷氣」，為首那位氣勢更甚。

林大總管派門房侍衛通傳，說是有要客來訪。能被大總管稱為要客，白素錦自然不敢怠慢，沒承想一進前院會客廳，眼前就這般情景。

白素錦忍不住唇角抿了抿，看看林大總管，眼神示意——這是什麼情況？

林大總管扯出個勉強的笑意。「夫人，這位是……萬歲爺近前的千機營統領馮大人。」

「末將馮驍及千機營眾人參見夫人！」林福話音剛落，馮驍便帶著一行人給白素錦行禮問安。

兩世界加起來，白素錦也沒享受過這種待遇，好在心理素質夠強悍、夠能裝，面不改色地接了下來。

「末將此次身負皇命而來，協助調查軍糧、被服一案，欽差周大人稍後便到。」馮驍坐下後直接開門見山。「吾等一行人不便公然現身，故而有個不情之請，還望夫人成全。」

不知為何，雖然氣場不同，但聽到馮驍這番話，白素錦一下子就想到了城西大營裡的都指揮使趙恬。這一個個的，倒都是挺不把自己當外人的！

「馮大人見外了，若有我能幫得上忙的，儘管說便是。」

「在臨西期間，末將想在夫人城郊的莊子上借住，方便出行。」

白素錦眉梢微挑，快速掃了林大總管一眼，見他點頭，便當即爽快地應了。

送走馮驍一行人，林大總管和白素錦解釋道：「憑他們的本事，即便住在別處，也能神不知鬼不覺進到莊子上摸個透澈，倒不如索性管住、管吃，旁的概不過問。」

白素錦點頭認同。「小荷莊也沒什麼東西值得在那位面前遮遮掩掩的，咱們一如往常便好。」

「夫人說的是。」林福大大鬆了口氣，不是第一次見千機營的人，可每次見到，仍覺得有些胸悶氣短。「料到皇上會派欽差大人過來，沒想到啊，竟然連千機營也派來了！」

千機營是御林軍中直接隸屬於皇帝的暗部，不僅是皇帝的最後一層保護甲，更是皇帝的眼睛、耳朵、利刃。平日裡，他們分散在御林軍各營中供職，接到皇令召喚才會分離出來行事，故而，千機營的存在對外人來說，只聞其名，不知其具體規模。

林福有幸認得馮驍，實則是跟著周慕寒沾光，只有極少數人知道，周慕寒是千機營中的一員。

第二十三章

軍隊，國之根本，而糧草、被服等基礎物資是軍隊生存之本。

大曆自建國時起，尤其是推行募兵制後，對軍糧這一塊極其重視，除了省倉、府倉、縣倉等各級行政倉每年有軍糧任務，戶部轄下各省清吏司的倉科衙門設立的初衷，一為賑災，另一大目的就是軍糧。郭焱能借助西軍都指揮使司的協助清理清吏司倉科，也正因為兩者關係從密。

此次西軍軍糧、被服事故一經發現，周慕寒就在第一時間飛鴿傳書稟明了聖上，並及時將後續糧草、被服的補救措施如實上奏，故而，當不算薄的一摞參奏撫西大將軍夫人白氏囤積居奇、以不正當手段大量囤購稻穀並勾結錢塘許家將稻穀販往滇省災區大發國難財的奏摺被擺到御書房的案桌上時，文宣帝忍不住頭疼，一半是被氣的，另一半，是想到年底周慕寒回京述職必定要發瘋鬧騰一番。

雖然想到周慕寒回京後不會善了，文宣帝還是在飛鴿傳書中提了奏摺之事，先把他的火氣引出來一些，拖到年底時總會消耗掉兩分。

誠如文宣帝所料，周慕寒得知此消息後著實大怒。大將軍的臉色陰沈得幾乎要滴下水來，士兵們或許會覺得是因為駐軍以來戰況一直不如人意的關係，但深諳周慕寒脾性的心腹們卻明瞭，他這是真動怒了。

自夏收以來，北突厥在邊境的突襲就一直沒停止過，西軍大軍壓境後，震懾力起到了一定的作用，可隨著疾行先鋒軍的敗北，這種震懾力就逐漸弱化，加之幾次堵截突襲軍不力，軍中又隱隱出現了糧草等軍備出現紕漏的傳言，軍心出現動盪的苗頭。

周慕寒將朝臣彈劾一事飛鴿轉告給白素錦後，開始著手整頓軍中傳言。手法很是簡單粗暴，從已知傳播者開始，層層盤問，最後竟順藤摸到了川省府軍西三營協辦守備吳達的營帳內。

此次調兵，除了西邊軍，作為地方軍的川省西北境府軍也被徵集到這次的戰事中，臨時編制為西三營，營內擔任協辦守備的吳達乃當下川省總兵尚伯弘的嫡親外甥。

傳言最後牽扯出來的，便是吳達帳下的一名長隨護衛。

證據確鑿之下，那名護衛無從推卸，對謠言之事供認不諱，但卻矢口咬定並非故意為之，並且將罪責一肩擔下。吳達由始至終置身事外，可惜，周慕寒行事可不是尚總兵的風格，甭管有心無心，動搖軍心者，軍法無赦，親自將散播傳言的那名護衛兵監斬於轅門外不說，還毫不客氣地讓人實實在在打了吳達十五軍棍，以償約束下屬不力之過。

相比於周慕寒在軍中的動作，白素錦的反應就淡定了許多。乍看到周慕寒送來的消息，林大總管著實有些擔心自家夫人會惶然、寒心，沒承想一肚子的寬慰之詞最終並沒派上用場，白素錦看過後絲毫不為所擾，如往常般轉手就將紙條給燒了。

「夫人無須憂慮，凡事有將軍呢。」林大總管還是忍不住寬慰了句。

白素錦淡淡一笑。「大總管放心，上面越是關注、鬧得越大才好，若是悶而不發，咱們反倒要著急了。」

聯想到千機營的馮驍，林大總管心下一驚，恍然暗想，莫非這一切早在自家夫人的算計之內？

一段時間接觸下來，林大總管認為白素錦是走一步看三步的主兒，眼下看來，自己還是低估了。心驚的同時，又忍不住暗喜，這樣的女子，是自家府上的女主子。

林大總管素來是個擅於內斂情緒的人，即便內心再顛簸起伏，於臉面上仍能做到波瀾不驚。

總之，周慕寒身邊就沒一個善茬。

白素錦不露痕跡地打量了垂首的林大總管一眼，在心底嘆了口氣。她的確是一早就做好了驚動聖聽的打算，周慕寒遠在西北邊境，戰事一觸即發，容不得分神，而川省的上層領導班子裡，巡撫和總兵都不是省心角色，這種情況下，即便大軍糧草和被服的窟窿在第一時間堵上了，可誰能料到接下來還會有什麼麻煩？常言道，明槍易躲，暗箭難防。與其戰戰兢兢等著補窟窿，倒不如弄出點大的動靜來，讓上面派個鎮得住的大人來替周慕寒守著場子，自己也能睡上幾個安穩覺。

男怕入錯行，女怕嫁錯郎，古人誠不欺我啊！

雖然應下周慕寒的提親時早有心理準備，但實際經歷起來，這種提心弔膽的日子還真不是人過的！

不過，白素錦萬沒想到，當今皇上除了委任左都御史周大人為欽差外，還調用了千機營的統領。是想給周慕寒做雙重保險？還是對周慕寒起了疑心？

白素錦苦笑著搖了搖頭。常道君心難測，與其煞費心思揣度那位的心思，倒不如從自己身上作文章。

夏收過後，市場上的夏麻已然被織造商們瓜分完畢，麻農們真真正正享受了一把豐收年。此時對家的花練已在市場上混了個臉熟，秦、汪兩家以挖人為幌子正式在五福、榮生開機織造花練，因為原材料供應充足，花練的產量明顯增大。

秦、汪兩家的紡車、織機通宵達旦、晝夜不停，而小荷莊織造坊也沒閒著，不過忙的方式卻大相徑庭。

一場夏收過去，小荷莊織造坊的原料倉庫卻只補了六成滿，相對於前陣子收購時轟轟烈烈的架勢，顯然雷聲大，雨點小。不過，商會內其他四十八家卻俱是滿倉，四錠腳踏紡車和改良後的踏躡提綜織機已經進入各家製造房內，小荷莊織造坊給每家派了兩名熟練織工作指導，就在五福、榮生的花練上市後沒兩天，隸屬於商會的四十八家中小織造坊同一時間供應花練，在數量上絲毫不遜色於五福、榮生不說，更是統一標出花練當初的始發價每尺一百文。廣蚨祥依舊每天定量出售二十疋，價格上和商會調為同價。秦五爺與汪四爺乍聽得這個消息，臉色頓時黑如鍋底。

商場上沒有永恆的情誼，只有永恆的利益，秦、汪兩家在布業名望再高，每尺布實實在在的價格放在眼前，誰也不會做賣人情買高價貨的傻事。無奈之下，五福、榮生的花綀價格也普調到與廣蚨祥等一眾同價。

秦五爺與汪四爺心裡自然盤算過，雖說每疋花綀賺頭少了些，但兩家要人有人、要麻有麻，以產量優勢搶占花綀市場大頭，所得利潤也少不了。

這般想著，五福和榮生的織工們輪班開工，晝夜不停，可半個月過去了，秦五爺和汪四爺心頭的那點規模優勢感漸漸被磨光。所謂無他，只是他們恍然發現，即便傾兩家之力，在花綀市場上，竟也只堪堪占據半數份額！

「四十九坊聯合商會」在城中九陽大街的商會會所正式掛牌當日，特意辦了場舞獅會，鑼鼓喧天、人頭攢動，好不熱鬧。秦、汪兩家特意派人詳細瞭解了這四十九家織造坊的情況，以為不過是廣蚨祥以花綀織造工藝為餌，利用那四十八家小織造坊度過原料短缺的難關，萬沒想到，居然會出現眼下的狀況。

納入商會的織造坊數目雖多，但規模都不大，若是單憑五福或榮生一家之力，或許旗鼓相當，甚至更勝一籌，但兩家合力，不應該會出現這樣的局面。

秦五爺與汪四爺浸淫商場多年，危機嗅覺很是靈敏，稍作商量後便一同前往蘇家。

兩人被迎進內客堂的時候，蘇平剛送走六大糧行的東家。白素錦橫插一腳，以糧換花綀工藝，集中了大量的稻穀在手中，並利用許家商行的運輸優勢將稻穀銷往了滇省災區，以致於六大糧行囤積的大量稻穀積壓在手，眼看著災區糧價漸穩，六大糧行的東家們怎麼還能沈得住氣？更棘手的是，朝廷特派的欽差大臣不日即將到達，邊境那邊遲遲沒有消息傳來，若是欽差大人來了之後徹底清查一干縣倉、府倉，六大糧行難逃牽扯其中的命數，那麼，極可能影響大計。

無奈一波未平一波又起，六大糧行那邊出現了異數，眼下五福和榮生也面臨異常狀況。然而，無論是撫西大將軍府，還是小荷莊，都如銅牆鐵壁一般，幾乎滴水不漏，根本就探聽不出什麼有用的消息。

蘇平應下秦五爺與汪四爺的委託，答應幫他們打聽、打聽內裡的原由。送了他們出府，蘇平後腳就讓人送了信去書院給白宛廷。

白家近來的日子並不安生。在白二爺的執意之下，丁氏和白語昭已經被接入白府，老太太不給他好臉色，小齊氏大鬧過幾場後，現下看他簡直是半個仇人，白語婷和白語年見了也是滿臉滿身的怨氣，只有大兒子白語元依舊是一副不冷不淡的模樣，但是在他接丁氏母子倆入府的前一晚，這不孝子竟然當著老太太的面，提出了分家。

老太太和著老子娘都活得好好的，竟然敢提出分家，不僅是白二爺，就連老太太和小齊氏也是差點驚掉了下巴。可無論白二爺再怒喝，老太太和小齊氏再苦言相勸，白語元絲毫不為所動，吃了秤砣鐵了心，要麼自己分家出去單過，要麼不讓丁氏母子入府半步。

打從坐上白家家主的位置，這幾年來順耳根子的話聽多了，白二爺的脾氣也給養出來了，哪裡能忍得下自己兒子的威脅，當下腦子一熱，大手一揮，分就分，當老子的還能讓兒子拿捏住不成！

雖然有心理準備，白語元聽到白二爺的決定時，眼底的光還是黯了又黯，不過很快就斂了下去。

白語元，二房嫡長子，如今二房當家，以白家現今的產業，白語元分出去，身家必然少不得，小齊氏一開始極力反對白語元分家，可轉過彎來想，分了也好，免得便宜了外面那個賤種。

然後出乎所有人的意料，別說白記鹽行，就連白家名下的當鋪、古玩鋪子、金鋪等一干精貴店鋪，白語元絲毫未動，言明只要自己手裡經營的田莊和糧行。

小齊氏稍稍壓制下來的怒火與憤恨再度點燃，當晚就將白語元給攆出了府。幸而蕭氏一直住在莊子上安胎，這才沒大晚上的跟著自家夫君被逐出大門。

家醜不可外揚，雖說白二爺憤然之下第二天就把分家的契書派人遞給了白語元，可這事也只有白家的主子們知曉。

「什麼，白語元分家了？」乍聽到這個消息，蘇平眉頭微蹙。當日豐泰糧行糧源短缺，白語元出手相助，白素錦出嫁之時，也是白語元揹她出閣，如果說白家裡還有誰能和白素錦搭上關係，也就數這位白二少了。可如今一分出去，這條細微的線怕是也要斷了。

想想白素錦與白家的關係，蘇平也真是頗為無語。造成今日的局面，固然也有白素錦的原因，但白家一眾人連基本的臉面功夫也不做，若不是白大爺創下的這份家產可觀，以蘇平的性子，斷不會將白家看在眼裡。

白宛廷的臉色也不好看，點了點頭，道：「當日受邀去小荷莊的便是現如今那個布業聯合商會的四十八家東家，我的眼線只能探到門房處，據說，那些東家離開莊子時一個個神色雀躍，過了月餘，小荷莊和豐泰糧行又陸續入庫了一大批稻穀，估計最少也有一萬石。」

「白二少手裡有多少存糧，你可知曉？」白宛廷所說的那一萬多石稻穀蘇平也是知道的，而且知曉這批稻穀盡數從臨西府外買來的。

白大少凝眉深思片刻。「大伯在世時起，家裡的田莊便由二弟打理，這些年下來，他手裡的田地，帳面上就有一千六百畝。」

一般年景，中等田畝產大概在五百斤上下，田稅兩成，一千六百畝地，最後入庫五千多石，全部供應白記名下恒豐糧行。

「糧行雖說素來要留出庫存備用，但現下還有不到兩個月就是秋收了，他手裡的存糧絕不會多於三千石。」

蘇平聽了神色稍有緩和。「據下面探來的消息，許家商行陸續運往南邊的稻穀可遠不止兩萬石，如此看來，其中必有深究，欽差周大人到府城衙門已經五日了，有消息說，明兒就要請撫西大將軍夫人過去……」

白宛廷卻不如蘇平這般樂觀。「雖說周大人素有『周青天』之名，但三妹身後的，皇親貴胄不說，更是手握重權、榮寵正盛，恐怕周大人也要避其鋒芒。」

蘇平並沒有被白宛廷的這番擔憂影響，猶豫了片刻後，眸光暗斂，壓低嗓音道：「陣前傳來消息，前鋒軍出師未捷，幾乎盡數折了，此後敵軍幾次出兵掠襲，大軍屢屢遲上一步，至今也沒能有一次勝仗，朝中不滿的聲音越來越大，而且……軍中的將士開始陸續出現身體虛乏的症狀，數量隱隱有擴散的跡象，隨軍郎中診斷為熱症。」

白宛廷神色一頓，轉而眉峰舒展，與蘇平飲過一壺茶後方才離開。只不過，一踏出蘇府大門，白大少的臉色立即陰沈下來。陣前這般機密的消息竟然要從蘇平口中得知，自家與之相比，受重視與信任的程度高下立現，不甘與憤懣無法自抑地在胸膛中鼓動。

然而，無論蘇平和白宛廷此時的心境如何迥異，都不在白素錦的在乎之列。

這就是傳說中的被請去局子裡喝茶吧？

府衙後堂，白素錦端坐在高背籐椅上，對面坐著的就是在大曆素有「周青天」之名的欽差大人周廷。

與她同堂而坐的，還有西軍大營都指揮使司都指揮使趙恬和川省清吏司倉科郎中郭焱，以及千機營左統領馮驍。

「出京前，聖上已將大將軍的密奏給下官看過，今番以查證囤糧案為名徹查川省官倉一案，委實要委屈夫人了！」周廷身負清正之名，然為人卻清而不厲、剛正而不迂，這也是他深受文宣帝器重的重要原因。

早在進入臨西府之前，馮驍就已經將趙恬、郭焱的證詞送到了周廷手裡，今日請白素錦到衙門來不過是障眼法而已。想來馮統領應該也和大將軍夫人打過招呼了，看她神情舉止間並無一絲難色。

周廷耳順之年，身形偏瘦，頭卻不小，額闊面廣，濃眉炯目，單從外貌上看，還算合白素錦的眼緣。

可一碼歸一碼，看著順眼也不能當飯吃，白素錦唇角微挑，露出自認為特別平易近人的笑意，點了點頭，說道：「商人重譽，還要有勞周大人盡快查明真相，還我小荷莊一個清白。」

周廷沒想到白素錦會這般直白，雖有意外，臉上卻並未表露，只是爽朗一笑，坦然應下。

從府衙出來後，配合周廷的工作，白素錦將名下小荷莊及豐泰糧行等一干產業的帳冊送到衙門審查，幾位主事也先後被傳喚過去，一時間臨西城內流言四起，白素錦本以為商會那邊會有所影響，出乎意料的是，流言剛傳出來，會首鄭老東家就受各東家所託親自登門，表示相信白素錦的品行，並會竭力提供幫助。

相比之下，打從那天出了衙門，白家老宅卻連個下人也沒派過來，做足了中立的態度。

「白家內宅如今也不安生，估計是自顧不暇。」白語元身邊的隨侍小廝退下後，林大總管從自家夫人臉上也瞧不出她的心緒變化，只得囫圇說了句寬慰的話，可惜，效果蒼白得連自己都說服不了。因為分家之事承受白家和外界雙重壓力的白二少都能派身邊最信任的人過來關切一番，白家老宅的隔岸觀火委實讓人寒心。

林大總管的用意白素錦了然於心，完全無所謂地笑了笑。「聖人道：『以史為鏡。』咱們借鑑過來，以是非為鏡，早一步看清各人姿態，也是好事。大總管無須替我擔憂，咱們且一同看著便好。」

看得出白素錦是真的心無波瀾，林福徹底放寬了心。「夫人，大將軍的軍令今日傳到城西大營，說是即日開始，一切陣前消息以他親傳的軍報為主，它途無須理會。您說，是不是要發生什麼大的變故？」

白素錦乍聽到這個消息心頭也是忍不住一顫，以周慕寒的嚴謹心思，突然發回這道消息，必是出現了異常的苗頭。

「戰場瞬息萬變，既然大將軍有此交代，必有他的道理，咱們只管聽他的，具體緣由，方便的時候他自然會說明。」

糧草、被服出大紕漏在先，先鋒軍重創在後，眼下又久久克敵不利，追隨周慕寒數年，從未遇到一次出戰這般頻出狀況，林福日日焦心，無奈能力有限，幸而府中還有位主子坐鎮，雖年少，卻異常能安穩人心。

就在白素錦帶領整個撫西大將軍府及名下產業在流言的風口浪尖上堅守的同時，周廷在其掩護下從川省清吏司倉科入手，調查的觸角悄無聲息地擴散到整個川省的官倉範疇。

與此同時，一封帶有北突厥圖騰標誌的國書，通過邊城一路百里加急送往大曆國皇城。

西軍戰況不利的消息接連傳入京中，朝堂之上，主戰與主和兩派的爭論愈演愈烈，正爭執不下之際，北突厥國竟然派了使臣入京遞交國書。

文宣帝在早朝時正式接見北突厥使臣，當聽說北突厥國君有意和談，主和派的大臣們臉上都露出積極之色，可聽完使臣的和談條件，他們的臉色卻多了幾分糾結和矛盾。

與主和派不同的遲疑糾結不同，主戰派的大臣多為武將，聽完北突厥使臣的所謂和談條件，一個個周身透著股殺氣，若不是礙於聖上在前，估計早就提刀劈了這東西！

割讓白城城外兩千畝良田、每年供給糧草五萬石、西軍撤離現駐地五十里以外，這樣的條件用於止干戈，對大曆來說算不得什麼，戰事興起，所耗之巨甚至遠超於此，可讓臨西府白家白三姑娘和親是什麼意思？滿大曆哪個不知，白三姑娘已經是撫西大將軍周慕寒的正室之妻，金書為聘娶進門的，北突厥王竟然開出這樣的條件，無疑是明著打周慕寒的嘴巴，委實囂張得很。

一時間，朝堂之上議論紛紛，北突厥使臣挺直著脊梁站在大殿之上，微微揚起下巴打量了一圈，眼底流露出桀驁之色。可讓他忌憚的是，端坐在龍椅上的文宣帝神情淡然，絲毫看不出情緒。

著人安排使臣下去休息，朝堂之上便只剩下大曆君臣們，主戰和主和兩派人開始你來我往，爭執不休。

五皇子景桓以文見長，出了南書房後一直在六部輪值，向來主張內治從寬、外治主和，這次北突厥王主動提出議和，除了和親一項，之外的條件都在可接受範圍。是以當文宣帝問他的意見時，五皇子委婉地文謅謅扯了一通，最後歸於一點，議和。

六皇子則正好相反，年少習武，軍功雖不及周慕寒顯赫，但多年征戰下來，在行伍中也頗有威名，性情被沙場中打磨出的狠戾浸染，行事素來狠辣嚴苛，尤其是在外族滋擾邊境的問題上，一向是堅定的主戰派，但這次卻意外地傾向於和談。

文宣帝高坐御座之上，冷眼旁觀殿下群臣你來我往，爭辯不休，互不相讓，最後懇請聖上定奪時，已經是一個時辰之後了。

文宣帝並未表態，退朝後，在御書房召見內閣、軍機處元老大臣，閉門商議一個多時辰後，未果。隨後，近身伺候在文宣帝身邊的福公公親自到驛館傳聖上口諭，和談一事事關重大，尚需謹慎商議，因此，使臣大人需在京城逗留數日。

結果，北突厥使臣這一逗留，就留了近一個月。

大曆朝堂因為北突厥使臣帶來的和談一事鬧得唇槍舌戰、爭論不休的同時，臨西府也開始變天。

因為涉嫌過深，周廷並未調用府城衙役，而是亮出了聖上御賜金牌，直接使用了城西大營的軍力，僅僅用了七天時間，就將川省巡撫季懷甯出其不意地控制住。緊隨其後，一場覆蓋整個川省官倉的查處貪墨大案由上至下雷霆展開。

文宣帝召見北突厥使臣的次日，周慕寒就收到了來自京城內宮的飛鴿傳書。主帳內，空氣中有股狂怒之氣隱隱波動，幾位心腹將軍們面面相覷，直到輪番看完紙上的內容，一個個的表情跟吃了蒼蠅似的。

這是什麼事兒啊?!北突厥王腦子有病吧?!

可薛軍師的心情卻異常凝重。

「北突厥王這一招可謂下作至極。」薛軍師將紙條燃著之後扔進銅爐裡，沈聲道：「和談若成，大將軍必遭受奇恥大辱，同時也與朝廷產生嫌隙；和談若不成，大將軍難免要被扣上為了一個女子不顧邊城數萬黎民百姓生死的帽子，此戰咱們勝了還好，若不利，大將軍的處境怕是難以預料。」

幾個人一聽薛軍師的剖析，不禁心下一涼，齊刷刷看向周慕寒。

這種情況，真真是左右兩難。

周慕寒的臉上卻沒有一絲一毫的猶豫和為難，只有越來越讓人汗毛倒豎的冷意。

「有膽惦記，也要有命享才行。」

帳內其他幾人齊刷刷覺得後脊梁骨竄寒風，心裡默默給北突厥太子點了炷香。

第二十四章

北突厥開出的議和條件，周慕寒並沒有隱瞞白素錦，這樣攸關的大事，他不希望白素錦從別人口中得知。

周慕寒飛鴿傳書的內容極其精練，不過短短數句，信息量卻相當豐富，白素錦看過後總結——一，北突厥要和談；二，和談要地、要糧、要妳；三，北突厥王一肚子壞水，給我挖坑；四，妳該吃，吃、該喝，喝、該睡，睡，我來收拾他們！

林大總管當著白素錦的面將書信燒盡扔進銅爐裡，眉頭皺得能夾死蒼蠅。「老奴私以為，此事恐怕不簡單，看著處處針對大將軍，從而牽連到夫人，可老奴直覺怕是並非全如此……」

白素錦手指輕輕叩打桌面。「大總管的意思是……有人在背後針對我？」

林大總管點了點頭，神色凝重。「若是真如老奴所料，怕是一箭三鵰之計。」

蘇家？秦家？汪家？或者……還有白家人的分兒？

想想幾個月來的風波暗湧、明槍暗箭，白素錦冷冷一笑。「有心想，還得看看有沒有命拿。」

當周慕寒率大軍凱旋而歸後，林大總管私下與薛軍師提到兩位主子得到和談消息時的反應，一致感慨——真真的不是一家人不進一家門！

既然周慕寒明確表示不用自己擔心，白素錦也信任他，不過，這不代表自己什麼也不去做。

由巡撫季懷甯開始，涉及官倉貪墨案中的大小十數名官員迅速被緝拿，一時間，川省官場為之一肅。辦案期間，不僅城西大營的部分將士被借用，就連林大總管也被欽差周大人給借了去。

周慕寒弱冠之年受命兼任川省總督，雖戰功顯赫，然而對川省一干地方官員來說，無異於外來的空降兵，不服不忿的有之，暗地裡用手段的有之，旁觀等著看熱鬧的亦有之。偏偏周慕寒的性子，是絕對不會有外來居上者的懷柔覺悟的，上任兩年多來，冷著一張臉示人，背後沒少讓林大總管暗下調查這些人的背景，本打算夏秋戰事結束後騰出手來收拾他們，沒料到先中了暗招，這才不得不借皇上之手。

林大總管按照周慕寒的吩咐，在周廷初入臨西之時就將手裡握著的東西盡數轉交給他。

打從那日到府衙走了一遭後，白素錦就再沒出過大將軍府半步，坊間傳言，大將軍夫人被欽差大人拘禁在府內。

隨著涉案官員陸續被捕，白素錦被禁大將軍府的傳言愈演愈烈，當六大米行的東家也被捕入獄後，蘇平讓白二爺親自走了趟大將軍府，不過仍然沒有見到白素錦，從而自認為坐實了傳言。

然而，就在所有人都認為她被囚禁的時候，白素錦此時正身在城西大營之中。

「夫人，這是最新修改後的火藥配方，按照您的意思，反覆試驗後，材料縮減為三種，已經是所能做到最簡化的配方了。」尚華將不算薄的一沓紙張呈給白素錦。

在火藥的穩定性實現後，楚清就已經被白素錦接回了小荷莊，之後便埋頭在新建成的丹房中煉製丹藥，而城西大營這邊請示過周慕寒後，第一時間成立了單獨的火器營，由尚華全權負責，所有參與火藥研究的工兵都經過嚴格篩選並簽下了軍令狀。

白素錦仔細翻看，除了火藥的精簡配方，還有所有火器營工坊工兵們的名單，以及一種被稱為「火藥球」的設計工藝圖。

白素錦看著手裡這張火藥球的工藝圖久久說不出話來。

乖乖的，這分明就是簡易的石質地雷，單單發火裝置就有踏發、絆發、點發三種！果然啊，精英人才哪個世界都有！白素錦在心裡默默感慨。

「這火藥球的穩定性可能保證？」

尚華拍拍胸口保證。「已經反覆試了數十次，只要妥善防潮，就沒有問題。陣前多荒石戈壁，乾燥少雨，使用的話，效果會非常好。」

白素錦選擇性忽略掉尚將軍嘴角那抹讓人頭皮發麻的笑意。「第三批糧草這兩日就要離營了吧？派兩個火器營的工兵師傅隨行，讓大將軍心裡有個輪廓，排兵布陣時用起來方便。」

趙恬這兩日正在安排。「夫人放心，已經安排好隨行的人了，統共五人，除了演示火藥的威力，更重要的，是在那邊鑿製石殼。」

的確，單純運送半成品火藥粉可比成品地雷省時省力多了。在專業人士面前，白素錦覺得自己還是當個安靜的甩手掌櫃更合適。

「那……半個月後最後一批糧草出營，我和押解隊伍一起上路。」

趙恬和尚華不約而同當即愣在當場，雙唇微張，樣子又呆又傻。

尚華率先一步回過神來，急急道：「夫人，萬萬不可，萬萬不可啊！前方戰事一觸即發，糧草押送途中也不安穩，若是……若是……末將等實難同大將軍交代！」

趙恬也趕忙在一旁附和，力圖打消白素錦的念頭。北突厥遞交國書明著搶大將軍的媳婦，這事兒已經在臨西府內傳播開去了，軍中自然知曉，北突厥王的祖宗十八代每天不知被全軍將士問候多少遍呢，火器營工坊的工兵們更是卯足了勁頭配製火藥，親眼見證過這東西的威力，一個個恨不得有多少弄多少，轟死北突厥那幫強盜！

「兩位將軍莫要驚慌，此事我會親自請示大將軍，今日不過隨口先說一聲罷了。」白素錦狀似無謂地擺擺手，端起手邊的茶盞抿了口茶，垂首間斂下眼底勢在必行的精光。

城西大營，軍事重地，尋常人不得入內，而白素錦也不方便在外露面，所以，她並沒有親自和白語元見面，而是託趙恬派人送了手信。白語元在雙親健在的情況下執意分家，雖說放棄了白記鹽行這個大頭家產，但仍免不了要遭人口舌，街頭巷議裡也是妥妥的重點人物，好在他和蕭氏住在莊子上，耳根也算清靜，而且，隨著欽差大人的到來，官倉貪墨案辦得越發轟烈，老百姓們的注意力很快就轉移到了官府身上。

然而，白素錦卻從未由熱點談資榜上跌落下來過，熱點話題人物的地位無比牢靠。

大將軍府眼下大有與世隔絕之勢，每日除了三兩個採買食材的家僕進出，根本見不到其他任何人的身影。儘管如此，白素錦名下的產業卻如常經營，不見絲毫的混亂，對外面的流言蜚語，店中掌櫃、夥計們也置若罔聞，各司其職，沒有一星半點的懈怠。

日子就在這樣詭異的平靜中向前滑動，半個月後，白素錦一身尋常士兵打扮，出現在糧草押解隊伍之中。

尚華騎在馬上，實在克制不住，再次回頭看了眼走在隊伍中的大將軍夫人，心裡無聲哀嚎——大將軍欸，您怎麼能這麼慣著媳婦兒呢，您什麼時候這麼好說話了啊?!

押送糧草是件十分辛苦的差事，車隊從大營出發後，兵分三路而行，以分散人視線。為了節省時間趕路，白天是不開伙的，早上和晌午都吃乾糧充飢，只有在晚上才會吃頓熱食。

因為這趟涉及到火藥，所以尚華親自領隊，基於儘量減少與人接觸，車隊都在野外宿營，安頓下來後，尚華仔細察看了一番糧車，然後狀似無意地在白素錦附近晃了一圈。

白素錦同尋常士兵一般席地而坐，手裡捧著個粗瓷大碗，碗底是白米飯，飯上面鋪著一層沒什麼油星的青菜，外加兩片清蒸的鹹肉。

周慕寒在軍中威名顯赫，戰功毋庸置疑，另一個更重要的原因，是治軍嚴格，自律更嚴，自從入了軍營，多年來無論如何升遷，從沒開過小灶。物以類聚，他帳下的幾個心腹都與他一般，尚華便是其中之一。所以，那飯菜的滋味如何，尚華再瞭解不過。但眼前的大將軍夫人，不說是含著金湯匙出生，可身為巨賈之家的姑娘，想必從小便是錦衣玉食，她院子裡僕人的飯食恐怕都要比她手裡的強上許多吧，然而，她卻吃得乾乾淨淨，一點也沒浪費，臉上也沒絲毫的勉強和難色。

當日大將軍破天荒開大曆首例，以金書為聘迎娶一個商家女，他們這些老部下雖不會在大將軍面前多言，但私下喝酒閒話，難免有些替大將軍惋惜。如今看來，還是大將軍的眼光毒辣。

白素錦感應到尚華的目光，抬頭看過去，尚華稍稍頷首，轉身離去。

以尋常士兵的身分掩於隊伍之中，對白素錦來說是最安全的方式了。

火器營雖然獲准成立，在軍中卻並沒有公開，但很多將士都知道工坊那邊在搗鼓新玩意兒，貌似很了不得，所以，儘管白素錦是生面孔，但看工坊那幾個老師傅對她的態度，熟絡中透著隱隱的敬重，大家夥兒就認為這個面皮白淨、身體單薄的小個子是工坊那邊從外面請回來的「高手」，臨出發前，尚將軍不是吩咐過了嗎，工坊這幾個師傅和糧草是一樣重要的，必須給保護妥當了！

白素錦那一世被霍教授剝削，田野作業從來沒斷過，所以，長途奔波、吃食粗糙這些比較艱苦的環境，對白素錦來說也算不得什麼難以克服的。只不過，每天急行七、八個時辰，即便無負重，六、七天後，白素錦感覺自己累成狗！

萬幸的是，一路雖辛苦，但總算平靜。

總算在累成死狗之前，一行人抵達了距離東溪鎮三十里外的岔路口。

休息了一夜後，次日天邊剛露出魚肚白，尚華以調配物資為名，安排一支十人小隊前往東溪鎮的莊子，白素錦就在其中。

白素錦不會騎馬，所以一行人輕裝步行，趕到莊子上的時候，晌午已過。

周慕寒在東溪鎮的這處莊子並不大，古樸的三進套院，連著土地在內占地不過三、四百畝，莊子的管事姓楊，四十歲上下，原是周慕寒帳下先鋒軍的一名參將，兩年前的一場戰爭中因為重傷失了條胳膊，無法再效力軍中，周慕寒便將他安排到莊子上來，表面上管理莊子，暗中也是周慕寒放在川西北的一條眼線。

一確定白素錦要來，周慕寒便同楊管事打過招呼，自然，也沒隱瞞白素錦的身分，楊管事辦事，他很放心。

十人小隊抵達莊子上後，白素錦以有特殊任務為名單獨離開，其他人也沒覺得有異。

楊安身高體壯，濃眉大眼，容貌乍看上去略粗獷，但性子卻細膩得很，打從接到接待大將軍夫人的命令後就開始準備。

白素錦終於舒舒服服地洗了個溫水澡，一邊擦著頭髮，一邊打量身處的屋子，桌椅家具並不多，看著也不是新置辦的，但擦拭得非常乾淨，身處其中讓人很舒服。

待白素錦這邊梳洗、換裝完畢，西廂暖閣裡已經擺好了飯菜，溫熱的鹹肉蔬菜粥、幾碟清爽的小菜，還有一籠屜剛出鍋的包子。

「米粥好剋化，夫人您先用些，然後好休息。」楊管事解釋道。束溪鎮雖靠近邊境，物資比較匱乏，但置辦幾桌上得了檯面的飯菜還是可以的，楊管事不瞭解白素錦的性情，緊怕她多想。

楊管事並沒有掩飾心裡所想，白素錦自然看得明白，滿不在乎地擺了擺手。「楊管事無須這般多費心，我在吃食上沒什麼講究，比照你們日常飲食即可。」

白素錦這麼一說，楊管事也就那麼一聽，晚飯菜式雖然不多，但很是精緻，白素錦無奈地在心裡嘆了口氣，用過飯後，當著楊管事的面親自點了兩道菜。

燉豆腐、素炒白菜。

楊管事從白素錦的院子裡出來，長長的舒了口氣，心想，大將軍這個媳婦娶得真是好，臨西府大戶家出來的姑娘，卻一點架子也沒有。

幾天點菜下來，莊子上的廚子也算摸清了白素錦的口味，比起葷菜，夫人更喜歡清淡的素菜。

「夫人，這是莊子上近兩年的進出帳目，您請過目。」待白素錦休息兩日，楊管事將帳簿呈交給她。

白素錦也沒刻意推拒，坦坦然然接了過來放在手邊。「楊管事，我能否看看同前方大營往來稻穀的記錄？」

大將軍一早有話，凡是夫人的要求一律同意，而且，他知道，這次能順利解決糧草問題，夫人出了大力，就連糧草有問題也是夫人手下的人給發現的。要看往來記錄，自然不是問題。

「還有一千多斤摻了半夏米的稻穀存在倉庫裡嗎？」白素錦仔細翻看手上的帳冊。

楊管事回道：「是的，後來陸續又從前方退回來兩批，趁著天氣好的時候翻曬了兩次，又存放在通風的地方，想著這兩日和鎮上的糧行商量、商量，價錢低一些賣出去也好。」

白素錦點了點頭，一千多斤的問題稻穀著實不值得像先頭大批量的那些一樣耗費人力、物力處理，但說來一千多斤也不是小數量，就這麼賤價處理掉還是有些可惜……

可白素錦凝思想了好一會兒也沒什麼好辦法，正一籌莫展之際，小丫鬟來報，說是午膳備好了，是白素錦很喜歡的雞絲麵。

莊子上廚師的手藝自然是沒法和趙嬤嬤相比的，但麵條卻做得很勁道，可能是因為退伍老兵手勁大的緣故。

白素錦挑著麵條吃得頗為盡興，吃著、吃著，手上的動作卻慢了下來，用筷子挑著兩根麵條反覆打量，忽然靈光閃過，一個念頭就冒了出來。

速速解決掉麵條，白素錦就寫了封信，讓楊管事派人即刻送到最近的萬通商行分號，之後又開始帶領莊子上的夥計們處理那一千多斤問題稻穀。

兩天後，萬通商行分號的車隊送來了三千斤白素錦購買的糯米，白素錦將舂米的夥計抽調出一大半，分成三組，一組磨米，一組調配米漿，另一組製作米線。

摻了半夏米的稻米磨成粉後，按照一比三的比例摻入糯米粉，加蜂蜜和山泉水調成稀稠適中的米漿。寬敞的院子中架了十幾口大鐵鍋，加七分水煮開，做米線的夥計們站在大鍋邊上，手裡拿著竹勺，竹勺底部被鑽出均勻的細孔，米漿勻速倒入竹勺中，透過細孔流出來呈細線狀落入滾水中，七分熟後撈出來放到竹篦子上晾曬乾透。

莊子上的夥計們還是頭一次見到用稻米做成的麵條，覺著神奇的同時，也不得不佩服夫人的心思。

第一批米線剛做出來，白素錦就讓大廚房熬了整整兩大鍋雞湯，配上新鮮的米線和時令蔬菜，鮮美得讓人吃上就不想放下筷子。

這……這叫米線的吃食若是拿到鎮上或是府城裡去賣，不知要比那批稻穀高出多少倍呢！

楊管事吃過雞湯米線後，再看到白素錦時，眼底那是滿滿的敬佩。都說大將軍夫人是個錢耙子，這回真是見識了一遭！

白素錦沒有如楊管事所想那般將米線賣到鎮上，而是將乾透的米線小把綑紮整齊後，分批送往陣前大營。白素錦還附了製作配方和冷熱米線的做法，這一路跟著押送糧草的隊伍過來，白素錦真真體會到了尋常士兵們的伙食，太糙了，能改善一點是一點吧。

見到周慕寒是在小半個月後，時間已然到了十月中旬，北突厥國已經開始進入初冬，徘徊在川西北邊境的北突厥騎兵明顯活躍起來，一來要趁著大雪封路前多搶些糧食返國，二來也是給大曆朝廷施加壓力。北突厥的使臣滯留在大曆都城近一個月，最後只得了個「還需商討」的答覆，如今正在返回北突厥國的路上。

軍中不得女眷進出，周慕寒身為大將軍，更不能妄為。當然，白素錦也沒易裝入大營的打算，兩人就在莊子上碰的頭。

周慕寒到莊子上的時候已過午時，大家早吃過午飯了，好在廚房裡還有煲好的雞湯，白素錦就讓廚師給做了鍋米線。

屏退下人，暖閣裡就他們兩個人，周慕寒許是餓極了，提著筷子埋頭就吃，白素錦坐在他對面，也沒出聲打斷他，細細打量著眼前的人。雖然身上穿著盔甲，但看著整個人都清瘦了不少，好在精神頭兒不錯。

一砂鍋的米線、一整隻土雞，連著湯，周慕寒吃得是乾乾淨淨。白素錦覺得，大將軍在飯桶的路上更進了一步。

看著人香噴噴地吃飯，是很有成就感的，周慕寒前腳剛踏進莊子大門，白素錦就讓廚房準備了牛肉。趙嬤嬤灶上功夫了得，不管什麼菜，吃過一次之後回來就能做得像模像樣，即便不能十成十複製，七、八成是足可以達到的。為此，白素錦特意帶她去吃了一次元味樓的黃燜牛肉，趙嬤嬤一回來就扎進了小廚房。無論哪個世界、哪個時代，但凡知名酒樓的招牌菜，那都是有獨家不外傳的秘方，趙嬤嬤反覆試驗了三、四次後，做出來的黃燜牛肉雖然和元味樓的味道有些出入，但已經相當不錯了。

趙嬤嬤又改良了兩次，然後將這道菜的做法手把手教給了白素錦。用趙嬤嬤的話說，女人總要有道自己男人愛吃的拿手菜。

白素錦上輩子是標準的「食堂黨」、「外食派」，動嘴能力明顯高於動手能力，品東西好不好吃她在行，真輪到親自動手做的話，效果就只能用個彼時特貼切的一個詞形容，那就是——呵呵。

託趙嬤嬤的福，白素錦這輩子總算是有了道拿手菜。

周慕寒不能在外逗留多久，吃過飯後，白素錦見他眼睛裡泛著血絲，就讓他到臥房裡小睡一會兒，自己則鑽進了廚房裡搗鼓黃燜牛肉。

周慕寒很久沒有睡得這麼安穩了，雖然知道皇上派過去的人不會為難白素錦，但牽扯其中，少不了要受些委屈，於是，沙場之上讓敵人聞風喪膽的周慕寒周大將軍平生第一次體會到了牽腸掛肚的滋味。如今看到人好好在眼前，雖然清減了一些，好在人平安無事，一直以來吊著的心終於落了地，於是，這一覺睡得格外沈。

中間白素錦過來臥房看了兩次，見他睡得沈，就讓小丫鬟去問了一下跟著周慕寒一起過來的護衛，得知只要在天黑前趕回大營即可，白素錦就沒喊他。

周慕寒這一覺就睡了近兩個時辰，醒來時，白素錦的黃燜牛肉正好出鍋。

「這是……妳親手做的？」暖閣內，周慕寒精神抖擻地坐在桌邊，聞著熟悉的牛肉香味，詫異地看向坐在對面但笑不語的白素錦。

白素錦不想周慕寒貪黑趕路，就提前了晚飯時間，動手給他盛了滿滿一大碗飯，然後又給自己添了一小碗。「也就只有這麼一道牛肉是我做的，還是趙嬤嬤手把手教了好些日子才勉強學會。你嚐嚐看，合不合胃口？」

白素錦說著就挾了塊牛肉遞過去，本打算是放到他碗裡的，結果大將軍特實在，直接身體前傾把嘴湊了上來。

白素錦上輩子幹得最多的不是泡在圖書館查資料，就是揹著設備穿梭在深山老林裡發掘墓葬，和人餵食秀恩愛這種技能還真沒啟動過。白素錦保持舉著筷子的動作品了品，這感覺還真挺不錯！

等白素錦回過味來打算再秀秀恩愛的時候，才發現坐在對面的周大將軍已經幹掉了多半碗大米飯了。

低頭看了看自己碗裡的幾塊牛肉，再看看吃得投入的周大將軍，白素錦默默在心裡嘆了口氣，有沒有情趣這件事，果然是要看跟誰對比的。

知道周慕寒回營後還要處理軍務，白素錦燜牛肉的時候就多做了些，裝了滿滿四個大砂鍋，讓隨著周慕寒過來的護衛們拿著，回營的時候直接熱了就可以吃。

臨離開前，周慕寒牽著馬對白素錦說道：「三日後，會有人拿著我的信物來找妳，妳儘管放心跟著他們走即可。別怕，凡事有我。」

白素錦點了點頭，身體前傾湊近周慕寒兩分，壓低聲音說道：「那火藥的威力異常強大，也從來沒有在實戰中使用過，所以，務必要讓咱們的士兵離得遠一些，免得誤傷，你……你自己也注意些……」

周慕寒如墨一般的雙眸靜靜看著白素錦，好一會兒後，抬手撫上白素錦的後頸，稍稍用力捏了兩下，然後翻身上馬，奔馳而去。

白素錦抖著一身的雞皮疙瘩，伸手摸了摸自己的後脖頸子，心裡暗忖這是幾個意思啊？

第二十五章

莊子上的夥計們做米線做得熱火朝天，白素錦得了周慕寒的保證，安心等著。在周慕寒離開五天後，陣前傳回消息，北突厥使臣在返國途中過邊卡的時候被擒到西軍駐邊大營，周慕寒點兵列陣，朝著北突厥國的方向，將他們的使臣腰斬於陣前祭旗。

三日後，周慕寒率大軍拔營，全面出擊，狙殺侵擾大曆邊境的北突厥騎兵。

八百里加急軍報呈到京中之際，朝野震驚，主戰派拍手稱快，主和派彈劾的奏摺寫得洋洋灑灑，文宣帝卻始終穩坐寶座之上，對周慕寒陣前斬殺北突厥使臣的舉動始終不置一詞。

但是這個關頭，沈默就意味著縱容。

退朝後，右都御史公孫平放慢腳步與東閣大學士郭恕行郭大閣老並肩而行，壓低聲音說道：「閣老，您說皇上到底是什麼意思？周廷在川省是下了狠手，我瞧著，和那兩位怕是脫不了干係……」

郭閣老邁著穩穩的四方步，撚了撚鬍鬚，沈吟片刻後，緩緩道：「公孫大人，可還記得已故的長公主？」

公孫平當下一愣，須臾臉上露出恍然之色。

先帝即位不到五年便遭逢三王之亂，北鶻乘機大兵壓境，內亂外患之下，先帝無奈，只得與北鵲和談，割讓北境五座城池及大額銀兩、糧草不說，還將最寵愛的長公主送與北鵲和親。後來即使三王之亂平定，國力迅速恢復，但先帝仍未動念頭收復北境五城，甚至仍然每年提供銀兩與糧草給北鵲，所願的，不過是讓長公主在北鵲皇宮的日子好過一些。不料，長公主卻在嫁入北鵲第三年冬天歿了，彼時，已經有了兩個月的身孕。消息傳到大曆，先帝罷朝三日，並立即派使臣前往北鵲，同時命北軍列陣壓境。儘管北鵲王不甘，長公主的遺體還是踏上了千里迢迢的回家之路。

長公主以國葬規制葬入皇家陵園，可是頭七剛過，長公主生母端妃也跟著歿了。

長公主的性情與生母端妃一般，溫和靜婉，心思通透。當今太后彼時還是皇后，膝下無女，對長公主極為喜愛，視若己出。文宣帝自幼養在皇后宮中，與長公主的感情極為親厚，得知先皇答應北鵲王讓長公主和親，還是少年的文宣帝在先帝御書房外跪了整整兩天兩夜，長公主出嫁之日，他在高高的銅牆之上望著送嫁隊伍離開的方向站了一整天，當天晚上就病倒了。長公主葬歸皇陵，少年文宣帝最後離開，手腕間帶著血跡未凝的新傷。

「彼時在下身受皇命在南書房為各位皇子講學，今上初被立為太子，偶有一次講到高祖皇帝的北疆策略，今上曾明言，畢生兩願，一是收復失地、血債血償，另一是永不以女子和親。」沈浸在昔日回憶中的郭閣老眸中浮上一絲縹緲。

此話已過經年，自今上登基至今，大曆與北鵲四次大戰，皆獲大捷，不僅將當初先帝割讓出去的那五座城池盡數收復，更是讓北鵲折損了近三分之一的兵力，從此退守白河以北百里之外。還需一提的是，自長公主之後，大曆至今無一例和親。

想想朝堂之上那些打著深明大義的旗號口若懸河力促和談的主和派，再想想聖上神情淡然的旁觀，公孫平心頭一顫，掌心就沁出了一層細汗。

且不說朝堂這邊的暗潮湧動，周慕寒敢半路截了北突厥的使臣陣前祭旗，一來是深知聖上的心結，二來那是飛鴿傳書提前暗中請示過聖裁的。縱使周慕寒在世人眼中再狂傲不羈，也不會膽子大到私斬別國使臣。

就在朝堂之上兩派間唇槍舌戰越發激烈的形勢下，西軍竟接連傳來捷報。說來也怪，北突厥使臣祭旗後，周慕寒率大軍出征，如有神助一般，總能趕在北突厥騎兵突襲前一步攔擊，且每戰必勝。不到半個月的時間，西軍縱線如一道無形的網，將北突厥騎兵攔截在外，穩穩地將防線推至川西北邊界上。

隨著戰況陸續傳入京城，沸騰的朝堂漸漸安靜下來。

白素錦在一天傍晚迎來了周慕寒派來接她的人，這時候，她已經學會了騎馬，算不上技術熟練，但起碼不用再坐馬車扯後腿了。

這十二人是周慕寒的親兵，白素錦沒料到周慕寒會派這麼多人過來，有些擔心。「大將軍身邊正是用人之際，我這裡有兩位陪著上路即可，甘統領，你還是帶著其他幾位趕回大將軍身邊吧！」

甘成行了個武將禮，聲音沈穩篤定。「夫人放心，大將軍身邊早已安排妥當。」

聽得甘成這麼說，白素錦便也不再堅持。楊管事與甘成是舊相識，不用白素錦特別交代，就將他們一行人安排得妥妥當當。

肉乾是一早就準備好的，廚房的大師傅連夜做了不少蒸餅，白素錦讓他在和麵的時候加了些蔥碎和細鹽。

第二日，天邊還沒泛出魚肚白，白素錦和甘成一行人就出發了。

甘成起初照顧白素錦，刻意放慢騎馬的速度，白素錦適應了一會兒後慢慢加速，可即便是這樣，傍晚在一戶農家借宿時，白素錦兩條大腿的內側已是火燒火燎的疼。

他們一行人商隊打扮，白素錦也再度易成男裝，草草洗漱、用過晚飯後，抓緊時間休息，次日凌晨依舊頂著夜色踏上路程。這次走了一個多時辰，晨曦微露之際，白素錦終於能趴在坡頂喘口氣。

此時白素錦身在的這處山坡，掩映在幾座高矮錯落的石山之間，山坡上亂石散落，零星幾簇貼著地皮生長的雜草。順著石山間的縫隙看出去，不遠處就是豁然開闊的平地，大片土黃色的地皮，不見一絲綠色。

「北突厥的大軍主力就駐紮在穿越過這一小片戈壁地的綏城，大將軍率領大軍縱橫清剿，僥倖逃竄出去的北突厥騎兵，據探知已經返回到綏城。今日，就是大將軍定下的，與北突厥大軍主力對決的日子！」甘成伏在白素錦身側，雖然此時整個戈壁地視野範圍之內只有他們一行人，但甘成說話時聲音習慣性壓低。「北突厥的太子……此時就在綏城之中。」

白素錦眉心一跳，驀地偏過頭看向甘成。

對方神色凝肅，一雙眼睛卻晶亮晶亮地閃爍著不加掩飾的肆虐的雀躍。

可怕的是，白素錦發現自己的情緒竟然被他這種沁透著殺氣的雀躍感染著！

北突厥太子，就是輿論中白素錦的和親對象。

白素錦轉回頭，實實成成地趴在地上，下頷抵在手背上，雖極力壓制，心裡卻五味上湧，鼻眼發酸。

周慕寒……周慕寒！

白素錦這會兒不知用什麼語言來形容自己的心境，只能在心裡默默念著他的名字。

此處名為薊石灘，位於大曆宣城與北突厥綏城之間。薊石灘的戈壁地呈狹長狀，兩側是石山峽谷，但由於戈壁地寬廣，用兵時並沒有高處伏擊的優勢。

西軍按計劃兵分三路，兩翼軍從兩側山地峽谷穿過，兵臨綏城城下，三番四次叫陣於前。白素錦是無緣見識了，兵營裡的粗糙老爺兒們陣前罵起人來，那也是真真能把人氣出內傷來的！

終於，三天後，綏城城門打開，兩國大軍首次正面對戰，大曆軍初時勇猛，稍顯優勢，可隨著綏城不斷增兵，大曆軍優勢漸失，兩翼領將當即下令退兵。大曆軍後退十里之外，北突厥軍也不追趕，休息一、兩日後，大曆軍再度叫陣，兩軍再度交手，大曆軍退守二十里外，北突厥陳兵十里之外。如此反覆數次，雙方不斷派遣援軍，眼下，兩軍大營相距不過十數里，近乎位於薊石灘中心地帶。

十多天的烈日晴天，沒有一絲雨水，為了降溫，兩軍將士極熱之時忍不住，就要到附近的水灘邊汲些水，舀一瓢兜頭淋下，打濕頭髮和衣服，隨著水分蒸發，多多少少也能帶走一些熱氣。

沒多久，北突厥軍發現，大曆將士的身體似乎出現了異常，隨後主帳內就收到了前方探子的回報。果然，大曆軍內彷彿有人得了熱症，而且患病人數在迅速增多。

北突厥太子阿勿思，年近四十，已經做了二十餘年的太子爺，因為北突厥王的高壽，始終離大位一步之遙。這次若能將大曆西軍主力重創，凱旋歸京，那麼……

如此心思之下，這位北突厥太子決定孤注一擲，讓這薊石灘一馬平川的戈壁地成為埋葬大曆西軍主力的亂葬崗！

戰爭場面的殘酷，或許只有親身經歷、親眼目睹的人才能真切感受到。

視線內，如巨大蟻群般的北突厥軍湧動前行，鐵蹄聲、嘶喊聲如悶雷一般轟隆隆不絕於耳，但沒過多久，就被巨大的爆炸聲掩沒。

白素錦趴在山坡上，遠遠看著眼前的戈壁地，只能想到一個詞——人間煉獄。

同時被火藥威力震懾住的，還有白素錦身邊這十二位訓練有素的親軍，以及與北突厥大軍對峙不足一里地之外的大曆西軍。

當然，周慕寒也沒例外。

不同的是，他很快就回過神來，迅速指揮眾將士收回心神，全軍緩緩前行迫近，兩千先鋒軍如收割機一般，結束掉僥倖穿過地雷區的北突厥軍。

趁著北突厥大軍深陷地雷區，隱身在峽谷中的西軍兩翼大軍再次出擊，與埋伏在峽口處的北突厥軍正面交鋒。早在之前撤退時，峽口處就被工坊兵埋下了地雷，採用點發裝置，錯綜複雜的細密引信掩於土石之下，上面零散地覆上幾株乾草。

兩軍狹路相逢，只見大曆的士兵遠遠拋出手裡的拳頭大小的石塊，霎時間密密麻麻地砸在山壁上、落到地上。

埋伏在峽谷山壁上的北突厥軍還在詫異大曆軍怎麼扔了塊石頭就跑呢？沒過幾秒，震耳欲聾的爆炸聲此起彼伏，原被埋在土石之下的地雷被點燃，爆炸再次密集發作。不消一刻鐘，峽口就被坍塌的山壁與北突厥將士的屍體堵個半死。

兩翼大曆軍將士們收回差點被震飛的心神，迅速清掃戰場，越過峽口後繞到北突厥大軍身後，在其與綏城之間築成一道人牆軍事關隘，將北突厥援軍阻在了綏城之中！

「我乃北突厥國太子，你們誰敢傷我？我要見你們的大將軍周慕寒！」阿勿思被四名滿身血跡、體力殆盡的侍衛護在背後，四周的大曆士兵如狼群一般步步逼近。

合圍的隊伍中閃開一條狹窄的通道，李蒙打馬上前，居高臨下打量了一眼狼狽如喪家犬卻仍以身分自恃的北突厥太子，冷冷哼了一聲，左手勒住韁繩，右手舉起，短促地揮出一個進攻的手勢。

不過幾個呼吸間，護在阿勿思周圍的最後四個侍衛應箭倒下，堂堂北突厥太子暴露在數百名弓箭手面前，下一刻就被射成了刺蝟。

在倒下的那一刻，他的臉上還帶著難以置信的驚愕。

李蒙翻身下馬，屏退合圍的將士，隻身走到阿勿思身邊，蹲下來，聲音中透著沙啞。「以為我們不敢殺你是吧？」刻意壓低的聲音滿是嘲諷與不屑。「我們大曆有句老話——命裡有時終須有，命裡無時莫強求。執意強求，那就要沒命了！」

阿勿思聽了，猛地嘔出一大口鮮血，手臂微微抖動著卻無力抬起一寸。

嚥下最後一口氣的剎那，他才恍然——正是那紙和談國書使得周慕寒鐵了心要置自己於死地！

確定阿勿思死透了，李蒙才起身離開，向周慕寒覆命。

天啟十一年秋末冬初，大曆取得薊石灘大捷，殲敵十萬一千三百零四人，己方犧牲兵士七百二十一人，俘虜，無。

薊石灘一戰，震懾四方諸國，從此，大曆西疆走上了百餘年和平發展之路。

與此同時，大曆在薊石灘大戰中首次使用火藥，開啟了兵器時代的新紀元。

當然，這些都是後話，白素錦眼下可沒心思想到此戰的深遠影響，只顧著平復快要炸開的心臟了。

即使離得足夠遠，只能看得到地雷區爆炸時騰起的飛沙走石，但痛苦的哀嚎和空氣中逐漸瀰漫散開的血腥氣，就足夠白素錦面色蒼白、心跳如鼓。頭皮不發麻，因為整個腦袋、整個身體都是僵硬的，已然失去了知覺。

戰事已了，但是許久，白素錦都趴在原地動彈不得。甘成一行人很理解地沒有開口，讓她自己慢慢緩過來。

「我們走吧。」白素錦爬起身，小幅度舒展了一下腿腳，在甘成的幫助下爬上了馬背。哎，再硬撐也還是有些腿軟，沒辦法，和平年代裡長大的孩子哪見過這種場面。

與來時不同，甘成一行十二人對待白素錦的態度，除了原有的恭敬之外，還多了幾分讚賞。他們發現，由始至終，他們這位大將軍夫人的眼裡都沒有出現一絲憐憫和不忍。

是的，白素錦並不覺得該同情或者可憐那些北突厥人。她不是鐵石心腸，只是覺得，若是同情他們，那要置拋頭顱灑熱血守護邊境的大曆將士於何地？置那些被北突厥人燒殺搶奪飽受痛苦的大曆邊城百姓於何地？

戰爭無正義，又何必做悲憫敵人的「聖人」呢?!

這場薊石灘大戰，與其說是兩國大軍的正面交鋒，不如說是大曆軍對北突厥軍的單向屠殺！一屠就屠掉了十多萬人，北突厥舉國兵力，在不到兩個時辰裡，就折掉了近四分之一。

薊石灘，從此就成了讓人談之色變的萬人塚。

明刀明槍的戰事結束了，可無形的戰爭對周慕寒來說還遠未結束，白素錦知道，接下來他還有一場更硬的仗要打，自己也幫不上什麼忙，只能在離大營最近的鎮上買了不少的牛肉，實實在在地做了幾大鍋的黃燜牛肉，然後讓甘成帶上三個人繼續護著自己趕回束溪鎮，其餘的八個人帶著幾鍋牛肉回大營向周慕寒覆命。

陣前大營，從火藥的威懾中完全緩解過來的將士們沈浸在勝利的狂喜中，炊事兵們架起了大鍋，很快，營地裡瀰漫出米香和肉香。

主帳內，十二衛中的八衛向周慕寒覆命後退出去，簡易搭起來的長木桌子上多了幾個大砂鍋，順著鍋蓋縫兒和通氣孔透著股牛肉香味，勾得李蒙幾個呼啦啦圍上去，急切地打開砂鍋蓋子。

謔，燜牛肉！

炊事營裡的大廚做慣了大鍋飯，就算是燉肉，也絕對做不出這種精緻的味道，不僅李蒙幾個，就連薛軍師也湊了上去，估計只要周慕寒一點頭，就能直接下手抓。

要不說是周慕寒親自訓練出來的兵呢，作戰能力強不說，還特別會做人，這不，八衛退出主帳沒多久，就有炊事營的小兵來送碗筷，帳內人人有份。

只是，碗筷有了，大將軍卻遲遲不肯發話，一干人只能端著碗、拿著筷子乾著急！

大家一致將求助的目光凝聚在薛軍師身上。

薛軍師「臨『肉』受命」，看看大將軍，再看看桌上的幾個砂鍋，眼珠子轉了幾個圈，挑了挑嘴角，放下手裡的碗筷，抱起一個砂鍋送到了大將軍的案桌上。

「大將軍，這是夫人的心意，涼了就不好了。」

周慕寒抬眼瞧了瞧淺笑晏晏的薛軍師，又瞧了瞧眼巴巴看著自己面露急切的幾員心腹大將，有些不怎麼甘願地點了點頭。

幾乎同步，幾雙筷子就探了出去！

大將軍可真夠護食的，瞧瞧那頭點的，真夠不甘不願的！眾人一致心聲。

周慕寒也放下手裡的公文，直接就著砂鍋吃肉。

嗯，感覺這次做的，味道比之前的更好了……

周慕寒兀自吃得投入，完全沒注意到帳內其他幾人嘴裡咬著肉直愣愣看他。

乖乖的，大將軍剛才是笑了一下吧？是吧？是吧?!

託這幾砂鍋黃燜牛肉的福，接下來的幾天，大將軍的臉色都史無前例的「隨和」。

知道周慕寒還有繁雜的戰後事務要處理，白素錦並不打算在東溪鎮久留，兩日後就跟著萬通商行分號的車隊返回了臨西府。

走的時候易裝成押送糧草的小兵，回來的時候易裝成商隊裡的小夥計，雖然身邊有靠得住的人護著，但對許大管事和夏嬤嬤他們來說，她算得上是隻身出行，所以打從她離開開始，一大幫子的人就沒睡過一個安穩覺。如今總算是把人給盼回來了，瞧著又消瘦了些，好在單看著精氣神兒不錯。

白素錦無意提及邊境之行，自然也不會有人沒眼色去問，白素錦吃吃睡睡休息了兩天，總算是徹底活了過來。

「官倉貪墨案已經查到我三叔頭上了？」

林大總管點了點頭。「錦陽縣的官倉剛被清查，白三太太就跑了趟娘家，卻立即被同知大人給送回了白家。」林大管家抿了抿嘴。「眼下只查出來錦陽縣的縣丞和縣倉掌庫有確切的罪證，白大人只是涉嫌，還在調查之中。」

白素錦撇了撇嘴。「此時咱們無須再多過問，就交由衙門放手去查吧。」

「是。」林大總管應道。「證據確鑿，周大人定然不會手軟。」

誠如林大總管所言，沒過三日，周大人就開始了第一步動作，將奉旨查辦糧草貪墨一案明文公告於眾。一時間，得知消息的邊城百姓群情激憤。

就在洗刷嫌疑、踏出大將軍府的當天，白素錦親自坐鎮廣蚨祥，將二十疋桐華布上架出售！

「咱們這回，算是被白家那丫頭擺了一道！」

書房內，秦五爺的氣色很是不好，與他同桌而坐的汪四爺也沒好到哪裡去。

小荷莊那幾百畝的白疊子一進吐絮期，就吸引了臨西府所有織造行家們的注意力，無他，只是這個叫白疊子的東西，和百越人栽種的桐華樹花絮太相似了，種植的作用不言而喻。

如今廣蚨祥的貨架上擺上了桐華布，更是坐實了眾人的臆測。

白素錦以花綀為餌，一方面引得五福和榮生將大部分流動資金用於囤積原麻和生紗，並且為了織造花綀擴大織造坊規模，增加人力、物力、財力投入，導致流動資金有限；另一方面以利益分享為優勢促進商會建立，以此為依託，整合人力、物力、財力資源，為進一步擴大白疊子種植和織坊奠定了基礎。

事到如今，秦五爺和汪四爺就算推測出了白素錦的用意，可也已經束手無策，因為他們正陷在泥潭裡，不知道到底能不能抽得出身。

「姊夫，你也不用太焦心，青格織造坊那邊我已經處理乾淨了，所有的事，到那裡就是終結。雖然要使不少銀子，可傷些元氣總比失了根本要好。」汪四爺越想臉色越發青，後悔跟著蘇家摻和到這趟渾水裡，可世間沒有後悔藥，現在能做的，只能盡最大努力保全自己。

秦五爺所想的卻不如汪四爺這般樂觀，即便逃過了這次的大劫，秦、汪兩家順利的話少說也要三年五載才能緩過來，可回想白家三丫頭短短數月間的舉動，秦五爺長長嘆了口氣，心裡湧上濃濃的無力感。

就在五福、榮生兩家東家泥菩薩過江時，白素錦正如他們所料的那般，積極地向商會成員們推銷白疊子。

為了方便來年推廣，白素錦邀請商會內各家派遣夥計過來一起採摘白疊子。不僅如此，後續的分收、分曬、分存、分軋等處理工序都全部開放，同時允諾，小荷莊出售白疊種子，商會成員購買便宜兩成。

種子有限，白素錦思慮再三，最後決定還是優先供應商會內部成員和邊軍屯田。前者意在盡快推進白疊布上市，後者意在幫助西軍提高屯田收入，充實軍餉，而且，這些棉花和棉籽白素錦是要盡數收購回來的。

白素錦委實不習慣稱棉花為白疊子，所以，當織造坊的老師傅將第一疋織好的白疊布送到白素錦面前時，她當機立斷，將其改稱為棉布，區別麻布，白疊子則改稱為棉花。

眾人一致以為，棉之一字，再貼切形象不過。

棉花全田收花結束後，按照白素錦事先交代，許大管事第一時間將棉籽的數量稟告給她，然後兩人推算了一下來年所能獲得的棉種量，再次估算第三年的種植量。如此推算了五年，最後由許大管事整理，做出了一套棉花種植推廣計劃。

白素錦看著這個五年計劃，油然而生一種點綴江山的豪邁感。

五年後，十一月的川省，從南到北，從西到東，將都會有雪白棉絮的身影！

白素錦此時滿懷壯志所能想像的便是這般情景，然後五年後，現實卻遠遠超乎她的預料。

第二十六章

不知不覺，白素錦從邊境回來已經近月餘，兩場冬雨過後，氣溫迅速降下來，田裡的莊稼都已收割完畢，土地進入休養期，小塊開闢成菜畦種植冬菜。

「莊主，這是那爾克族長派人送來的油。」許大管事將兩罐密封好的小罈子打開，頓時，一股清香之氣瀰散開來。

為了區分，罈子上特別貼了紙條，油色淺黃的那罈是茶油，偏黃綠色的是青果油，兩罈油皆是澄清透亮，散著淡淡的清香氣味，一看就是上好的品質。

終於可以逃離油膩膩的動物油脂了！

當天中午白素錦就迫不及待讓趙嬤嬤將豬油全部用茶油替代，兩道涼拌時蔬調了些青果油進去，一整個中午，小廚房的門口都被堵得死死的。

吃到油炸小河魚的瞬間，白素錦差點淚流滿面啊有沒有！

終於！終於有信心往後好好過日子了！

秋茶採摘過後，茶農們就進入了長達約三個月的農閒期，往年這個時候，百越和北濮等族寨裡的男人們大多要離開寨子到縣城裡打短工，基本上都是些苦力活兒，工錢不高，但總勝過在家閒著沒進項。

今年卻大大不同了。
白素錦在百越和北濮附近買下了四千畝山林，林中的青果和茶果正好在秋茶茶季過後開始採摘，不僅青壯年可以勝任，就是老人和小孩子也可以做，而建成後的油坊更是消耗了很大一部分壯年勞動力。
於是，這個冬閒時期，百越和北濮附近幾個族寨出去打短工的人明顯少了許多。工錢是那爾克族長和塔達木族長比照縣城裡的定下的，但是給油坊打工離家近，還管一頓晌午飯，比去縣城裡舒坦。
白素錦聽說族寨裡連老人和小孩子都齊上陣去揀摘茶果和青果，本想將每斤果子的工錢再提高一些，可聽了林大總管提點的那句「升米恩，斗米仇」（注）後就打消了念頭。
很快，滇北油坊又送了一批茶油和青果油過來，白素錦提筆寫了劃，劃了寫，勾勾劃劃總算是把這點油分好了。
京城裡的太后娘娘、皇上、林老將軍一家，錢塘的外祖、舅舅們，還有，白家老宅也得象徵性地給點……算來算去，僧多粥少，狼多肉少！
白素錦一拍大腿，喊來許經年，讓他有時間去滇北接著買山地，種青果樹和茶樹！
儘管如此，白素錦還是從各位「孝敬人」嘴裡摳出了兩罈子果油藏在了小廚房的櫥櫃格子裡。
林大總管得到消息，大將軍就快回來了！

白素錦離開東溪鎮後，陣前十萬大軍兵陳綏城之下，北突厥王以換回太子遺體為條件，再次提出和談。不同的是，這次的和談國書經由周慕寒之手遞交大曆君王。

周慕寒特派一隊精兵護送北突厥使臣及國書趕往京城，隨行的，還有兩份不薄的奏摺。

大曆京城。

薊石灘大捷的消息傳回京城，朝堂之上再次炸開鍋，少不得一番拍皇上馬屁歌功頌德的。皇上自然高興，可這份高興還沒維持兩天，就被御書房案桌上堆著的那一厚摞彈劾周慕寒的摺子給消磨殆盡。

沒打勝仗要彈劾，打了勝仗還要彈劾，就應該把那幫東西扔到西北去守邊！

北突厥再次和談在薊石灘大捷之時已成為定局，朝堂之上已經就此事展開討論，幾次廷議下來，無非就是割據城池、繳納歲貢之類，文宣帝的臉色隨著朝堂大臣們激烈的唇槍舌戰越來越沈。

直到周慕寒的那兩份摺子擺到他面前。

薊石灘大捷，削敵舉國四分之一兵力，從此大曆西疆可安。這一戰，周慕寒立下的乃屬不賞之功，文宣帝正在為他的封賞之事撓頭，周慕寒就遞上了請罪的摺子。

朝臣彈劾周慕寒狂傲殘暴，虐殺俘虜，更是全然不顧兩國局勢殺死了北突厥太子，罔顧

注：意指對別人的幫助，當形成了依賴、習慣後，會由感激變成理所當然，若有一次不能滿足他的要求時，他就會對你記仇。

大局。

然而，周慕寒的請罪和這些一絲一毫的關係都沒有！

他自請罪治軍不力，使得後勤糧草、被服出現重大紕漏，導致一支三千人的精銳前鋒軍幾乎盡數犧牲，還波及到了為數不少的軍中將士，若非此戰有火藥支援，怕是後果難測。因此，周慕寒上摺請罪，同時也奏請皇上嚴查到底。

而另外的一份摺子，竟是關於和談條件的諫言。摺子中，周慕寒主張歲貢不可免，但割據城池可另作打算。領土之內的城池因戰敗割讓出去，代表著恥辱和無法割捨的仇恨，這份恥辱和仇恨勢必將成為戰火再次點燃的動力。所以，與其索要幾座暗藏著戰爭火星的邊城，不如將它們作為通商口埠。

但在摺子後面，周慕寒明確表示，此法乃基於邊境長遠安治考慮，與補償北突厥太子之死毫無相干。他死，只是因為他該死。

對於朝中那些大臣彈劾他殘暴啊、殺俘虜啊……之類的罪名，周慕寒向來是不在乎的，上了戰場，不是你死就是我亡，對敵人一絲一毫的寬容都無異於是對自己將士的殘忍，所以，腦子沒病的人是絕對不會那麼幹的。另外，他就是不要俘虜，怎麼了？有養活俘虜的那份口糧，他寧可給自己的將士吃！

多年來和那些動不動就彈劾他的大臣們打交道下來，周慕寒早就悟出來了，他們也就只能溜溜嘴皮子，大曆律法可沒哪一條說不要俘虜、在戰場上多殺敵人是犯法的。

最讓文宣帝哭笑不得的是，周慕寒分明在第一份摺子裡自請罪，第二份摺子末尾就給他媳婦請功，不僅要好名聲，還要實惠的，又是減稅，又是邊城通商優先照顧，真真的有了媳婦忘了皇伯父！

「臭小子！」文宣帝合上周慕寒的摺子，低低斥了一聲，臉上卻明顯帶著笑。

福公公見了長舒一口氣，上前斟了盞熱茶，輕聲道：「德妃娘娘和淑妃娘娘還在殿外候著，您看……」

文宣帝臉上的笑意斂去，沈聲道：「讓她們回去吧，朕誰也不見。」

平日裡爭爭鬥鬥無傷大雅，他可以睜一隻眼，閉一隻眼，但若觸及了國本和社稷安危，縱是血脈至親，也不得寬宥！

福公公伺候在君側多年，自然明白皇上的想法，應聲後躬身退下出去通傳聖意。

幾家歡樂幾家愁。京城這邊五皇子和六皇子的日子過得如履薄冰，而遠在臨西的白素錦卻萬萬沒想到，周慕寒竟不聲不響給她撈了一份大禮。

此時的她，猶沈浸在果油所帶來的美好味覺享受之中。

這一日剛吃過午飯，夏嬤嬤急匆匆走進房，臉色有些複雜地低聲道：「夫人，蘇家五少爺院子裡的小少爺……沒了。」

白素錦神色一頓。「沒了？」

「嗯，頭晌沒的，街上如今都在議論這事兒呢，聽說是染上了風寒，高熱了兩天，生生燒壞了。」尚在襁褓中的小孩子，遭了這麼大的罪沒了，夏嬤嬤說著也有些不忍。

雖然曾經在心裡預想過這種可能，但真正發生之後，白素錦的心情還是難免受波動。回想當日蘇平出面勸說自己放棄退婚的念頭時言語間的暗示，白素錦心想，他應該也這樣同白宛靜說過了吧？

眼下蘇家正值多事之秋，白三爺雖也麻煩纏身，但白家如今是白二爺當家作主，又有白素錦這個大將軍夫人撐門面，若真是白宛靜的手筆，那還在這個時機動手，還真是再合適不過。

白素錦這會兒還摸不清蘇家、白三爺等人在他們背後所謂「靠山」的眼裡有多重要，是否會出手保住他們？所以，本著凡事留一手的原則，白素錦讓人請來林大總管，囑咐他派個靠得住的人盯著蘇家五少爺院裡的林姨娘。

這對林大總管來說算不得難事，不出五日白素錦就得到消息，早夭的蘇小少爺草草就入了葬，林姨娘痛失愛子悲傷過度，導致心緒錯亂，直呼小少爺是被蘇家五少奶奶給害的，拿著剪刀險些傷了人，蘇家當家主母大少奶奶徵得蘇五少同意後，將林姨娘送去了城北的靜庵堂休養。

林瓏剛被送到靜庵堂，明裡暗裡應該會有蘇家的人跟著，白素錦沒有立刻採取動作，只是讓人繼續暗地盯著。

陣前大軍凱旋回城那天，白素錦一晚上輾轉反側，夜不能寐，早早就起了床。周慕寒率領隊伍由北門進城，遊街接受百姓歡迎後，會先到衙門走個過場，然後才會回府。即便如此，白素錦還是在元味樓預定了一間臨街的包廂。

不知為什麼，白素錦這兩天總覺得心裡不踏實，好像有什麼不好的事要發生似的，早一眼看到早一點心安，就算周慕寒看不到自己也無所謂。

安慶大街兩側早早就站滿了百姓，臨街的店鋪裡也擠滿了人，白素錦剛進包廂就點了桌席面打包，其中自然有周慕寒最愛的那道黃燜牛肉。

申時過半，人群的歡呼聲由遠及近騰起，隱隱夾著整齊鏗鏘的馬蹄聲。白素錦雙手撐著窗臺半傾身探出去張望，很快就看到了整裝行進的騎兵。

十二衛開路，後面就是騎在高頭大馬之上、鐵甲戎裝的撫西大將軍周慕寒。

臨西城的百姓今天幾乎都聚集到了安慶大街，歡呼聲此起彼伏，沸騰不息，白素錦站在窗邊，視線始終盯在周慕寒身上，丫鬟清曉站在她身側，發現白素錦的臉色越來越沈。

周慕寒有些不對勁……白素錦只是直覺，也說不出到底是哪裡不一樣。

「清曉，派人到府衙門口守著，見到大將軍就說我突然發病，請他盡快回府，咱們現在馬上回去。」

沈思片刻，白素錦決定還是遵從直覺任性一次。

白素錦的馬車剛到府門口就看到了等在一旁的林大總管，馬車駛進二門，白素錦急忙下了馬車，林大總管迎上來，跟在她身側一邊往裡走，一邊壓低聲音道：「夫人，剛剛薛軍師派親衛來報，大將軍他……受傷了。」

白素錦身形一頓，臉色越發沈了兩分，脫口問道：「可說了是怎麼傷的，嚴不嚴重？」

「只說右肩中了弩箭，不甚嚴重。」林大總管看了看白素錦的臉色，沈吟片刻說道：「夫人，大將軍也是怕您擔心才沒第一時間傳回消息的，硬撐著遊街也是為了安定民心，同時給周大人助陣。」

白素錦不是不能理解周慕寒的用意，就是控制不住擔心，又有些冒怨氣。「難怪剛剛看到大將軍時總覺得有些不對勁！我已經讓人去衙門守著了，一見到大將軍就假託我急病為由請他速回府。大總管，差人去仁福堂跑一趟吧，常神醫是個口風嚴實的，可以放心。」

林大總管沒料到白素錦竟然動作如此之快，驚訝過後，緊繃的精神跟著放鬆了兩分，不過遠遠看上幾眼就能發現大將軍的異常，這是真把人放心裡了，林福只覺得替大將軍高興。雖然老將軍一家對大將軍視如己出，可林福伺候在周慕寒身邊這麼多年，怎麼會不知道他心裡的苦！如今看來，這個他自己挑的夫人真是個好的。

林大總管痛快地應了聲是，退下去安排一應事宜。

白素錦對外稱病，故而到仁福堂請常神醫過府看診合情合理。

常神醫乃仁福堂第八代掌門東家，醫術精湛享譽大曆，但性情卻古怪得很，尤其是上了年紀之後，便極少親自替人看診，更別提上門了。

可偏偏對白素錦例外。

原因無他，只緣於一張止血去痛的藥粉配方。

暗地裡加工藥品實非易事，短期內白素錦急需大量的藥粉，可又不信任藥署那邊，權衡再三，又和林大總管商量後，白素錦便拿著一張藥粉配方找上了仁福堂。

仁福堂百年老店，門下的藥坊製藥能力放眼大曆也是排在前茅，又有常神醫坐鎮，對白素錦來說是個再好不過的選擇。

不過一開始的時候白素錦還是保留了許多，之後經過幾番接觸，竟和常神醫格外投緣，至此白素錦打消了自己開辦藥坊的念頭，轉而和常神醫合作。而常神醫也不是個拎不清事兒的，算白素錦藥方入股，給了她仁福堂兩成的股份。同時承諾，白素錦若有需要看診，隨叫隨到。

就這樣，白素錦用藥品配方換了兩成仁福堂的股份，以及一個神醫級別的私家醫生！

此時此刻，白素錦覺得自己當初那一步走得明智無比，不然以常神醫的個性，今天要請他過府來，還真沒這麼容易。

常神醫不消一刻鐘就來了，白素錦和林大總管都不知道周慕寒的具體傷勢，不過看他騎馬遊街的模樣，白素錦暗想應該不會有多嚴重，可等到一個時辰後，周慕寒趕回府裡，肩上纏得厚厚的布條被常神醫一層層拆開的時候，白素錦看著被鮮血染透的布，只覺得眼暈，鼻端縈繞的都是血腥之氣。

周慕寒看白素錦的臉色發青，不忍地伸出左手握住她發涼的手，捏了捏，寬慰道：「就是看著嚇人，其實沒那麼嚴重，妳莫擔心。」

「是不嚴重，再偏上一毫，怕是整條手臂都要廢掉了。」常神醫最看不得這些個莽夫逞能，一邊麻利地清理傷口、塗藥、包紮，一邊看熱鬧不怕事兒大的煽風點火。

傳聞撫西大將軍性情暴戾、鐵血手段，可如今看來傳聞果然多不可信，就算傳聞不虛，但一物降一物，這個看起來嬌嬌小小的大將軍夫人想來應該就是他的剋星。

果不其然，聽到常神醫的話，白素錦的臉色沈得幾乎要滴下水來了。

「還請常神醫將所需要注意的事項細細寫給我。」

常神醫將手裡的布條打了個完美的結，無視周大將軍散發出來的寒氣，神色自若地點了點頭。「自然，接下來只要按照我的方法好好將養就行了，一個月內可大好，但要注意，三個月內不能用臂過度，否則就要落下病根了。」

白素錦當即就打了保票，客客氣氣地將常神醫送出門，病人周慕寒的意見徹徹底底被兩個人無視。在常神醫看來，病人就要聽他的，而對白素錦來說，自保不力受了傷的人是沒有發言權的！

周慕寒肩上是被弓弩造成的穿透傷，雖未傷及骨頭，但傷勢也著實不輕，必須仔細將養才能完全恢復。

「傷口必須三天換一次藥，起碼要換兩次藥之後才能出府。」白素錦讓人端了盆溫水進來，然後屏退旁人，自己動手將他上身扒了個精光，仔細擦了一遍，然後替他換了身輕軟舒適的中衣，外面是青色錦衣。一路上穿著不透氣的沈重盔甲，也不怕傷口感染，真是胡鬧！

周慕寒看著白素錦近在眼前染了寒霜的俏臉，特別配合地任她擺弄自己，生平第一次處於被動一方任人擺佈，竟覺得心裡又酸又甜。

終是忍不住，用好好的左手將人攬進懷裡，輕聲道：「放心，我真沒事，以前比這更重的傷不也挺過來了嗎？」

這安慰人的話真是糟糕透了！

不過白素錦決定不跟他計較，依這人的性子，估計也沒什麼安慰人的經驗。

白素錦如今的個頭兒也就勉強能用頭頂抵上人家的下巴頦兒，身子板也薄，周慕寒看著身長勁瘦，懷抱卻是厚實得很，白素錦吊著的心這會兒才算真正落了下來。

雖入初冬，菜畦裡的青菜卻不少，白素錦讓趙嬤嬤煲了鍋豬肝菠菜粥，拌了一大盤新鮮蔬菜，又煮了三個雞蛋，從元味樓打包的菜只端了那道黃燜牛肉上來。

周慕寒喝了口粥，頓了一下，挾了一筷子拌菜，又頓了一下。「這菜的味道……」

白素錦吃飯不喜歡讓人伺候，如今暖閣內只有他們兩個人，白素錦剝了雞蛋，掰開後將蛋黃放到周慕寒手邊的碟子裡，自己吃掉蛋白。聽到周慕寒的話，笑咪咪地顯擺。「怎麼樣，好吃吧？」

周慕寒難得見到她如此生動的笑容，淺淺笑著點了點頭。「確實爽口。」

「這是油坊新弄出來的果油，是用青果和茶果榨出來的，做出來的菜雖沒有豬油那般濃香，但口感清爽得很，趙嬤嬤可研究出不少好吃食，你好好將養，傷口好了有得吃！」

周慕寒嗜葷食，放在平常，這一桌子的清粥、素菜他估計碰也不會碰，可面前的東西吃了幾口，居然爽口非常，那一砂鍋他最喜歡的黃燜牛肉最後還剩了大半。

傷口沒少失血，又接連趕路，周慕寒一進家門，重新包紮了傷口，擦洗後換了身舒服的衣袍，又吃了頓爽口的飯菜，這會兒疲乏感不知不覺湧了上來，白素錦親自盯著他喝了藥，然後幫他脫掉了外袍，扶著躺到床上。

迷迷糊糊間，周慕寒覺得彷彿又回到了小時候，自己感染風寒的時候，母妃就是這樣無微不至地照顧自己，從沒想過，此生自己還能有這樣被人捧在手心裡呵護的感覺……

以前，母妃在的地方是自己的家，如今，自己終於又有家了，因為她。

穿透傷恢復起來沒那麼容易，別看兩面的外傷口結了層薄薄的血痂，可但得牽動肘部時稍用力，血痂就容易破開，白素錦無奈，索性將周慕寒的手臂像治療骨折那般吊在胸前，還別說，效果竟然不錯，只是周慕寒的臉色有些臭。

白素錦執意不許他放下胳膊，周慕寒不想這麼吊著手臂出門，最後只好老老實實窩在府裡，趙嬤嬤覺得自己終於有了用武之地，成天變著法兒地煲湯，短短幾天，周慕寒覺得他從早到晚掙扎在補湯和藥湯之間，最後不得不委婉地向白素錦求救。白素錦哪裡敢在這個時候阻止趙嬤嬤，會被唸叨死的，沒辦法，只好捨身取義，每次幫他分擔一半的補湯。

於是，每天「痛苦」的喝補湯時間也變得有些期待。

周慕寒不出府，可並不代表就是宅在家裡純歇著，每天一早開始，上午召見城西大營的人，下午召見府衙的官員，馮統領來無影去無蹤，哦不，吃飯的時候總能見到，就連周廷周大人也三不五時來湊熱鬧，周慕寒簡直就是把辦公地點搬到了家裡。幸而府裡前後院明顯隔開，否則白素錦這個對外宣稱的病號要怎麼靜養?!

隨著周慕寒歸來，臨西府官場的氣氛越發肅穆，隨著官倉貪墨案深入調查，西軍糧草、被服供應舞弊大案也赫然浮上水面，川省總兵尚伯弘牽涉其中，被打進天牢，非周慕寒提審，一律不許探視。

周慕寒此次受傷，就是尚伯弘的外甥吳達所為。吳達係川省西北境府軍守將，戰時臨時被編入步兵西三營，任協辦守備一職。

大軍抵達陣前初期阻截小股北突厥騎兵不力，實際上並非周慕寒的策略安排，而是有人洩漏了幾路兵力的行動路線，周慕寒發覺後將計就計，故意放出了幾條錯誤消息，很快就鎖定了吳達，當即就給控制住了。鑑於他與總兵尚伯弘的特殊關係，周慕寒並沒有就地處置，沒料到薊石灘大捷，吳達自覺難逃一死，竟殺了看守的衛兵，易裝後趁著慶功宴後防備鬆弛偷襲周慕寒，弓弩威力強大，近距離使用殺傷力更甚，幸而周慕寒反應迅速，這才避過了致命處。周慕寒在主帳外遇襲，只有近身侍衛在場，吳達重傷被俘，故而周慕寒受傷一事並未外露。

換了兩次藥後，周慕寒肩上的傷口大致已結好痂，小幅度的動作沒有問題，可以到衙門正常辦公，白素錦結束陪護工作，開始動手「鋪路」。

第二十七章

靜庵堂建在城北的翠雲山山腰，半隱於山中，環境清幽雅致，庵堂內不少廂房是給香客準備的，西廂多接待臨時進香的香客，而東廂建在一片茂密的竹林深處，曲徑幽深，廂房幽僻，用處也比較特殊，多是大戶人家身分比較敏感之人長期「借居」之地，說白了，就是打著靜心休養旗號的禁足。

林瓏此時就「借住」在靜庵堂的東廂內。

庵堂雖是清淨地，但也離不了柴米油鹽醬醋茶，白素錦出手大方，給了筆豐厚的香油錢，很快就在東廂的一間小院子裡見到了林瓏。

林瓏眼中的驚訝和意外，白素錦意料之中，聽庵裡的師太說，林瓏住進東廂房後，只有開始幾天兩個僕婦來過，蘇家的主子從來沒出現過。

「大將軍夫人今日來，是來看我的下場嗎？」林瓏神色消沈，形容枯槁，整個人由內而外透著濃濃的自暴自棄之感。

白素錦毫不在意，走到她身邊坐下，雨眠在示意下退了出去，順手闔上了房門。

「下場？」白素錦眉角微挑，上下打量了林瓏一番，臉上的表情淡淡的。「如果妳自己都認定了這是妳最終的下場，那麼——權當我今日沒來過吧。」

林瓏聞之，猛抬起頭看過來，眼裡帶著急切，但仔細打量白素錦好一會兒後想到了什麼似的撇了撇嘴。「是她讓妳來試探我的吧？不愧是姊妹啊……」

白素錦也不意外，抬手端起茶盞喝了一口潤嗓。「全臨西府的人都知道，白家大爺夫婦只有一個女兒，並無姊妹。」

林瓏挑了挑眉毛，眼神複雜地盯著白素錦看了一會兒，見她神色坦蕩、目光篤定，心底的猜疑和顧慮當下消了大半。「那夫人此來，所為何事？」

揣著明白裝糊塗嗎？

白素錦也懶得和她打太極。「和妳做筆生意而已。不過嘛，這會兒看到妳，有些後悔。」

「我如今這般處境，哪裡還有什麼值得夫人看中！」嘴裡說著喪氣話，可林瓏眼裡卻又隱隱閃著光彩。

「妳也用不著和我兜圈子試探。」白素錦嘴邊噙著抹冷笑。「我說看到妳有些後悔，是因為發現妳依然還是那麼……蠢。」

林瓏登時憋得臉色通紅，嘴唇動了動，卻不知怎麼反駁。

「怎麼，我這般說妳覺得委屈？」

「賤妾不敢。」

之前還口口聲聲自稱「我」，這會兒就稱「賤妾」了，不委屈是什麼?!

白素錦落在林瓏身上的視線漸變冷肅。「在我看來，妳蠢在兩處。一，自恃得了男人的寵愛，便看不清自己的位置。二，自覺得了男人的寵愛便能得到一切。」

林瓏身體陡然一震，頭更低下了兩分。

「蘇滎再看重妳，也不會娶妳做正妻，更不會在妳深陷危機之時挺身護妳到底，知道為什麼嗎？因為他根本就不是個能靠得住的男人。當然，也不能說他不喜愛妳，只是這份喜愛是建立在不對抗家族、不損傷臉面、不衝突利益的前提下。可憐妳，還以為攬黃了我與他的婚事便能得成正果，實際上不過是替他人作嫁衣裳而已。

「自恃寵愛便肆無忌憚，所以，妳兒子的死，罪在歹心之人，可妳自己，同樣有不可推脫之責任。妳在這庵堂裡任是再自怨自艾、日日詛咒，又何用之有？不過自欺欺人罷了！」

林瓏雙手握拳、雙肩微微顫抖，兩行熱淚無聲滑落。

白素錦言盡於此，靜靜啜茶坐等林瓏調整心情。

三盞茶後，林瓏安撫下心情，抹掉臉上的淚痕，起身端端正正跪在白素錦跟前，啞著聲音道：「賤妾懇請夫人指條明路。」

白素錦抬手示意她起身，將一張寫著生辰八字的紙遞給她。「據聞，自小公子夭折後，蘇五少夙夜難寐，時常心悸難平，蘇府也接連不順，滿府愁容。幾日後，蘇五少將會路遇一神算子，被告知迎進紙上生辰之人入府即可沖散蘇府逆運。回到蘇家之後，該怎麼做，端看妳自己了。」

「夫人今日之言，醍醐灌頂，賤妾不知該如何回報夫人大恩？」林瓏接過那張赫然寫著自己生辰八字的紙緊緊握在手裡，如同緊握著自己的命運。

白素錦起身，整了整衣襟。「我平生最恨兩件事，一是被人覬覦，二是被人算計。妳心思通透，必定會想明白我願看到妳坐穩蘇家後院的緣由。今日我可以給妳一句話，日後不管蘇家如何，只要妳穩住了，就必定不會重蹈今日之苦楚。」

林瓏復深深叩了個頭，而後起身恭敬地將白素錦送至小院門口。

出了庵堂東廂，順著青石小路走上百步，兩邊便是清幽的竹林，靜謐深遠，走在其間，心境彷彿也被這純粹的竹綠所洗滌，有種行在方外的錯覺。

從靜庵堂回府，門房的小廝說大將軍早一步回來了，這會兒正在前院書房，交代了見到夫人就請夫人先過去一趟。

書房裡只有周慕寒和薛軍師兩人，白素錦進去後打過招呼，周慕寒讓她坐在身邊的椅子上，將兩本奏摺遞過來。

白素錦看了看周慕寒，又看了看薛軍師，兩人但笑不語，白素錦坦然打開。

奏摺很長，白素錦看得很仔細，尤其是朱批的內容看得尤為仔細。

看完最後一行字，白素錦合上奏摺，腦子有些發麻，聽說大喜來臨的時候，會有一種眩暈的感覺，白素錦這會兒終於是體驗了一把。

「這上面的意思是……除了升我為一品誥命夫人，皇上要在西疆和北疆的邊境開闢通商口埠，為了嘉獎我募糧勤軍有功，除了減免商稅，還會特別照顧我們的商隊？」

沒想到自己會有被天上掉下來的餡餅砸中的一天，有生之年啊！

周慕寒點點頭。「不僅如此，我還給妳要了十萬引鹽，免稅的。」

白素錦幾乎要忍不住去托自己的下巴。乖乖的，大將軍啊，那是十萬引鹽，不是十斤啊，你這語氣，也太淡定了吧?!

白素錦覺得自己要出去跑兩圈，哦不，還是先去算算有多少銀子要入帳！

「大將軍，看來夫人非常高興，剛剛看您的時候，那眼睛亮晶晶的跟裝了星子似的。」薛軍師還是第一次看到白素錦這般生動的面容。

周慕寒沒說什麼，但臉上的神情卻是輕鬆愜意得很。

有手握川省軍政大權的周慕寒在，本就「心黑手狠」、雷厲風行的欽差周大人和馮統領越發如魚得水，短短七日後，川省官倉貪墨案收卷定判，自巡撫開始，自上而下查處官吏數十人，涉案人員多達三百餘人，以巡撫季懷甯為首的四品以上官員押解回京，近百人秋後斬刑，餘下的判處流放、牢獄之刑。

川省總兵尚伯弘及其外甥吳達所牽涉在內的通敵叛國及西軍軍備舞弊案也緊隨之後告破結案，尚、吳兩家被判滅族抄家，涉案七百一十二人斬立決，三日後將由撫西大將軍周慕寒親自監斬。錦陽縣縣衙及青格織造坊等一干案犯或秋後處斬、或流刑、或坐牢，共一百零七人涉案。其間查明，錦陽縣縣丞係尚伯弘黨羽，欺瞞知縣、夥同主簿偷樑換柱盜取倉糧，為軍糧舞弊案主要從犯，知縣白明軒雖未涉案，但御下不嚴，嚴重失察、失職，被判罰俸一年，當任考績劣。

蘇家及六大米行涉嫌大量存米囤積居奇，被罰重金，而六大米行又涉及夥同倉吏盜賣倉米，雖被脅迫，但罪不可免，除牢獄之災外，更是加罰重金，一時元氣大傷。

秦、汪兩家雖然出手早，將禍水止於青格織造，然僥倖逃過一劫，實際上是周慕寒故意網開一面。秦、汪兩家下屬的產業涉及到數千百姓的生計，更重要的是，白素錦已布下後招對付他們，不急於這一時處置。

雖然付出了巨大的經濟代價，元氣大傷，但好在命保住了，還有花練可做東山再起之資，汪四爺和秦五爺心底戰戰兢兢的後怕過後，不禁覺得僥倖、安慰。

然而，這世間總是福無雙至，禍不單行。就在秦、汪兩家暗自慶幸的時候，市面上的花練一夜間大降價，並且數量陡增，五福的孫管事失了往日的沈著，跌跌撞撞一路小跑到書房，神色間難掩慌亂道：「東家，不好了，商會裡幾十家小織造坊裡一早就用上了新的紡車，四錠的！而且……而且就連織機也是改良之後的，出布的速度比咱們織造坊的快了不止兩倍！」

哐噹！

汪四爺手裡的茶盞應聲落地，難以置信地問道：「消息可屬實？」

孫管事臉色蒼白，重重點了點頭。「小荷莊已經自己建了工坊，專門打製改進後的紡車和織機，說是不久之後就可以買賣。」

汪四爺渾身無力，癱靠在椅背上，秦五爺也是一臉的頹色。

秦、汪兩家想再恢復昔日風光，怕是沒那麼簡單了……

白素錦一早出府後先跑了趟商會會所，棉種已經分剝、晾曬、挑選完畢，秤了重量後，白素錦按照商會各家報上來的預備種植面積給分好了種子，今兒把清單送過來，過幾日就要開個種植棉花的講座，讓趙士程趙管事從頭到尾給各家講講如何種植。

出了會所，白素錦上了馬車直奔西城門，她的目的地是城西西鳴山的普濟寺。

今日午時三刻，周慕寒將親自監斬一應斬立決的死刑犯，白素錦並不打算去圍觀。

周慕寒性烈不羈，從不參神拜佛，卻委派趙恬在普濟寺立了兩座長生碑，碑上刻著麾下戰死的將士之名，年年歲歲享受香火供奉、佛音洗禮。

白素錦是在三個多月前來普濟寺時才知道的，除了自己所求，白素錦又替周慕寒添了一筆長生碑的香火銀子。

宗教信仰向來就是極為私人的事情，信則付誠心，不信則不妄言。白素錦參拜佛祖，所求的不過心安。

時近午時三刻，住持空寂大師率領寺中眾弟子齊聚大殿，開始唸誦安魂經和往生咒，白素錦神色端重跪在殿內一角的蒲團上，直到誦經完畢才不聲不響地退出殿外。

白素錦回到府裡的時候周慕寒已經回來了，難得沒有在書房處理公務，而是窩在暖閣的大躺椅上看兵書。

往年冬日取暖，府裡燒有地龍，主院裡還有火牆，地中央還燃著炭爐，暖和是暖和，但也只有主子房裡如此。

上輩子，白素錦在東北的農家裡見過那種單門獨戶使用的土暖氣，外間燒爐子，熱氣一分為二，一部分連著土炕的炕洞，另一部分透過鐵質的管道通往屋裡的暖氣片，這樣屋裡暖和、炕也熱，住起來十分舒服。

白素錦畫了幅圖，又讓梁管事找來莊裡幾個手巧的工匠一起琢磨，鬪出一個院子做嘗試，入冬前還真給弄出來了，白素錦看到實物的時候不禁眼前一亮。古代工匠的心靈手巧終於親身見識到了，瞧瞧那暖氣片上的浮雕，細緻優雅、大方貴氣，讓人讚嘆不已。

於是，從大將軍府到小荷莊，白素錦開始普及暖氣裝置，此外她還派人到白語元的莊子和萬通商行跑了一趟。

暖氣優先裝在睡房和內室，書房還沒裝到。天冷下來後，周慕寒嘗到了暖氣的好處，最近這些日子在書房待的時間越來越短，就喜歡在內室的暖閣裡窩著。白素錦索性讓林大總管把書房裡的重要東西先搬到暖閣裡，也方便這幾日給書房裝暖氣。

「回來了？」周慕寒從書裡抬起頭，看著白素錦走進來，手裡拿著個小巧的紫檀木盒，待她走到近前，聞著竟有股淡淡的香火味道。

白素錦見他盯著自己手裡的木盒，微微笑著打開，取出裡面那串七寶佛珠手串。

製作佛珠所使用的金、銀、琉璃、硨磲、瑪瑙、琥珀、珊瑚七種材質是白素錦親自挑選的，手串是普濟寺的空了大師親手打磨、串製，放在普濟寺大殿的佛像下歷經九九八十一日誦經洗禮和香火供奉後得來的。

周慕寒也不知配合，白素錦只好自己動手，將手串戴到他的手腕上。

「就這麼每日戴著吧，我知道你不信這個，權當成全了我的心安。」

周慕寒保持手臂半舉的姿勢，如墨的雙眸細細打量著手腕上的珠串，片刻後，長臂一伸，突然就將站在身側的白素錦攔腰攬坐在自己身上。

事出突然，白素錦驚得差點大叫出聲，腰被緊緊箍著，後背一片溫熱，想來是那人將臉貼了上來。白素錦一個氣不過，抬手就擰了他大腿一把，可終究是不忍，沒用上兩分力。

溫暖的房間裡響起男人低低的輕笑聲。

林大總管走到房門口正要敲門，忽聽得裡面隱隱的笑聲，身體一頓，繼而浮上欣慰的笑意，退了下去。

晚飯後，林大總管才將京城來的書信呈給周慕寒。

家書竟有兩封，分別來自皇太后和林老將軍。

周慕寒受傷一事瞞得了別人，可瞞不了皇上，太后娘娘和林老將軍自然也知道了，信中免不了要千叮嚀萬囑咐仔細將養。而後又大大誇讚了白素錦一番，周慕寒這才知道，原來白素錦一早就送了不少東西到京城，尤其是茶油和青果油，兩家都喜歡得不得了，直說胃口好了許多，還有送過去的那個叫暖氣的東西，用了之後冬日裡比往年過得舒坦。接著就是耳提面命要好好對人家，別成天冷著一張臉，也不能要混給媳婦氣受……此類云云，洋洋灑灑寫了一頁有餘，皇祖母便也罷了，周慕寒早習慣了她的唸叨，可從未想過外祖竟也有這般囉嗦的時候。

周慕寒看過家書，隨手遞給白素錦，白素錦看過後心裡還有點小美，隨後就被家書後面附著的禮品單子震到了。

數十支累絲鑲寶石金簪、玉條環、彩玉雕件、青花瓷瓶，除此之外還有兩件前朝傳下來的金鑲寶石帽頂。

周慕寒邊關一戰立下不賞之功，然斬了北突厥使者祭旗在前，戰場上殺了北突厥太子在後，為了在停戰和談中利益最大化，周慕寒立功而不得嘉賞，他是受了委屈的，這些個物件價值連城，想來應該是皇上借著太后娘娘和林老將軍的手補償給周慕寒的。

周慕寒見白素錦盯著禮品單子反反覆覆看了好幾遍，眼角眉梢盡是笑意，出聲問道：

「喜歡這些東西？」

白素錦反射地點頭，開玩笑，這麼好的東西誰會不喜歡！

周慕寒見她點頭點得乾脆，毫無猶豫，漆黑的雙眸閃了閃，起身出了暖閣，不一會兒後回來，將手裡一本折冊遞到她手裡。

白素錦在周慕寒的眼神示意下打開折冊，嘩啦一聲，重疊的內折頁散開來，一眼望去，上面密密麻麻的工整字跡。白素錦將折頁疊好，慢慢翻開第一折看，只看清上面所列，整個人就有些不好了……

「這些東西……都見得光？」

周慕寒聽了白素錦的質疑，稜角分明的俊臉一沈。「自然。雖然是抄家或者別人送上門的，可都在密摺裡稟告過皇上，過了明路的。」

白素錦。「……」

只不過偷偷告訴過一個人，這也能叫過了明路嗎？好吧，那一個人是皇帝陛下！

長長的單子越看下去，白素錦越覺得心驚。

一套卿大夫身家等級的五鼎青銅，此外還有鬲、簋、爵、觚、盤、編鐘、編鉦等多種青銅禮器，除此之外，玉器、玉件、瓷器、木雕等物件也極為豐富，白素錦草草算了一下，這折冊裡登記的東西少說也得有一千三、四百件！

這收藏量，可以建一座博物館了！更重要的是，周慕寒這個貨真價實的土著可能不覺得，但是對白素錦這個「半土著」來說，單子上的藏品，隨便拎出來一個都極富價值，尤其是上面的青銅禮器，幾乎囊括了炊器、食器、酒器、水器、樂器及雜器等所有白素錦知識範圍內知道的青銅器件，其中包括了她只聽過但從未見過的酒禁。

這些東西放在手裡真的沒事嗎？尤其是那套列鼎……

看出白素錦隱約波動的不安，周慕寒手掌撫上她的後脖頸，寬慰似的捏了捏。「放心，過了皇上的御口，這就是賞賜的，本來還賞了不少，可這些東西換不了銀子，放著還占地方，不實惠。」

白素錦。「……」

敗家，啊不，敗祖宗啊！白素錦簡直恨不得咬牙切齒，自己恨不得放在心尖尖上的寶貝居然這麼被嫌棄，簡直不能忍！

「將軍，這裡面隨便一件可都是價值連城。」

周慕寒應該是早被人這麼點撥過，忒雲淡風輕地動了動嘴唇。「可是脫不了手，別說城，就是銀子也沒看到。」

好吧，打仗是需要真刀實劍、糧草、被服的，不能換銀子買物資的東西，對需要養兵的大將軍來說的確沒什麼吸引力。

「這些東西都放在哪裡？」府裡的庫房白素錦去看過，根本就沒有這些物件的影子。

「本想託兩個靠得住的朋友轉手，所以都折騰到京城的一處宅子裡放著呢，打算折成了銀子再告訴妳，結果一直沒消息，就給忘了。」

白素錦真是慶幸東西沒及時出手。

「既然妳喜歡，那就都留給妳把玩吧。」

周慕寒意外白素錦竟然喜歡這些古物件，但看這些東西能討她歡心也挺欣喜，當即大方地決定，東西統統不出手，留著給媳婦玩了。

聽到周慕寒言語間的豪爽，白素錦默默糾結他的大方。原以為嫁了個窮將軍，沒想到人家身家逆襲了！

三案並結後，川省官場為之一肅，欽差周大人將案宗整理完畢後就押解罪臣啟程回京向皇上覆命，一路有馮統領護衛，沿途安全問題倒是不用擔心。

欽差一行剛出城門，白府的夥計就登門來報，說是白家老太太病情加重，一直唸叨著三姑娘，請白素錦回老宅一見。

「哼，這老太太病得還真是會挑時候，我隨妳一同過去探望、探望！」這次沒有將白明軒徹底辦了雖然是白素錦有意為之，但周慕寒心裡還是甚為不痛快。

「衙門裡公務正忙，家裡這點事我自己去處理便好，若是需要大將軍幫忙，我自然不會同你客氣的。」

白家老宅那邊急找自己過去所為何事，白素錦心中已有計較，哪敢這個時候帶著周慕寒這個移動炸彈過去！

周慕寒臉色稍緩，哼了兩聲表示認可，先行一步出府去了衙門，白素錦讓夏嬤嬤從庫房裡挑了棵人參並兩盒上好的燕窩，隨後也出了門。

進了白府大門，白素錦直奔老太太的福林院而去，提前得知門房送來的消息，楊嬤嬤親自等在院門口，看到白素錦一行人的身影，遠遠就迎了上去，態度前所未有的恭敬。

老太太屋裡炭火足，門簾子一打起來熱氣撲面，白素錦在門口將斗篷解開交予雨眠，自己抬腿進了內室。

屋裡窗戶密合，空氣中瀰漫著淡淡的湯藥味道，老太太頭上戴著抹額斜倚在床頭，小齊氏側坐在床榻邊上，一手端著藥碗，一手拿著湯匙正在餵老太太喝藥，床邊的四方桌邊坐著余氏。

白素錦雖有誥命在身，但在內院長輩面前也不能託大，行了晚輩半禮，而後被老太太喊到了床前，本欲執手唏噓一番，可白素錦臉上的表情並不熱絡，老太太的手剛抬起，頓了兩秒之後又悻悻地落了回去。

看老太太的架勢，人雖躺在床上，房裡也飄著藥味，但仔細察言觀色，雙眸清而不濁，神色委頓可臉色並不灰白，想來病情並不嚴重。

但是既然人都來了，自然還是要詢問一下病情以示關心的。

白素錦不耽誤小齊氏給老太太餵藥，離了床邊走到一旁坐下。

一旁的余氏手裡捏著帕子溫聲細語說道：「自從妳三叔無辜被捲進案子裡之後，老太太就整日跟著心驚膽顫、夜不能寐。這不，入冬後天兒一冷，夜裡睡不安穩就著了涼，本以為是風寒，沒承想病來如山倒，這兩日身子沈得竟然床也起不來了，大夫說這是體內急火攻心鬧的，喝藥的同時還得放寬心。前些日子妳也病著，也就沒告訴妳讓妳擔心，只是老太太這兩日迷迷糊糊時念妳念得緊，這才把妳喊了來。妳身子可是好利索了？」

「嗯，後日要跟著大將軍進京，前些日子的藥力就加大了一些，幸而昨兒停了藥。我也正想著臨走前過來看看老太太，沒承想我這才好，老太太就病了。仁福堂的常神醫與大將軍有些交情，不如這就請來給老太太瞧瞧吧，風寒雖是小病，但也不能疏忽。」

「不用了，范大夫這些年一直給老太太瞧病，醫術也精湛，他既說了不大礙，那就是沒什麼事，主要還是得讓老太太放寬心，好好靜養。」小齊氏連忙出聲拒絕。

白素錦稱了聲是，寬慰了老太太兩句，而後如往日未出閣時那般沈默。

余氏和床上的兩人對視了一眼，沈吟片刻後，微微側過身子面對白素錦，聲音帶著懇求之意，說道：「三丫頭，我知道這些年來妳三叔和我對妳的關心不夠多，可怎麼說，咱們也是一家人，妳得相信，妳三叔再怎樣也不會幹那種往大軍糧草裡摻半夏米的缺德事，大將軍是咱白家的女婿，妳三叔怎麼可能做坑害自家人的事呢?!三嬸今兒厚著臉皮求妳，在大將軍跟前替妳三叔說句公道話吧，咱不能因為誤會傷了一家人的情分，是吧？」

老太太聽了余氏的話後猛咳了兩聲，聲音虛弱著說道：「是這個理！妳三叔的性子啊和妳爹一樣，念家，對自家人護短得很，平日卻不會掛在嘴上。妳既和大將軍成了親，那自然就是自家人，妳三叔斷不會做出坑害自家人的事來，這都是被下面的人給連累了！妳同大將軍說說，千萬別一家人起了嫌隙，平白讓外人看了笑話。」

白素錦靜靜聽她們說完，微微笑著點了點頭。「周大人已然查明了實情，三叔與此事無關，這消息還是大將軍親口告知我的呢，祖母和兩位嬸娘不用多慮，大將軍性子雖冷，但為人是非分明，賞罰果斷，定不會對已查明的事情猜忌多疑。」

余氏連連稱是，小心翼翼道：「但是……妳三叔的考績……」

白素錦收起臉上的笑意，面露為難道：「此事我也同大將軍說過，但大將軍說此案已經驚動皇上，周大人得了皇上聖諭，一律從嚴、從重處理，以儆效尤！三叔雖說並未牽涉其中，但治下不嚴是沒得推脫的，最後定判時周大人還是看在大將軍的面子上才給了個考績判劣的處置，再進一步周旋，怕是沒有餘地了……」

屋內一時陷入沈默，余氏看向床榻方向，三人的臉色著實不怎麼好看。可還能再說什麼呢？如今的結果已經是看了大將軍的面子，總不能再蹬鼻子上臉吧？

白素錦雙眸低垂，斂去眼底一閃而逝的冷光。

「三叔一事，委實只能周旋到如此，不過，關於川中鹽運總商的位置，我正想和二叔商量、商量。」

打從白素錦進屋，小齊氏就格外沈默，如今聽得白素錦這麼一說，登時扭頭看過來，眼裡跳躍著激動、興奮的光亮。「此事當真?!」

白素錦也沒有把話說死。「可回圜的餘地挺大，不過具體如何，還是得和二叔商量之後才能進一步確定。」

「好、好、好，我這就派人去喊妳二叔回府，正好難得回來一次，就在家裡用午飯吧？」小齊氏忙不迭起身走到外間吩咐人去鹽行喊白二爺。

白素錦應了下來，藉口讓老太太好好歇著出了內室，打算回清暉院瞧瞧。這邊剛把斗篷繫好，門口就響起了一陣低低的爭吵聲，不一會兒，一陣略急促的腳步聲由遠及近，門簾子被掀開，老太太屋裡的大丫鬟香袖進來福了福身，道：「太太，丁姨娘帶著語昭少爺要給老太太請安。」

小齊氏當即呸了一口。「也不看看她是個什麼身分，今天也輪得到她露臉面？去，讓她馬上滾回院子裡去，少出來丟人現眼！」

香袖身子一頓，想要再說話，卻有所顧忌似的偏過頭看了眼白素錦的方向。

白素錦可沒心思看她們鬥法，當下接過雨眠遞過來的手爐，主僕兩人告辭走了出去。

第二十八章

臨西府冬日極少有雪，天氣陰冷。可能是落水受傷之後留下了病根，沾了陰濕之氣，全身的骨頭縫都冒冷風、痠痛，所以，入冬之後，除非必要，白素錦不會在室外多逗留。

主僕兩人一路往福林院外走，遠遠就看到了院門口對峙著的兩方人。

白素錦走近，福林院的兩個婆子行禮問安，白素錦輕輕應了一聲，未等一旁的丁氏母子出聲，徑直走過他們出了福林院的大門。

在她身後，丁氏母子臉色青白，白語昭隱在衣袖內的雙手緊緊握拳，骨節泛著白。

「夫人，二少爺分家出去後，鹽行如今是二老爺帶著那個外來的少爺打理著，您若是幫著他們拿了總商的位置，那……」雨眠向來恪守分寸，這次著實沒忍住，走出福林院許久之後才開口問道。自家姑娘在白家的地位，這大院裡的人看重姑娘幾分，她看得清楚，把這麼大的好處給他們，雨眠就是覺得不值得。

白素錦看著兩旁熟悉卻又覺得陌生的景致，輕輕嘆了口氣。「將欲取之，必固與之。若是他們安分，那就權當是我給老太太盡了份孝心，若是死性不改，那就休怪我不顧情分了。」

寒風乍起，吹落了兩旁銀杏樹上僅存的幾片枯葉。

白素錦出閣後，清暉院被照顧得不錯，但沒有主子在，清冷是一定的。白素錦也沒進屋，沿著遊廊在院子裡慢慢走著，負責打掃的小廝過來詢問，白素錦讓他在花廳的茶室裡燃了炭爐。

主僕倆在院子裡晃了一圈，回到茶室的時候屋裡已經熏暖，櫥櫃裡還有留下的濮茶，雨眠動手親自熬了一小鍋熱奶茶，青瓷茶碗盛七分滿，白素錦雙手捧著茶碗趁熱啜飲，茶湯順著口腔而下，暖進了胃裡，鼻翼間縈繞著濃濃的茶香和奶香。

一碗奶茶喝完，白二爺也回來了。兩人就在這茶室裡見面。

白語昭並未出現，這一點讓白素錦略微滿意。

川中三年一任的鹽運總商換選本應在今秋舉行，偏偏趕上多事之秋，總商換選一事就被延遲到了次年三月。

「二叔對總商的位置可有想法？」白素錦也不和白二爺繞彎子，直接開門見山。

白二爺神采奕奕，笑著微微傾身靠近白素錦的方向兩分，略微壓低聲音道：「實話不瞞姪女，總商的位置，妳二叔我可是心心念念著，相信這也是大哥的心願！若這次能成，錦丫頭，妳就是咱們白家的大功臣！」

白素錦擺了擺手。「二叔這話就言重了，我能做的，也不過是在推選中投二叔一票而已。」

如今白素錦的一舉一動備受關注，她手裡可是握著十萬引免稅鹽，若是她想涉足鹽業，一爭鹽運總商的位置，也不是不可能。

如果她這一票投給白家，可想而知，會有多少人跟風支持白家。

蘇家在這場清肅中雖牽扯不深，但六大米行卻牽扯進了官倉貪墨案，蘇家與六大米行向來往來密切，這次沒有波及到蘇家，想也知道是六大米行將罪責一併攬了下來。

蘇家的隱患並非僅如此，現下想來，白素錦當日之所以不惜以賣出花練工藝的方式募糧，是因為西軍的糧草出了問題，官倉主事官員們卻藉口搪塞、束手旁觀，而蘇家和六大米行手裡卻捏著大量的稻米。後來白素錦全力促成「臨西布業四十九坊聯合商會」，據說也是為了募糧。值得玩味的是，商會中那四十八家所籌集的糧食，沒有一粒買自蘇家和六大米行。那般緊要時刻，白素錦就擺明了同蘇家及六大米行的態度，不得不讓人重新審視蘇家地位的穩固性。

素來民不與官鬥，白素錦雖在商場，但她的態度，從某種程度上也反映了她背後的那個手握川省最高權力的男人的想法。

經此動盪，鹽業一行內，白家突破附和蘇家的局面，進而取而代之成為龍頭，隱隱呈現出可能性。

白素錦就要在這個時候推白二爺一把。

此時鹽運總商的推選還未實行招標競價制，仍採用鹽商推選投票的方法，因此，白素錦才動了鹽運總商位置的念頭。否則硬拚財力，白家加上她，恐怕也不是蘇家的對手。

白二爺取蘇家而代之的念頭由來已久，現下在白素錦的催化下看到了希望，還是很大的希望，相信之後定然會全力以赴爭取，白素錦今日一行的目的已然達到。

午飯是在老太太的院子裡吃的。白宛和外出求學，白宛廷和白語年在書院，所以今兒飯桌上的人並不多，長輩裡老太太、白二爺、小齊氏和余氏，小輩裡就只有白素錦和白語婷兩個。

一段時間未見，再看到白語婷，白素錦發現她又沈靜了不少，也懂得了收斂情緒。

轉過年來，馮家的三年守孝期就滿了，可到現在那邊也沒透個口風過來商量成親的事。馮家少爺馮一鳴時任川中鹽場鹽運司知事，其父馮道聞乃川省都轉鹽運使司運同，可謂鹽官之家，不知是不是在這次清肅中嗅到了白家的暗湧，才遲遲沒有提出完婚之事。

用過飯後白素錦也沒多逗留，寬慰了老太太幾句後，帶著雨眠就離開了白家老宅。回府途中，白素錦轉道去了趟白語元的糧行。

從白家分出去後，白語元將名下的莊子改名為怡園，怡字，取自蕭氏閨名。往日的白記名下的恒豐糧行直接分給了白語元。

白素錦來得正是時候，蕭氏懷孕已經五個多月，胎象已經穩定，今兒是趕集日，白語元就帶著她進城來，兩人這會兒剛從街市上回來不久。

蕭氏身子已經顯出來，加之冬日裡穿得比較厚，整個人看起來豐腴了不少，面色紅潤，眼角眉梢都透著股慵懶和愜意，看來日子過得很是滋潤。

「進京的東西可都備好了？路途遙遠，京城那邊天兒也冷，我給妳訂做了兩件貂皮斗篷，剛從鋪子裡取回來，正想著讓人給妳送過去呢，趕巧妳就來了！」隨著白語元與白素錦往來增多，蕭氏與白素錦也迅速熟絡起來，她本就是個爽朗外向的性子，只不過在白家老宅時常常壓抑著。

白素錦也不是扭捏矯揉的性格，坦然接受了蕭氏的好意。

知道白語元生意上的事並不避諱蕭氏，白素錦就直接說了今天的白家老宅之行，包括了丁氏母子出現在老太太院子門口的事。

白語元沈吟片刻，說道：「我爹的為人我還是瞭解的，雖然功利，但心計卻不足，心思也沒那麼縝密，更沒那個惡膽，即便牽扯其中估計也是被人利用。」

白素錦點了點頭。「看樣子，丁氏母子並不簡單，尤其是那個白語昭，跟在二叔身邊才多久，聽說現下已經開始插手打理鹽行的生意了。若非天生商才，那便是多年悉心調教了。」

蕭氏給兩人續了盞熱茶，悠悠道：「這天下哪來那麼多天生奇才。」

白語元挑了挑眉，未接話，端起茶盞啜了口熱茶。

白素錦唇角噙著笑，看了看蕭氏，又看了看白語元，然後收目微垂，盯著手中茶盞之上裊裊縈繞的熱氣，緩聲道：「前日裡，府中一個丫鬟失手打破了一只水罐，收拾殘片的時候又不小心劃破了手指，旁邊另一個丫鬟上去幫忙，結果一個不小心也劃破了手指，讓人想不到的是，她們兩個的血落在罐底殘留的水裡，竟融到了一起……」

白語元手下一抖，熱茶水灑濕了袍子也沒顧及，失色道：「當真？」

蕭氏也是一臉難以置信地看向白素錦。

白素錦鄭重點了點頭。「千真萬確。我當即讓兩人又試了一次，結果仍是一樣能相融，而且——她們沒有任何血緣關係。」

白語元身體失力，靠在椅背上一時失神。

白素錦眉宇間也透著黯色。「當時也不知怎麼回事，突然就冒出了個荒唐的想法。因為太荒唐，所以也就沒敢多想，今天突然看到那丁氏母子，這念頭就又冒了出來。二哥，我這心裡著實不踏實，只覺得那母子倆出現得太是時候了，還是小心為好。」

蕭氏頷首贊同。「防人之心不可無，謹慎一點總是好的。」

「我會注意盯著他們。」白語元從最初的衝擊中回過神來，也沒和白素錦客氣。「三妹，這件事能請大將軍的人幫忙查一查嗎？」

剛剛結束的官場大清肅，表面上看是欽差周大人雷霆手段，但長腦子的人都想得到，周大人辦案能如此神速，手上的證據能搜集得如此確鑿，絕非三兩個月能成，必定是周慕寒早在背後籌謀。

能不動聲色掌握那麼多證據，可以想像周慕寒該是多麼的耳聰目明。

白素錦毫不猶豫地應下，她最欣賞的就是白語元這種不死要面子的性格。

事實上，小丫鬟打碎水罐什麼的，不過是白素錦杜撰出來的，古人深信滴血驗親，現有技術，白素錦也沒法確定白語昭的確切身分，但對於丁氏母子出現的時機，白素錦一直耿耿於懷，本著寧可信其有，不可信其無的原則，還是先防著點兒好。

誠如白語元所說，白二爺那個人，謀算不足、貪心有餘，殺兄奪家產並做得不落人把柄，還能高調執掌家業而毫無一絲心虛，這麼高技術和高心理承受能力的事兒，白二爺還真幹不出來。

自從前線大軍的糧草出現問題後，白素錦將已知的情況細細整理了一遍，最後將目標鎖定了白三爺！

可是，白大爺當家時對他的扶持，相比於白二爺有過之而無不及，那麼他為何要多此一舉下此狠手呢？

儘管還有問題想不明白，卻不妨礙白素錦繼續懷疑他。

原有的棋盤已經被打亂，博弈重新開始，只要對方打破蟄伏有所動作，那麼總有一日，真相會水落石出！

自己的懷疑、自己布下的線，白素錦從沒想過要隱瞞周慕寒，他們兩個可是綁在一條繩上的螞蚱，一榮俱榮，一損皆損，況且，白素錦覺得用他手裡的資源用得越來越順手了，所以還是開誠佈公的好。

自從嫁進大將軍府，林大總管就幫她做這些挖人老底的事兒，這次自然也不例外。

白素錦跟著周慕寒一起進京，林大總管留在府中打理事務，今年新買了不少田地，御風馬場的生意更是有了翻天覆地的變化，年宴雖然推遲到了年後，但年終攏帳卻是必須要做的，還有府中各處的僕役，過年時總要打賞和安排年飯，這些事往年都是林大總管在做，今年也只能繼續交付與他。

「夫人，怎麼說您也是第一次進京，真打算就帶著這些東西做禮物？」夏嬤嬤手裡捏著白素錦寫好的禮單，再一次不死心地確認。

白素錦再一次非常確定以及非常肯定地點了點頭。「沒錯，就這些。」

夏嬤嬤無奈，只好拿著禮單退下去，出發前最後一次清點禮單上的東西。

其實也不能怪夏嬤嬤三番兩次確認，但凡看到禮單上的東西，誰也不會認為這是要送進宮裡給皇帝陛下、太后娘娘的東西！

而白素錦卻覺得自己帶過去的禮物再合適不過。此行要拜見的人，俱是大富大貴之人，尤其是皇帝陛下，坐擁天下，整個大曆都是他的，還有什麼金銀財寶、金石玉器真能入得了他老人家的眼的？不如來點實在的。

棉紗織成的布和錦，茶油和青果油，少見的百年濮茶，頂級的花羅糯米做成的乾米線，自家莊子上改良配方後做成的各種臘味。

太后娘娘的，皇后娘娘的，各位皇子的，林老將軍府裡各房的，周慕寒在京中幾位好友的，許二少許唯信的，白素錦提前都讓給打好了包裝，一家一份。

至於皇帝陛下，白素錦則另外準備了「大禮」——兩本冊子。一本詳細記錄了棉花的種植流程、棉布的織造工藝，及紡車、織機、軋棉車等織造工具的改進和製作圖紙。另一本則陳述了自己和許家手裡的兩條商線開拓情況，並做了十年內的展望。當然，兩本冊子裡都明確寫明了現在已經及未來將會給國家的稅收做出多大的貢獻！

從渡口上了船後，周慕寒大老爺似的靠在躺椅上，將白素錦準備送給皇上的兩本冊子仔細看了又看。

他身下的這把躺椅可是從府裡帶出來的，稀罕得緊。

「怎麼樣，有不妥的地方需要改改嗎？」這兩本冊子是白素錦口述要點，林大總管執筆草擬，最後又由白素錦謄寫的。林大總管行文最大的特點就是沒有華麗的辭藻，用詞精簡幹練，一句多餘的廢話也沒有，且條理清晰，主次分明，流暢易讀，白素錦見識過一次後，以後但凡需要書面整理存檔的重要記錄都要請他來執筆。

周慕寒的視線還停留在冊子的最後一頁，上面寫著兩條商線將會帶來的巨大利潤。白素錦很坦白，不僅注明了稅收那一部分，也列明了她和許家將會獲得的巨大財富。

面對這樣的數字，沒有人會不動心。

尤其是皇上。

看似坐擁江山，本應是這世上最富有的人，可惜，事實並非如此。同皇上相比，周慕寒手中掌管的，不過西軍將士三十萬而已，堂堂撫西大將軍府的帳面就已經乾淨到那種地步了，肩上擔著整個大曆百姓的皇上該是如何情形，可想而知。

當今皇上是難得的明君，勤政愛民，自己節儉不說，就連後宮各殿的月例也較先帝時減了不少。可省出來的銀子永遠堵不上花出去的銀子，尤其是防洪築壩、打仗動兵這兩項，動輒就要數十萬甚至上百萬的銀子，每每提及這兩件事，戶部尚書都恨不得拎根麻繩上朝。

白素錦這兩本冊子到了皇上手裡，將會受到多大的重視，可想而知。

「稍後給老太爺去封信吧，讓他老人家提前做好準備，怕是正月裡也要進一趟京城。」

白素錦一愣。「這麼急？」

商線的事其實是許老太爺先寫信告訴白素錦跟上面那邊透透口風的。「不攬不獨」一直是許家立家從商所秉持的原則，可以走得比別人早，但絕對不會一家獨攬。尤其是這次牽涉的財富利益異常巨大，再加上姻親周慕寒的身分如此敏感，一個處理不當，財路搞不好就可能成為死路。

「不若主動上陳，以求共圖長遠之利。」

白素錦看到許老太爺在信尾如此寫道時，心裡對這位外公的遠見卓識佩服得無以復加。

「相信我，如果不是除夕在即，皇上看到這本冊子後一定會宣老太爺即刻進京。」

白素錦看著周慕寒手裡的冊子，眨了眨眼睛，呃，周慕寒這話聽著，好像是皇上很缺錢啊……

從臨西萬順碼頭上船，溯浯河北上進入大曆最大的河流湍河，穿過兩湖北部入豫西，轉沙溪江然後進入直通京城的大運河。

此時雖是冬日，好在一路所行的都是大江、大河，河水奔流不息，即便結冰也只限在岸邊極小的範圍之內，並不耽誤行船。

船上沒有其他取暖的法子，只能燒炭爐，林大總管備了足量的上好木炭，白素錦所在的船艙裡周慕寒讓人放了足足三個炭爐。

「如今太醫院的院使卓太醫正是三嫂的父親，這回進京請他來給妳瞧瞧身子。」周慕寒發現白素錦這兩日夜裡睡得不安穩，行動間還有些緩慢，就知道一定是未出閣時那次落水受傷留下了畏寒畏濕的病根。

兩個人窩在一個被窩裡，白素錦靠在周慕寒懷中，兩隻腳擠在他腿間，果然啊，人的體溫是最合適的溫度。

「不礙事，常神醫已經幫我瞧過了，平時注意保暖就好了，倒是你，別把常神醫的話當耳旁風，給你配的藥酒可得堅持用。」

周慕寒這次的傷能好得如此之快，多虧常神醫醫術了得，不過，常神醫仔細給周慕寒把脈後臉色並不好，說是他之前也受過幾次重傷，雖然外傷看著是痊癒了，可內裡卻積了不少的暗傷，必須要長時間細加調理才能慢慢復原。為此，常神醫特別針對周慕寒的身體情況給調了兩種藥酒，一種每晚睡覺前喝一小盅，一種外用，每兩、三日泡澡兌溫水用。

常神醫下藥比較重，所以，藥酒的味道和口感可想而知，必然沒那麼好。周大將軍面對敵人千軍萬馬面不改色心不跳，偏偏對上藥酒，眉毛蹙得簡直能夾死蒼蠅，那臉黑得喲，本來木著臉就讓人心發毛，這下子更是生人勿近。府內上下，也就白素錦能面不改色地將藥酒端到他跟前。

周慕寒悶不吭聲，這是沈默抗拒？

白素錦伸腳蹬了蹬他的腿。「怎麼不說話？不會是在琢磨怎麼糊弄我吧？」

周慕寒劍眉一挑，搭在白素錦腰上的手猛地用力，將人狠狠捂在胸口，僵硬著一張臉說道：「知道了。」

白素錦整張臉埋在人家胸口，得逞地彎了彎嘴角。

十天後船隊進入了大運河，再有三天時間就能抵達京南碼頭，然後乘坐馬車不用一天的時間就可以進入京城。

皇家秘辛向來是百姓私下閒聊時最愛的談資，全京城的人都知道，榮親王府二公子，不，現在應該稱榮親王世子爺，與他老子榮親王素來不和，年少離府養在鎮北大將軍府，十三歲從軍，這麼多年來即便回京，不是住在鎮北大將軍府，就是住在自己所置的院子。可這次不同，世子爺初封，還帶著新婚的媳婦第一次回來，如果仍不入榮親王府，那可就有笑話看了。

京城榮親王府，芙蓉苑正廳內，氣氛有些僵持。

下朝後，榮親王隨著皇上一起去了太后宮裡，然後得知周慕寒回京後將會帶著新媳婦回王府住。於是回府後，他徑直先去聽竹苑晃了一圈。雖然和這個兒子不對盤，但總不能兒媳婦第一次進門，在吃、住上有所怠慢，傳出去可丟不起那個人！

這一晃不要緊，看到遊廊的柱子上朱漆都掉了，花廳的窗櫺上還掛著灰，臥房裡的被褥抖開後甚至有些發潮，更不要提院子裡明顯疏於管理的花草樹木了。榮親王大怒，當即將負責照顧聽竹苑的奴僕們每人打了十大板子，扣除三個月月錢。

從聽竹苑出來，榮親王直奔杜王妃的芙蓉苑而來。

自從周慕寒大婚，太后娘娘親下手諭拒讓榮親王府任何一人參與後，榮親王和杜王妃的關係一度緊張，至今也並未完全緩和。兩人見面，杜王妃總要旁敲側擊提及此事，表面上是替榮親王抱不平，實則難掩她自己心裡的委屈。榮親王若是回她兩句，總免不了要哭上一場。

過去無往不利的淚水，如今卻適得其反。

這不，榮親王剛質問了一句聽竹苑的事，杜王妃就默默掐著手帕擦拭眼角。

怒氣轉為一股莫名而生的無力感，榮親王重重嘆了口氣。「本王並非不知妳心中所念，這些年來，能給妳的、能給我們孩兒的，本王自認已經盡了全力，可是，唯有這親王的爵位，只能是慕寒的。這是我虧欠林家、虧欠映容的，妳還是儘早斷了這個念想吧……」

榮親王頭也不回地走了出去，所以沒有看到他身後杜王妃手帕掩飾下陰鷙的雙眼和微微顫抖的雙手。

在榮親王的親自監督下，聽竹苑很快就被整理得煥然一新，期間大公子周景辰一直跟在旁邊幫忙。

周景辰的正妻梁氏，乃工部營繕司郎中梁鐸的嫡次女。梁氏的母親季氏，正是川省前巡撫季懷甯的族內堂妹。季懷甯已被周廷周大人押解回京，此時正關在天牢之內，不日就要問斬，季家未被牽連之人莫不戰戰自危，榮親王府因為季氏的關係也格外低調，周景辰這些時日散衙後就直接回府，應酬一概推了出去。

第二十九章

榮親王府這邊，聽竹苑剛拾掇完不到三天，周慕寒和白素錦的馬車就駛近了京城的南城門。

「如果妳懶得應付，咱們可以住到芳嘉園，那是我自己買的園子，清靜。」周慕寒看著白素錦難掩疲憊的臉，臨時改變了主意。

白素錦隨即搖了搖頭。「沒關係，你的位置本來就該在那裡。那是你應得的，也是母妃應得的。」

周慕寒將情緒波動斂於眼底，伸手握住白素錦的，用力捏了兩下。「凡事不必委屈自己，有我在。」

這是鼓勵自己橫行京城？白素錦忍不住勾起唇角，鳳眼含笑瞟了眼周慕寒。「哪有你這麼放縱人的！」

「我不縱著哪個縱著？」周慕寒難得不掩飾慵懶之色，隨興地靠在馬車車壁上，頗有幾分世家紈袴子弟的桀驁。

白素錦輕笑出聲，繼而無奈搖了搖頭。隨著兩人接觸越來越多、相處時間越來越長，白素錦發現周慕寒性格中的無賴及厚臉皮屬性彷彿有被慢慢啟動的趨勢。

車隊在黃昏將近時駛進南城門，劉從峰早派了侍衛先行一步到榮親王府稟報行程，是以抵達榮親王府大門口的時候，大公子周景辰已經帶著兩個弟弟等在那裡迎接他們。榮親王等在韶光堂，椅子都坐不穩，頻頻走到門口張望。杜王妃陪坐在上堂側座，面上溫婉良順，低垂的雙眼裡藏著諱莫如深的情緒。

榮親王府大門前，周慕寒先一步從馬車上下來，夏嬤嬤將車凳放在車轅下，周慕寒親自在一旁將白素錦扶下馬車。

眼前的王府大門挑高五間房，位於住宅院的中軸線上，屋頂上覆綠色琉璃瓦，脊安吻獸，朱漆大門，上用九行七列銅黃門釘，黃昏中莊嚴而厚重。

王府大門通常只開中間的三間，周慕寒炯目微瞇，看著大開的東門，無視邁步迎上前來的周景辰，只是沈聲對他身後跟上來的王府現任大總管丁成吩咐道：「打開正門。」

丁大總管當下一愣，習慣性似的轉頭看向大公子周景辰。

周景辰眉峰微蹙，想要勸說兩句，可周慕寒明顯連正眼都不打算給他一個，權衡之下，他將麻煩拋給了丁大總管。

親王府的正門是只有王府的正牌主子才有資格走的，所謂正牌主子，指的是王爺和正室王妃及嫡子、嫡孫。而且，就算是正牌主子，進出王府也不是天天都走正門的，每年也就在祭祀的那天才打開，不然就是主子大婚的時候，新娘子的喜轎從正門而入。

丁大總管看著站在門前穩如泰山，不開正門就拒不入內的世子爺，兩側的太陽穴鼓動著隱隱作痛，只得牙一咬，跪請進去稟告王爺定奪。

周慕寒也不為難於他，肅著一張臉點點頭。

白素錦本站在周慕寒身後，不料一隻大手伸過來將她拉到了身側，並肩而立。

周慕寒少小離府，同榮親王膝下幾個兒子的關係用寡淡如水形容都是美化過的，是以幾個人站在門口，乾巴巴問候兩句後就這麼無聲站著。

白素錦眼角餘光淡淡掃過榮親王另外的三個兒子，庶長子周景辰眉目疏朗、氣質儒雅，三公子周景星狹目薄唇，舉手投足間透著股玩世不恭，而四公子周景遠還是個少年，唇紅齒白，身材稍顯單薄，對周慕寒的態度最為豐富，時不時偷偷打量，眼裡帶著掩飾不住的敬畏和仰慕。

白素錦又看了看周慕寒，得，這位周身都散發著濃濃的「爺不高興，都離爺遠點」的生人勿近氣息。

自從踏出馬車後，白素錦就感受到了，周慕寒的心情很糟糕。

藉著斗篷的遮掩，白素錦握住了周慕寒垂在身側的手掌，周慕寒體會到她的用意，反手將她的手包裹住，稍稍用力握了兩下，周身的氣息也平和了兩分。

雖然年少時被迫離開，但他對這座埋葬了母親幸福與生命的偌大王府沒有絲毫的留戀，能逃離這裡，對他來說是種解脫。

可是，不留戀，卻不代表著要放棄。當日的遠離，是為了當下及日後的真正占有。在周慕寒的眼裡，這座王府，是母妃用她的全部換來留給他的，他必須要奪到自己手裡，哪怕痛恨著，也要握到自己手裡，然後再親手毀掉！

殺人誅心。對付最痛恨的敵人，最殘忍的方式並不是殺死他，而是讓他清醒地體會著心底最在乎的東西一樣一樣被摧毀，最後一無所有、看不到希望。生不如死，才是報復的終極手段。

這座王府裡，藏著周慕寒埋在心底的魔。

手被握得很痛，白素錦卻沒有絲毫的掙扎，想起周慕寒之前幾次提及母妃時孺慕的神情，白素錦就只覺得心酸。

有過相似經歷的人，才能真正彼此理解。

白素錦有著白三姑娘的記憶，所以才敢說對周慕寒的心境理解一二。

君子以德報德、以直報怨，白素錦自認再活一輩子，也做不了君子。

所以，她奉行的從來都是有恩報恩，有仇——報仇！

直到白素錦的另一隻手覆在兩人交握的手上，周慕寒才猛然回神，立即放鬆了手上的力度，低下頭歉意地抿緊了唇角。白素錦安慰地拍了拍他的手背，表示沒關係。

這時候，王府大門的正門從裡面轟然打開，厚重的朱漆大門發出暗啞的拉動聲。

隨著正門緩緩開啟，彷彿整個王府迎來了某種全新的命運。

大開的正門後，周慕寒並沒有鬆開白素錦的手，而是拉著她，兩人攜手一步步走進這榮親王府。

他是這座王府的世子爺、未來的主人，而她，是此生唯一有資格陪在身側的女人，現在的世子妃、未來的女主人。

所以，今日，他必須帶著她，堂堂正正地從這王府正門走進去！

在周慕寒和白素錦身後，厚重的王府大門緩緩關閉，滯後一步的大公子周景辰看著已經闔上的朱漆正門，隱在袖內的雙手緊握成拳，回想他大婚之日，新娘的喜轎也是從這東偏門進府的。

大曆律法極其重視正妻正室，尤其是冊封誥命。男子得來的誥命，只能封給正妻和生母，且誥命只能冊封給一人，不能轉封。譬如榮親王府，能享有親王妃正一品誥命的，就只有元王妃，即便元王妃逝去了，這誥命也是不能轉封給繼王妃的。所以，別看如今的杜王妃在王府內高高在上，可到了年節之日，卻連參加宮裡皇后娘娘主持的宴會的資格都沒有！

在這個律法嚴苛的世界裡，一個女人的尊嚴和地位，並不是僅靠男人的寵愛就能實現的。

而站在眼前這個相貌平凡、出身低下的商戶女，卻占有了所有她汲汲營營卻始終求而不得的東西——正妻的名與分、內院的獨享。

韶光堂內，白素錦第一次見到了榮親王。一身親王吉服，端坐在堂內正座之上，濃眉朗目，相貌端俊，可想而知年輕之時該是何等風流之姿。而坐在他身側的，想來就應該是繼王妃杜氏了，纖纖蒲草之質，人近中年卻仍面容嬌豔如桃李，難怪能讓堂堂榮親王為之傾心到了寵妾滅妻的地步。

白素錦隨著周慕寒給榮親王行了個跪拜大禮，而面對杜王妃，白素錦只行了個福身半禮。杜王妃臉色發僵，榮親王的神色也不好看，但白素錦統統視而不見。他們也就只能給個臉色看而已，從禮制上講，身負一品誥命的親王世子妃，面對無品無級的繼王妃，看在所謂長輩的面子上，行個半禮就不錯了。

而且，有個對杜王妃直接視而不見的周慕寒做對比，白素錦覺得自己很有禮貌了。

榮親王可能是之前在太后娘娘的宮裡被耳提面命地教訓過，也可能是良心發現，在周慕寒面前愧疚感發作有些心虛，總之最後也沒給太多臉色看，一起吃了頓所謂的「團圓飯」，白素錦也有幸目睹了榮親王的幾房妾室。

饒是再硬撐，白素錦臉上的疲憊之色也無法完全掩飾住，吃飯也沒什麼胃口，只用了小半碗飯、喝了一小碗湯。周慕寒顯然也食慾不振，比往常的飯量小了許多。

榮親王看出白素錦的疲憊，用過飯後就放了他們回聽竹苑休息，同時發話，免了兩人的晨昏定省。

白素錦福身告別，眼角餘光掃過杜王妃絞緊帕子的纖纖手指，轉過身時唇角泛出一抹冷淡如水的笑意。

看來，免了晨昏定省的決定是榮親王臨時自己決定的，並未事先知會過杜王妃。

世家大族裡晨昏定省是每日必做功課，長輩開口免了，那是特殊照顧，小輩自當銘感在心，可周慕寒卻沒有一絲一毫的感觸。

是體恤關懷，還是心虛避開，周慕寒覺得他老爹心裡明鏡。

「這聽竹苑是我母妃還在時所住的院子，妳看，那一大片竹林都是她親自看著人移種的，春日裡還能有新鮮的筍吃，夏日裡竹林青翠，走在其間的小徑上，世外桃源一般……」兩人一路慢慢走著，周慕寒難得打開話匣，邊走邊給白素錦講著兩人走過的景致。是講解，更似回憶。

「那處蓮池，便是我當年落水的地方。」周慕寒指了指不遠處結了冰的池塘。「母妃同妳一般，也極為喜愛蓮花。」

白素錦淡淡一笑。「說來咱們倆還真是『同命相連』，我也落過水呢，滋味的確不那麼好受。」

周慕寒頷首。「咱們的確有不少相似的處境。」

「是啊，除了落水，還都有不怎麼靠譜的所謂親人。」白素錦說得雲淡風輕，引得周慕寒跟著彎起了唇。

「放心依靠的，一個就足夠。」周慕寒眼底的光很柔和。

白素錦身形一頓，很快又跟上了周慕寒的步伐，笑著說道：「你身邊的，可不止一人，賺到了！」他可還有軍中的心腹將領。

的。

「嗯。」片刻沈默後，周慕寒輕輕應了一聲。

白素錦在心底小小鬆了口氣，她告訴自己，不要心急，周慕寒的心魔終有一日會消除的。

一路舟車勞頓，加之冬日天寒，白素錦身上帶著舊疾，委實有些吃不消，洗澡時又被熱氣熏騰，疲憊感順著四肢百骸滲透出來，躺到床上時很快就迷迷糊糊睡了過去，就連周慕寒鑽進被子將她整個人攬進懷裡也沒受驚動。

周慕寒少年投軍，習武多年，手形雖也修長悅目，但掌心、指腹覆著一層不算薄的繭子，劃過肌膚時帶著些微的粗糲感。看著熟睡在自己懷裡的白素錦眼底泛著淡淡的青色，周慕寒心頭觸動，很想伸出手指撫摸上去，又擔心將人驚醒，最後只是探頭過去蜻蜓點水一般親了親人家的額頭，然後調整了一個舒服的姿勢，很快也睡了過去。

白素錦不喜睡房內太過漆黑，所以徹夜燃著盞燭火，光線穿過落下的床帳後變得微弱，寬大的床榻上，兩人同衾交頸而眠，靜謐安穩。

而在府內相距甚遠的芙蓉苑內，繼王妃杜氏卻獨坐在臥房內，看著微微跳躍的燭光神情有些恍惚。洗漱前丫鬟來報，說是王爺今晚又宿在書房。

時近中年，繼王妃杜氏心慌地發現，她竟然有了失寵的危機。

失寵。

而王府的其他幾房，燭火熄得也比往常晚了許多。

周慕寒本以為，多年之後初回王府，這一夜會徹夜難眠，沒想到或許是身邊有了白素錦的陪伴，這一覺竟睡得難得安穩，醒來時天光微亮，想要起身，手臂剛一動，白素錦也跟著醒了。

聽到房裡有了動靜，夏嬤嬤在外面敲門問了一聲，得到回應後開門進來，身後雨眠、清秋和清曉拿著一應洗漱用品一溜串兒地跟了進來。

這次進京，白素錦身邊的人，除了素尺，都跟了過來。素尺已經和許經年過訂，莊子上的織造坊和廣蚨祥的事務越來越忙，素尺在織紡方面頗有天分，對衣料、衣物也感興趣，白素錦索性這次將她留在了臨西，調給了許大管事安排。

不要說三個小丫頭，就算是夏嬤嬤三個見識過江南大富人家的「老人兒」，如今身在這榮親王府內也有些腿肚子轉筋，心慌慌。

這可是天子腳下，貴為當今聖上一母同胞親弟弟的榮親王的府宅！

整整一夜，當值的和沒當值的六個人都了無睡意。

今兒周慕寒要帶著白素錦進宮拜見皇上和太后娘娘，還有幾天就到小年了，兩人要緊著完成大婚的最後一步——禮廟之禮。

所謂禮廟之禮，就是新媳婦到夫家的祖廟拜見列祖列宗，只有完成此禮，才能算是真正進了夫家的門。按大曆禮制規定，新婦未及廟見而死，還不能算是夫家的人，需歸葬女家墓地。

白家在臨西再風光，到了京城天子腳下，也不過是「賤商」之列，在世族大家眼裡入不得流的。是以，這趟皇宮之行，不說全京城，起碼也是半個京城的人都在等著看白素錦的笑話。

宋嬤嬤一邊給白素錦整理裙角，一邊說道：「哎呦，這還沒出門呢，我這腿肚子就有些轉筋了！」

夏嬤嬤也跟著苦笑。「不只妳，我這腦子也有些發麻，就擔心一個不小心給夫人丟了臉。」

白素錦身上穿著繁複的親王世子妃朝袍，外面是石青色朝褂，織金錦，紋飾前行龍四，後行龍三，領後垂金絲絛。

內裡的朝袍和外面的朝褂是由宮裡針織局嚴格按照規制品級給做好的，幾天前太后娘娘就派人給送了過來。

一大早，單單是穿這套朝服，白素錦就像個木頭人似的被宋嬤嬤和夏嬤嬤兩人擺弄了快半個時辰了。

「兩位嬤嬤不用太擔心，無非就是見人就跪，起身了就站在一旁候著，多聽、少看、不說。」

白素錦語音未落，房門就被推開，周慕寒踱步進來，臉上帶著若有似無的笑意。「好一個多聽、少看、不說，妳該不會是也想拿這套來應付皇祖母和皇伯父吧？」

夏嬤嬤和宋嬤嬤立刻退出門外，又仔細察看了一遍待會兒要帶進宮去的東西。

白素錦鳳眼微微瞇起來，打量著面前的周慕寒，一身與自己同色的親王世子蟒袍，腰間是金黃色的朝帶，頭戴冠頂三層，金鑲玉嵌著各色寶石，璀璨奪目。想來，這冠頂應該是皇上特別賞賜之物。

三年未見周慕寒，太后娘娘打從一清早開始就有些坐立難安，皇上體恤太后的心情，特意在下朝後直接到了太后的寢宮，在此一起召見周慕寒夫妻倆。

別瞧白素錦和夏嬤嬤她們說得輕巧，實際上純粹是虛張聲勢，一想到要見的是中央集權下站在權力金字塔上最頂尖的人，白素錦就既緊張又激動。

那可是活生生的皇帝啊！

聽到福公公說皇上要在太后的宮裡一起召見他們倆，白素錦吊著的心稍稍安穩了一些，左右有周慕寒在旁邊，自己只要跟著他就好。

福公公眼角餘光打量了一下走在後面幾乎要同手同腳的夏嬤嬤和宋嬤嬤，再看看白素錦繃著一張臉、唇角緊抿，忍不住緩聲寬慰道：「世子妃無須拘謹，太后娘娘說了，今兒就是家裡人見個面、說說閒話，讓您著朝服，不過是為了兩日後的廟禮，穿著走這一遭，廟禮那天就不生疏了。」

福公公是近身伺候在皇上身邊的大紅人，在宮門口看到他，白素錦也能猜出皇上的用心，現下又聽到福公公這番話，心裡的忐忑頓時消了不少。「有勞福公公了。」

福公公笑著回了句話，引著兩人直奔太后娘娘的寢宮。

太后娘娘寢宮的暖閣今年格外暖和，除了就寢，她老人家幾乎餘下的時間都耗在這裡。而最大的功臣，眼下正正襟危坐在下首。

「如今你也成了親，哀家啊，日後到了地下，也算能有臉去見你母妃！」霍太后捏著帕子輕輕擦拭眼角，由衷感到欣慰。

雖然白素錦在臨西的所作所為皇帝毫不隱瞞地說與她聽，但一日沒有親眼見到，霍太后心裡都不安穩。她從未真正在意什麼所謂的出身，但種種資訊顯示，這個白家丫頭性子烈得很，主意也大，手段也夠厲害，自己孫子的性格她也知道，只怕這兩人單純為了利益湊合在一起。

儘管不放心周慕寒孤身一人，可霍太后也不想他一生活在一個只有利益，沒有溫情的婚姻裡。

這個念頭在沒見到白素錦的時候，曾經整夜整夜困擾著她不得成眠。如今見了，只消看自己孫子的神情，她便可以真正放心了。

「這宮裝穿著很不舒服吧？」霍太后看白素錦挺著脖子坐姿有些僵硬，半是打趣地開口道。「哀家備了身常服在內室，妳先跟著徐嬤嬤去換了吧。」

白素錦第一反應便是偏過頭看了看周慕寒，見他點頭後，立即起身福禮告退，跟著那位走上前來兩步的圓臉慈目的老嬤嬤進了內室。

白素錦的背影一消失在視線裡，霍太后便忍不住輕笑出聲。「你這個媳婦挑得很好。」一聽來的消息裡勾勒出的分明是個精明果決的女子，真見到了，發現竟然對自己的孫子很是信賴依靠。

「嗯，她很好。」周慕寒端起茶盞呷了口茶，藉以掩飾嘴角的弧度。

文宣帝卻將他的反應盡數看在眼裡，打趣道：「你小子，不會在人家跟前也這麼惜字如金吧？」

「就是，你這幾個字幾個字往外蹦的習慣可得改改，有事沒事多說說話，兩人的感情才會越來越好。還有，可別像在外面似的跟人冷著臉，時不時也說個軟話，哄哄人，媳婦可不是娶進門來就大功告成的事，這女人的心啊，要攏著才會暖和……」

霍太后細細交代著，文宣帝本想眼神示意周慕寒自求多福，沒想到那小子竟然坐得穩穩的，似乎將太后的話都聽了進去。

果真是一物降一物啊。

霍太后給白素錦備下的是一套桃粉色的常服，上襖下裙，袖口收窄，活動時很是方便。

白素錦再度出現在暖閣，霍太后覺得眼前一亮，向來清厲的眉眼間浮上絲絲暖意，就連坐在太后身邊的文宣帝也有片刻的失神。

長公主未出閣時，最愛穿桃粉色的衣裙，雖沒有明豔動人的容貌，可靜靜站在那裡，就讓人忍不住想起那開在初春裡的桃花，其華灼灼。

白素錦明顯感覺到太后和皇上的態度又柔和了幾分，雖然不知道為什麼，但結果總是好的。

周慕寒夫妻倆昨日傍晚才入京，本來是該讓他們休息一、兩天再進宮的，現下急著召見他們，除了霍太后很是掛念周慕寒，另一個原因就是禮廟之禮。

年宴在即，全了禮廟之禮，白素錦這個榮親王世子妃的身分才算真真正正落實了。

周慕寒大婚之時，文宣帝就已經交代禮部提前籌備這場禮廟之禮，所以基本上周慕寒和白素錦兩個人什麼也不用管，只等三日後現場出席就好。

中午霍太后留了午膳，就在暖閣旁邊的小花廳裡擺了桌，宮人魚貫而入，不一會兒桌上就擺滿了菜餚。白素錦打量了一眼，炒菜竟然占了大半。

因為油的限制，大曆的菜式多為燉煮，可隨著白素錦進獻的茶油和青果油進了御膳房，皇宮內，哦，不，確切地說，是皇上和太后的餐桌上，炒菜出現的頻率越來越高。

不是不普及皇宮其他各殿，委實是白素錦送上來的茶油和青果油太有限了。

席間，文宣帝挾著甚是喜歡的香煎小白魚，開始琢磨著怎麼從姪媳婦手裡多弄些果油來……

用過午膳後，顧慮到兩人舟車勞頓，霍太后也沒多留他們，早早放了他們回府去。

第三十章

兩人的馬車剛駛進王府大門，門房小廝就稟告，說是有周慕寒的客人等在前廳。白素錦知道應該是他在京中的好友來訪，便自己先回了後院。

馬車駛到二門，白素錦按規矩下車，帶著夏嬤嬤和宋嬤嬤一路走向聽竹苑，晌午的日光還算足，白素錦放慢腳步走著，不料剛走進院子，就聽到了一陣尖銳的責罵聲，中間夾著斷斷續續的聽似清曉的嗚咽聲。

白素錦不由自主加快了腳步，穿過垂花門，直奔位於鏡池東邊的海棠軒。

一進院子就看到書齋的房門半開著，書齋堂屋的地上跪著的赫然是雨眠和清秋、清曉兩姊妹，如今走近，清曉壓抑的嗚咽聲清晰入耳。

「妳們都給我腦子清醒點，記清楚了，這裡是榮親王府，可不是西疆的將軍府，在這府裡，當家的可是王妃，而王妃最寵的就是咱們三小姐，莫說要妳們一些碎布料，就是要了妳們的狗命，那也是輕而易舉的事……」

步步走近，入耳的女聲尖銳，言辭刻薄，態度很是囂張。

白素錦抬手示意夏嬤嬤莫開口，自己走上前去，一腳就踹開了半掩著的房門。

哐噹一聲，屋內的人俱是一驚，齊齊看向逆光站在門口的人。

「妳——」前一刻正掐著腰噼哩啪啦罵得爽快，突然被打斷，正要發作，沒想到來人竟然是世子妃！

怎麼回事，世子妃不是和世子爺進宮去了嗎，怎麼會回來得這般早?!

膝蓋一軟，堂內站著的兩個丫鬟立刻跪伏在地上請安。

白素錦直接越過她們走到堂上的高背禪椅上坐下來，抬手示意雨眠三個人起身，而後冷眼瞧著跪在堂下的兩個丫鬟。

「雨眠，妳說說，發生了什麼事？」

雨眠三個起身抬頭的時候，臉上的巴掌痕跡顯而易見，尤其是清曉，小小的白淨包子臉兩側臉頰都是脹紅的，看著應該是腫了。

「回夫人的話，奴婢和清秋、清曉上半晌閒來無事，就想著用您裁衣服剩下的碎布縫些小福袋，過年您打賞的時候正好可以用。然後這兩位姊姊過來，自稱是三小姐院裡伺候的，說是給您送明兒賞梅會的帖子。」

雨眠深深看了眼跪在地上大氣不敢喘的兩人，咬了咬嘴唇，又接著說道：「遞過帖子之後，她們看到桌上做好的小福袋和碎布料，伸手就要都拿走，說是三小姐就喜歡這種顏色和料子的福袋，還說您是三小姐的嫂子，這點東西怎麼會捨不得割愛。這幾塊碎布料雖然是您裁衣的時候省下來的，可這是棉錦，清曉有些捨不得，放手的時候慢了些，兩位姊姊就給奴婢們扣上了怠慢三小姐的罪名，奴婢們萬沒這種心思，故而不敢應下……」

雨眠實話實說，跪在地上的兩人身體微微發抖，一時找不到給自己開脫的藉口，只得伏在地上連聲告饒。

「宋嬤嬤，妳先帶著她們三個下去塗藥吧。」冷眼沈默片刻後，白素錦站起身。「夏嬤嬤，帶上她們倆，還有這些福袋和布料，咱們走一趟芙蓉苑。」

跪在地上的兩個丫鬟一聽白素錦的話，頓時面如土灰，幾乎站不起來。夏嬤嬤喊了兩個房外伺候的婆子，俐落地架起了兩人。

「夫人，奴婢還是隨您一塊兒過去吧。」

聽到雨眠這麼說，清秋和清曉兩人也要一起跟著。

白素錦瞭解她們要隨行的用意，點頭應下，但出門前還是讓宋嬤嬤取來藥膏給她們塗了臉頰。清曉到底年紀小，跟在白素錦身邊莫說挨嘴巴，就連斥責也沒有，如今被白素錦這般護著，既委屈又感動，眼淚啪啦啪啦又掉了下來。白素錦看著覺得心酸，就抬手拍了拍她的頭。

清曉實際上也沒比白素錦小幾歲，如今被她像個長輩似的摸頭安慰，頓時有些不好意思，偷偷扯了身邊姊姊清秋的手帕三兩下抹掉了臉上的淚痕，還想要笑個給白素錦看，不料剛一咧嘴就牽動了臉頰上的傷，頓時痛得齜牙咧嘴。白素錦看她這樣真有些哭笑不得。

周慕寒在前院待客，白素錦也不想因為後院的事去擾他，只是讓宋嬤嬤留在院裡，周慕寒若是先一步回來，就說是自己有事去了芙蓉苑，稍後就回來，不必擔心。

白素錦一點也不懷疑，如果自己不事先交代一句，周慕寒若是知道自己去找杜王妃，一定會立即殺過去。被人護著的感覺固然好，但後院女人堆裡的事也要他干涉，實在是殺雞用了宰牛刀，周慕寒這等大招，那是要用到刀刃上才對。

杜王妃膝下只有一子一女，大公子周景辰，三小姐周嬌。榮親王寵愛杜王妃，連帶著對兩人的孩子也格外疼愛，周景辰身為庶長子，備受眾多目光關注，教導時難免嚴厲一些，三小姐則不同，從小養在杜王妃身邊，如她的名字一般，是真真正正嬌養著的，榮親王府三小姐聞名京城貴女圈，與她美貌齊名的，便是嬌蠻的性格。

俗話說，什麼樣的主子養出什麼樣的奴才，榮親王府三小姐手下幾個丫鬟的囂張勁兒也是出了名的。不過，今兒卻碰上了個不買她們帳的主兒。

聽到下人來報，說是世子妃押著三小姐身邊的丫鬟碧青和雨桐朝院子這邊來，杜王妃不禁一陣頭疼，立刻派人喊來三小姐。

「什麼，妳居然讓丫鬟送帖子給那丫頭?!」聽了周嬌的話，杜王妃一口鬱氣堵在胸口，深深緩了好幾口氣才將將平復下去。

周嬌卻不理解她母妃的反應，撇著嘴道：「我就是看不慣她一副端著架子的模樣，裝什麼清高?不過是賤商的女兒，還真當自己是飛上枝頭做了鳳凰呢!看她明兒個如何出醜。」

「不用等到明兒個，妳今天就要出醜了!」見周嬌毫無反省之意，杜王妃狠狠拍了下桌子，恨鐵不成鋼地說道：「咱們家裡辦賞梅會，妳居然給聽竹苑送帖子，若是被外人知道，該如何揣測妳的用心，嗄?!人家會說，妳這是明著不把人家世子妃當作是榮親王府的人！世子妃背後的人是誰？那是世子爺，是這王府未來的主子！妳不把他們當王府的人，是對世子爺不滿，還是對冊封世子爺的皇上不滿，嗄?!」

周嬌何時受過母妃如此疾言厲色的斥責，當下紅了眼睛，不過，更令她心驚的是自己一時頭腦發熱送出去的一張薄薄的帖子，竟然會引出這麼大的風波，當即便有些失了心神。

杜王妃見周嬌露出慌神之色，無奈地嘆了口氣，事已至此，再多斥責也沒用，唯有以後多加點撥她才行。

「待會兒她來了，妳就服個軟，認個錯，然後什麼也不要說，記住了嗎？」

周嬌點了點頭，既然母妃肯出面，那就定然沒問題了。

思及此，片刻的慌亂後，周嬌穩下心神，對白素錦的怨恨又多了兩分。

知女莫若母，杜王妃看周嬌的模樣怎麼會猜不到她心裡的想法，可眼下的情勢也容不得她有時間繼續說教，因為白素錦已經押著人進了芙蓉苑。

白素錦依然只是半禮相待，不冷不熱地和杜王妃、周嬌打過招呼後讓人將兩個丫鬟押到堂屋中間跪著，自己則坐到了一邊的椅子上，淡淡看著杜王妃。「素錦出身百姓之家，不知道王府裡的規矩如何，特將這兩人帶到王妃這兒來長個見識，這樣日後再遇到這般事情也知道該怎麼處置。」

雖然塗了藥，但白素錦身邊跟著的三個小丫鬟一個個臉頰通紅微腫，不用猜也知道是誰的傑作，轉眼瞧了瞧跪伏在地上瑟瑟發抖的兩個蠢貨，杜王妃眼底飛快閃過一絲寒意。

在杜王妃和三小姐面前，雨眠的腿不是不抖的，可一想到不過是三小姐身邊的丫鬟都敢明著在聽竹苑裡強搶東西，她就氣不過，替自家姑娘感到窩火，於是硬著頭皮條理清晰地將碧青和雨桐在海棠軒裡的所作所為形容了一番，而後禮數到位地退回了白素錦身後。

早在白素錦嫁入撫西大將軍府時，林大總管就託鎮北大將軍府的林家大夫人尋了個穩妥的教養嬤嬤到府裡來，不僅白素錦要學，就連她身邊的夏嬤嬤和雨眠幾個人也都跟著學習，所以，想要挑她們在禮數方面的錯誤，那只能是打錯了算盤。

杜王妃按捺下心底的驚訝，眼神示意周嬌出面道歉。

迫於母妃的壓力，三小姐動作遲緩地起身給白素錦福了個禮，乾巴巴道：「小妹御下不嚴，冒犯了嫂子，還請嫂子原諒。」

白素錦深深看了周嬌一眼，唇角緩緩浮上一抹淺笑，和聲細語道：「聽聞三妹自小由王妃教養，想來性子也是隨了王妃那般溫婉隨和，對下人也多有體恤，這才將一些奴才的膽子給養大了，竟敢打著主子的旗號橫行無忌，今兒這遭是在自家的院子裡，若是在外面也這般端行，委實是丟盡了榮親王府的臉面。」

果然，饒是杜王妃再有心理準備，聽了白素錦這番話臉色也登時白了又紅、紅了又白，可又字字在理，由不得她辯駁。

白素錦臉上的笑容越發和煦。「況且，怎麼說也是打著主子的旗號行事，好歹也要看上些襯得起主子身分的東西啊，結果就為了這麼幾塊碎布，傳出去，風言風語還不知要如何不中聽呢！得，夏嬤嬤，拿來的東西，現在就給處理了吧，免得給留了傳話的把柄。」

夏嬤嬤立即應了一聲，穩步走到靠近門口的位置，然後將隨身拎著的竹篾籃打開，取出了一只銅盆，銅盆裡裝著的正是那幾塊布料和已經做好的小福袋。火光一閃，火盆裡就燃起了火苗。

火焰跳動間，乾燥的布料很快就被燒成了灰燼。

杜王妃母女倆的臉色也沒比銅盆裡的灰燼好看幾分。

白素錦權當沒看見，心裡冷冷哼了一聲。

周嬌站在原地，臉色隱隱泛著青，還在想著怎麼把帖子的事給敷衍過去，白素錦卻沒給她機會，從衣袖內掏出那張薄薄的帖子放到了手邊的桌子上，直視杜王妃，說道：「我雖出身『賤商』，但母親尚在時也跟著參加了不少達官夫人、小姐們舉辦的女眷聚會，卻從未聽說過自家辦個聚會還給自家人發帖子的，太見外！所以，這張帖子還是請王妃和三小姐收回去吧，明兒個的聚會我自會準時參加。」

白素錦語罷起身，也不給杜王妃周旋的機會。「大將軍在前院見客，這會兒應該也要回院子了，我就不打擾王妃了。」

杜王妃見挽留不住，只得暗下掐緊了手裡的帕子，臉面上浮著笑將她送到了門口。

待白素錦的背影一消失在視線之內，杜王妃臉上笑意頓失，轉而覆了冰霜似的，當即就下令將碧青和雨桐拉下去每人痛打二十大板，發落到浣洗房。

白素錦一行人回到聽竹苑後不到兩盞茶的時間，就聽到了碧青和雨桐的消息。二十大板，對兩個弱質女婢來說，即便手下留情，打完之後怕是也要去掉半條小命，而且從此發配到浣洗房，也就意味著斷了在這王府內的前程，這個繼王妃的手段，還真是夠狠。

周慕寒送走兩位摯友，聽聞後院的事回到聽竹苑，白素錦正優哉游哉地為著晚飯跟趙嬤嬤點菜呢。

清曉性子跳脫，即便是在白素錦跟前也愛嘰嘰喳喳跟小麻雀似的，可一到了周慕寒面前就腦子發僵，周慕寒問什麼，她就竹筒倒豆子一點不落地交代。

這不，周慕寒一問，她就把剛剛芙蓉苑的情況事無鉅細地形容了一遍。

周慕寒聽完之後沈默了片刻，然後不得不承認——夫人整治人的本事比自己強。驕傲的同時，周慕寒竟然還有點小失落。

快到晚飯的時候，榮親王身邊的長隨過來傳話，說是王爺想見周慕寒，順便晚飯就在那邊用了。

周慕寒聽了，臉色有些不好看，一來打從心裡不想見榮親王，二來趙嬤嬤晚上做了不少好菜，其中有兩道是牛肉。

事實上，不僅是黃燜牛肉，只要是牛肉，不管如何做，周慕寒都比較偏愛，只是在這個世界，牛肉並不便宜，尤其是邊關，價格更是水漲船高，周慕寒在口腹之欲上自律甚嚴，所以再喜歡吃，也不過十天半月吃上一次。

不過自從成婚後，情況就不同了，周慕寒吃喝不挑，難得有樣喜歡吃的，白素錦不缺那份買牛肉的錢，自然願意慣著他，幾乎每天都有一道牛肉。

白素錦從清秋手裡接過大氅給周慕寒披上，嘆了口氣。「左右咱們在京裡也待不了多長時間，馬上又是年節，你且忍忍，沒胃口就少吃些，我讓趙嬤嬤將菜溫著。」

周慕寒沈著臉勉勉強強嗯了一聲，任由白素錦給他戴上手套，轉身出了門。

常神醫那日替周慕寒仔細診過脈後曾說，他受過兩次危及性命的重傷，落下不少病根，日常需要精心將養。白素錦女紅不行，但勝在會畫圖，入冬前就畫了皮手套、棉襪子等保暖的小物件。當然，一穿戴在周慕寒身上，沒多久就把趙恬給招惹來了。大軍凱旋歸來後，因為糧草、被服的紕漏，都指揮使司上下都遭到了懲處，被罰俸半年到一年不等，而主管糧草、被服的都指揮同知何煜之除了罰俸一年之外，還挨了三十軍棍，另外，處理公事之外還要到小荷莊拜趙士程、關河兩位管事為師，增強實務水平。

從此之後，以趙恬為首的都指揮使司算是把白素錦給盯得死死的，用另一個世界的話說，是牢牢抱住了白素錦的大腿，而且趙恬那廝，堂堂西軍的部門老大，偏偏臉皮厚、好哭窮、殺價狠、擅煽情，白素錦同他過了兩次招之後，果斷將他推給了許大管事。

冬日晝短，用過飯後，白素錦在暖炕上放了張小桌子，伏在上面整理緞面的工藝法。因為技術過於複雜，白素錦瞭解得也不是十分完全，所以整理起來很是吃力。帶過來的兩份冊子已經呈給了皇上，若是不出意外，許老太爺年後很快就會入京，白素錦想要趕在那之前弄出來，即便工藝不完全，憑著許家在絲織方面的實力，許老太爺一定會將緞面給織出來。

秦、汪兩家雖然傷了些元氣，但還不到重創的地步，憑著現有的基礎和人脈，三年五載便能恢復得七七八八，白素錦若想制住他們，唯有趁著他們短時間內流動資金受限之際，在工藝和產品種類上不斷創新，聯合更多同行商家之力，將他們兩家推到行業下游中去。

「夫人，聽說王爺回來後聽聞了下半晌的事兒，狠狠斥責了三小姐一通，連著王妃也沒給好臉色，最後還是大公子出面給勸走了。」

白素錦在暖炕上畫圖，值夜的夏嬤嬤就帶著雨眠和清秋坐在房內的八仙桌邊做女紅，說著剛聽到的消息。

「難怪會請大將軍過去一起用晚飯。」白素錦筆尖一頓，恍然。

夏嬤嬤停下手裡的針線，有些擔心道：「夫人，明兒的那什麼賞梅會您一定要參加嗎？依今日之事看，那三小姐應該不是個心寬明事理的主兒，若是乘機再折騰啥事兒出來，這大庭廣眾的……」

白素錦笑了笑，接著繼續手上的動作。「無礙，她真要折騰么蛾子，我就是不去參加賞梅會，她也會找其他的機會。更何況，這賞梅會打著的可是榮王府內院的名義，我身為榮親王府世子妃，人已在府內，焉有不露面的道理？」

夏嬤嬤也知道白素錦說的在理，可知道是知道，心裡還是擔心。一旁的雨眠見了忙出聲轉移話題。「夫人，您從宮裡穿回來的這身錦衣，做工可真細緻，瞧瞧這針腳，娘，您也要被比下去了！」

夏嬤嬤佯怒瞪了雨眠一眼，一旁的清秋忍不住低聲笑了起來。

注意力很快被宮裡針織局做的錦衣吸引過去，夏嬤嬤帶著兩人仔細翻看著錦衣的行針走法，時不時小聲解說著，白素錦則伴著低低的背景音再度專心於手上的畫稿。

周慕寒回來得很早，距離他離開，也不過才一個時辰不到。

夏嬤嬤帶著兩個丫頭退了出去，沒一會兒，趙嬤嬤就帶著清秋、清曉將暖著的菜飯端了進來，本想放到八仙桌上，白素錦擺擺手，讓她們將碗盤直接擺到暖炕的小方桌上。

周慕寒三兩下脫了外袍，換了身舒服的常服，動作俐落地上了炕。

莫說行軍在外，就算是在大將軍府裡，周慕寒房中也就一個伺候茶水的小丫頭，日常起居基本上不假他人之手，近身伺候的也就林大總管一個人。同白素錦成親後，房裡也就她帶過來的嬤嬤和丫鬟們伺候著，白素錦也是個不喜歡人近身伺候的，所以兩人吃飯的時候基本上也不用旁人伺候，就這麼兩個人圍桌而坐，感覺很是愜意。

周慕寒胃口大開，白素錦卻不縱著他多吃，看他吃完兩碗飯後就不再給他添飯，而是舀了一大碗湯。

「看你這樣子，在那邊是一點兒飯菜也沒吃？」

周慕寒嗯了一聲。「沒食慾。」

白素錦。「……」

這人，還真是直接。

「請你過去是為了下晌我去芙蓉苑的事？」周慕寒對榮親王極為排斥，白素錦在他面前也儘量不用「父王」這類稱謂。

「正是。毫無誠意的歉意，聽了也只是浪費時間。」想起剛剛酒席間榮親王名為代女致歉實為委婉包庇的虛與委蛇之詞，周慕寒冷冷撇了撇嘴。「明日的賞梅會，她們請了汝陽王府家的四小姐。」

白素錦秀眉一挑，哦了一聲，饒有興致地問道：「汝陽王府家的四小姐又如何？」

周慕寒蹙眉。「自從妳我大婚後，京城中不知怎麼就傳出一些流言，說是汝陽王府的四小姐一直傾心於我，但礙於汝陽王阻攔，只得苦悶於閨中，先後推掉了好幾門提親，得知妳我大婚，還大病了一場，更是拒絕媒人上門。我也是今兒才知道，居然有這麼個人對我如此執著。」

話語裡滿滿的諷刺，讓人想忽視都忽視不了。

白素錦聽後一愣，繼而又覺得當真好笑，這是看周慕寒破了「剋妻」的「詛咒」，又被人惦記上了？

金書在前還敢動這般心思，看來自我感覺非常良好啊，自信周慕寒能夠為了她破了金書為聘的誓言。

「那……想來汝陽王府的四小姐定然是位相當出色的人。」

周慕寒喝光碗裡的湯，扯過布巾擦了擦嘴。「庶出的丫頭被養在嫡母名下而已。凌青說，也就一張臉有些看頭，腦子同這府裡的三小姐一般，不靈光得很。」

白素錦噗哧一聲笑了出來。「凌青？你下晌見的客人？」

周慕寒點頭。「甯國公府的三公子，我們打小就認識，同妳一般好從商，只不過他熱心船運。」

「船運？」白素錦有些好奇。「是同我二舅父那般的內河船運，還是海運？」

「海運。」周慕寒見白素錦感興趣，便覺得下晌沈凌青同自己喋喋不休的那番囉嗦還算有些意義。「他外祖在東南沿海一帶素有『船王』美譽，名下有一間大曆最大的造船廠，這幾年他跟著他外祖開拓海上商路，折損了不少錢財和人力，今年終於有了進展，算是大賺了一筆，得知我回京，今兒特意上門來同我炫耀的。」

白素錦輕笑。「真的只是來同你炫耀的？」

「打著炫耀的旗號請我幫忙牽線，確切地的說，是想通過我找妳幫忙牽線。」周慕寒彎了彎嘴角，沒想到那小子也有捧著大把銀子求自己幫忙的時候，要知道，銀子對他來說，那可是命！從小到大，幾個人一起到館子裡吃飯，就沒見他掏過一文錢！

白素錦心思一轉，當下了然。「他是想搭上許家？絲綢？」

周慕寒點頭。「近來事多，我推到了年後。不過我也沒應下什麼，妳若是覺得不妥，我回了他便是，不用覺得為難。」

「哦，不為難！」白素錦當即攔住，笑話，這等潑天財富的機會豈能往外推。「我覺得這倒是個很不錯的機會，左右年後外祖也會進京，正好趁這個機會碰個面，坐下來仔細商談、商談。成與不成，待談過了再說。」

周慕寒帶軍打仗擅長，經商之事卻是門外漢，見白素錦眉宇間沒有一絲為難，便也放了心。對於沈凌青，周慕寒還是瞭解的，雖說看似紈袴子弟般風流不羈，實則為人仗義，是值得信任的。朋友多年，難得他有事相求，周慕寒也希望自己能幫上一把。

白素錦片刻猶豫也沒有就答應幫忙，周慕寒暗忖她定是看出了自己的想法，才會答應得這般痛快，不由得心下一暖，於是，這晚身體力行表達了一番感動之意。

白素錦被翻過來調過去，烙餅一般折騰了好幾個來回，迷迷糊糊將睡未睡之際，心裡後悔得不行的，果然啊，自古最難消受美男恩！

第三十一章

大曆的衙門臘月二十六之後才會封印，周慕寒本是進京述職，卻被文宣帝臨時抓了壯丁，輕飄飄一句話就給扔進了軍機處，會同兵部、工部軍器局共同商論火藥局的建立以及各軍增設火器營的細則。

是以，兩人回京第三天一大早天還沒亮，周慕寒就已經起身準備上朝。

周慕寒一起身，白素錦就迷迷糊糊醒了，剛要跟著起來，被角就被一隻大手按住。「天色還早，妳再睡一會兒。」

白素錦搖了搖頭，也跟著起身。

此次來京，林大總管沒有隨行，是以內院就由夏嬤嬤代為總管，外院則有劉從峰帶著十二衛坐鎮，周慕寒在外面行走，劉從峰親自隨侍。

將人送到門口，白素錦就被周慕寒攔在了屋內，凌晨的時候外面冷得很，白素錦堅持讓周慕寒揣了個手爐。「左右也是坐馬車過去，你捂在手裡也沒人看得見。還有，趙嬤嬤把食盒準備好了，劉侍衛長已經放到了馬車裡，路上你稍微用些，天寒地凍的，空著肚子上朝遭罪。」

周慕寒極為耐心地聽著白素錦的碎碎唸，眉目溫潤，唇角泛著淡淡的笑意，待白素錦唸完之後，伸手捏了捏她的手。「我先走了，天色尚早，妳且回去再睡一會兒。」

窗紙朦朧，白素錦只能看到引路燈籠越來越遠，最後消失在視線裡，轉身嘆了口氣，回了內室。

京官不好當啊，但說這七早八早趕著上早朝就讓白素錦覺得異常痛苦。

白素錦沒有睡回籠覺的習慣，無奈昨晚被折騰得厲害，這會兒天還黑著，就又鑽回被窩裡迷迷糊糊睡了過去，再醒來時，天色還有些朦朧。白素錦還以為自己沒睡多久，清曉伺候她洗漱的時候才知道，原來是外面下起了小雪。

白素錦早飯依舊是如常的雞絲粥、兩道清爽的小菜，材料再稀鬆平常不過。這邊正用著飯，芙蓉苑派了個大丫鬟過來，稟告說今日的賞梅會照常舉行，只不過地點挪到了王府的大花園。

榮親王出了名的閒散王爺，好古玩字畫、花草園藝，府內的藏珍閣和大花園譽滿京城，白素錦饒是上輩子閱覽過那麼多歷史上的名園資料，參觀過那麼多的園林勝景，真的置身在榮親王府的大花園內也不由得嘆為觀止。

僅僅一片人工湖，目測面積恐怕就要近萬畝，京城之地寸土寸金，府裡臥著這麼一片湖，簡直囂張得無雙。這還僅僅是大花園中的一處湖景而已。

梅花林就在湖東畔，遠遠望去看不到邊際，迎著零星飄落的雪花，火紅的梅花點綴在枝頭，儼然是北方蕭肅的冬日裡一抹跳躍的亮色。

梅林中建有一處獨立的茶室，這次賞梅會的地點就選在這裡。

白素錦掐著時間到得不早不遲，杜王妃臉上帶著讓人無法挑剔的微笑，引著白素錦一一介紹到場的夫人、小姐們，尤其是介紹她們出身何家之時，門庭封號的字眼咬音總是重上兩分。

對於杜王妃的用意，白素錦淡淡一笑，面不改色。

這世上最折辱人的法子，不是惡言相向，也不是當眾斥責，而是孤立。

杜王妃顯然深諳此道。

京中貴夫人、貴女的圈子，本身就自帶強烈的排外屬性，即便是新貴，想要突破壁壘融入其中，也不是那麼容易的事，何況白素錦的商女身分，即便攀上了榮親王世子爺，在她們看來也無異於雲下泥。

白素錦怕冷、怕熱、怕餓、怕窮……怕的東西一大堆，唯獨不怕的就是被這幫自視過高的人孤立，因為她壓根兒就沒想融入到她們的圈子裡。

屋外的雪勢漸大，但還沒大到影響視線的地步，落雪淺淺積在花枝上，紅白相映，美不勝收，室內的女眷們有些坐不住，三兩成群走了出去。

白素錦不是胸懷詩情畫意之人，但這會兒良辰美景在前，不忍辜負，便也帶著夏嬤嬤和清秋走進了梅林。

林中不少婢女在收集花間雪用來烹茶，有閒情逸致的小姐們也參與其中，說說笑笑頗為熱鬧。

白素錦在林中走了一會兒後夏嬤嬤就提醒她回茶室，下雪天雖不那麼冷，但雪花落在身上融化了之後很容易受寒，況且白素錦本身就帶著畏寒的病根，日常不格外小心不行。

「知棋，妳心裡到底是如何想的？如今好不容易趕上世子他回京，妳若是再不採取些行動，怕是就要錯過了。」

白素錦剛走到茶室門口，就聽到裡面傳出來的說話聲。

非禮勿聽的道理白素錦還是懂的，而且對這些貴女們的八卦她也沒興趣旁聽，可剛想挪步避開，就聽到了熟悉的周嬙的聲音。

「是啊，知棋，如今二哥剋妻的傳言也被破除了，汝陽王也就沒了再反對的理由，而且二哥剛剛打了場大勝仗，皇上以後必然會更器重他，想來汝陽王也樂於看到妳和二哥好事得成。」

片刻沈默後，一道柔柔的聲音說道：「可是……現在的世子妃可是慕寒大哥金書為聘娶進門的，若是她真的鬧起來……」

周嬙諷刺地冷笑。「不過是賤商之女，有何可懼的？放眼大曆，何時聽過立契書不讓夫君納妾的道理？她既然忍不得與人共事一夫，尋個藉口休掉便是了，重要的還是看妳能否抓住二哥的心。」

另一道聲音附和。「論出身、相貌、禮儀，她哪點能和知棋相比？若不是世子爺被剋妻的名聲所累，哪裡輪得到她坐上世子妃的位置！」

此話一出，引起了數道贊同的回應。

「夫人……」站在白素錦一側的清秋有些氣不過，兩隻小手捏得緊緊的，身子甚至都在微微顫抖。白素錦寬慰地拍拍清秋的肩膀，和夏嬤嬤交換了個眼神，在她打起簾子後大步邁進了茶室。

聽到門口的聲音，室內的幾個人齊齊看過來，看清來人是誰之後，各自臉上的表情甚是豐富。白素錦沒有錯過周嬌低下頭時嘴角迅速掠過的一抹得意的笑。

這世上總是有些人在鍥而不捨地作死，白素錦今兒總算見識到了。

茶室內聚在一起圍爐而坐的是幾個貴女，被圍在中央臉色一陣紅一陣白、看過來的眼神裡透著股怨懟的，想來應該就是周慕寒口中所說的汝陽王府的四小姐。

白素錦淡淡掃了她們一眼，步履穩穩地走上前來，在距離周嬌兩、三步遠的地方停了下來，居高臨下盯著她的髮頂，朱唇輕啟，悠悠說道：「三妹好氣度，未來的妹夫可是有福氣了，待妳大婚之日，本世子妃定然會備份大禮給妳，以一展妳的好氣度。」

周嬌聞之一震，猛地抬頭瞪著白素錦，雙唇微抖，一時間竟然不知如何反駁回去。

見她這般反應，白素錦唇邊掠過一抹冷漠的笑意，眼神瞬間變得凌厲，一一掃過在座的幾個人，最後停駐在中間的汝陽王府四小姐陸知棋身上，刻意放緩語速，一字一句如砸在鐵盤上。「我等著看妳如何抓住周慕寒的心，用妳所謂的出身、相貌……和禮儀。」

陸知棋只覺得如同置身於冰冷的湖水中一般，被冰冷的寒氣層層包裹，從心底覺得冷。

不僅陸知棋，包括周嬌在內的其他幾個人都是一臉的土色，剛剛在背後一個個伶牙俐齒，如今卻沒一個出面吭聲的。

白素錦見她們這副模樣，越發覺得不待見。能挑事兒但是不能擔事兒，這種人後橫的慫貨，無論男女，都是白素錦打從心底最厭惡的。

本就興致缺缺，現下又被攪了心情，白素錦無意在此多待，轉身就往門外走，不料剛到門口，就碰到了賞梅歸來的杜王妃和幾位夫人。

杜王妃一邊被人伺候著脫去了身上的斗篷，一邊笑意晏晏地問道：「世子妃這是正打算出去賞梅呢，還是已經賞完回來了？」

白素錦迎著她的視線粲然一笑。「今兒不僅賞了好梅、好雪，還看了場好戲呢，說來都是託了王妃的福，本世子妃也算見識了一番這京中貴女們的好修養！人常說外甥女肖姨母，王妃能有汝陽王府四小姐這般的外甥女，還真是好福氣。」

杜王妃豈會聽不出白素錦話語間的冷嘲暗諷，一時間有些摸不清頭腦，眼神探究地看了眼不遠處低眉垂目的幾個人，心下暗暗道了聲不好。「世子妃言重了。」

白素錦唇角微揚，微微福了福身。「後日便是廟禮，太后娘娘派來的教養嬤嬤估計這會兒也要到了，恕我先行一步，願諸位玩得盡興。」

直到白素錦走出了視線之外，周遭凝滯的氣氛才算緩和下來。

「這世子妃，小小年紀，可真是夠狂傲的！」

「那種門第出身，教養出來的可不就是財大氣粗的性子嗎！」

任憑身邊幾位夫人妳一句、我一句地說著白素錦的閒話，本來就要達成這種效果，可不知為何，杜王妃的心情卻始終輕快不起來，反覆琢磨這白素錦剛剛所說的話，待到終於有機會私下聽了周嬌的訴說後，一顆心徹底沈到了水底。

這女人扎堆的地方，甭管身分是高是低，傳播八卦的屬性是一致的，所以賞梅會上榮親王府三小姐跟著幾家貴女助陣汝陽王府四小姐，爭奪榮親王府世子周慕寒而被現任世子妃白素錦當場撞破的事兒，很快就在京中上層圈子裡傳播開來，沒多久，甚至就傳到了宮中太后娘娘的耳朵裡。

「這人啊，上趕著找死，是什麼人也拉不住的。」暖閣內，霍太后手執花剪修整著一盆羅漢松盆景，毫不拖泥帶水的手起剪落，伴隨著清脆的斷聲，多餘的小樹枝就被清理掉，房內侍候的宮人們目不斜視、屏息而立。

桂嬤嬤是太后身邊伺候的老人兒，聽出她的話裡有話，屏退房裡伺候的人，將手裡捧著的木盤遞上前，接下太后剪出來的殘枝，慨然說道：「這麼多年，您該做的、能做的也都做到了，十三爺是個孝順的，但也不能一直委屈著，如今身邊有個知冷知熱的人疼惜著，您就寬寬心，享享孫媳婦福吧！」

霍太后想起白素錦，臉上的神情暖了兩分，長嘆了一口氣。「是啊，那可是哀家的親孫兒，總不能為了保住所謂的皇家臉面，一直委屈著十三，這麼多年也夠了。而且……如今他身邊那丫頭可不是食素的，聽說薊石灘大戰那天，她可是在一邊看著的，真真是個賊大膽！」

桂嬤嬤附和著點頭，低低笑著。「是好膽色，不過，十三爺也夠亂來的，那可是戰場啊！刀劍無眼的，居然敢就這麼把人給接了去。」

「可不是夠亂來嘛，皇帝准了那混小子的請求，轉過頭來就和哀家抱怨呢！」想到文宣帝當時碎碎的唸叨，霍太后也忍不住低笑。「難得十三願意這麼護著一個人，那北突厥的蠻子敢將主意打到他媳婦的身上，這口氣他怎麼會輕易嚥下去。妳瞧瞧，轉頭就將人家的使臣給祭了旗，還當著自己媳婦的面將人家的太子都給殺了，和小時候一樣，表面上憋著，其實心裡的氣性大著呢，這些年礙著哀家和皇帝，心裡的委屈不知怎麼燒著心呢……」

霍太后放下花剪，想著這些年來周慕寒始終不苟言笑的臉，不禁黯然。不是不知道那孩子心裡的苦，可為了保住皇家的顏面、為了護著兒子，她就用自己這麼點的親情挾制住了他，對他來說何嘗不是心狠。

罷了、罷了，兒孫自有兒孫福，便由著她們去折騰吧，總要真疼到了，才會知道如何夾起尾巴活著。

看太后的臉色，知道她心裡已然想通，桂嬤嬤便也不再多言，就此錯開了話題。「針織局那邊剛把您明兒廟禮上要穿的吉服修改好了，您再試穿一下？」

這次禮廟之禮霍太后異常重視，幾乎全程關注著，為了觀禮更是特意新做了一套吉服，僅僅修改就改了三、四遍。

霍太后這邊心境敞亮了，周慕寒的情緒卻差得不得了，打從昨兒開始，好好一張俊朗的臉繃得跟木頭似的，看人的眼神兒恨不得裹著冰碴子。

「不去。」

芙蓉苑再次來請他們過去吃晚飯，周慕寒依舊冷冰冰地拒絕。

來傳話的小丫鬟在周慕寒散發的冷氣壓下雙腿微微發顫，白素錦看著著實不忍，暗下扯了扯周慕寒的衣袖。「好的，妳先去回話吧，我們稍後就到。」

小丫頭一聽這話幾乎撒丫子往外跑。得，世子爺的臉色就更黑了。

「和你說過了，昨兒賞梅會上那點事兒我壓根兒就沒放在心上，你知道的，我也不是在和和樂樂的後院裡長大的，以前能應付的，現在自然也能應付，況且，現在還有你在，已經比過去好多了。所以啊，你也放寬心，權當是看她們唱大戲了。」

周慕寒不吭聲，但臉色明顯緩和了不少。

果然，還是得順著毛摸。

「聽桂嬤嬤說，太后娘娘入冬之後就病了，這才好了沒幾天，眼看著就是春節了，咱們難得回來一次，就當是孝敬太后娘娘了，別太和她們計較，先過了年再說，如何？」

提到太后，周慕寒果然明顯動搖了。

好一會兒，終於從鼻子裡嗯了一聲。

白素錦這才舒了口氣。

這兩日一直稀稀落落下著雪，雪勢雖不大，但降雪時間長，地上還是積了挺厚的一層。幸而小雪無風，撐著油傘踏雪而行，還有點小浪漫。

「後院的手段不乏腌臢下作的，切不可輕忽。」周慕寒親自撐著傘，手臂攬上白素錦的肩，將人更緊地護在傘下。

白素錦聲音輕快道：「我省著呢，放心，你何時見我吃過虧？」

周慕寒可能是被白素錦的篤定所影響，總算是恢復了往常的面淡如水，並特別給面子地維持到了飯桌上。

「嬌兒自小同知棋走得近，知道知棋的心思，故而就偏了私心，說了不知輕重的話，還請世子妃看在一家人的分上，原諒她這一次。」

杜王妃話音一落，坐在她旁邊的周嬌立刻態度端正誠懇地同白素錦道了歉，真摯得眼圈都紅了。

白素錦嫣然一笑。「既然王妃都這麼說了，我若捉著不放，反而顯得小氣了。當日之事已然發生，也就就此罷了吧，只是日後三妹對我若有什麼想法，盡可當著我的面說，咱們才是一家人，不是嗎？既然是家裡的事，那就還是在府裡說開的好，免得平白讓外人看了笑話去，父王您覺得呢？」

白素錦故意將「外人」兩個字說得極重，果不其然，桌上諸人的反應很是精彩。

榮親王深深看了杜王妃和周嬌一眼，提起了筷子。「世子妃說的沒錯，這也是本王想提醒妳們的。好了，難得一家子人都齊了，動筷吧！」

誠如榮親王所言，府裡多少年都沒有這麼齊全了。

榮親王除了元王妃和繼王妃杜氏，另還有一位側妃和兩房妾室，膝下共四子五女。

杜王妃出身忠勇侯府，庶女，其母杜霍氏正是當今霍太后的庶妹，她膝下一子一女，庶長子周景辰、三小姐周嬌。

側妃孟氏乃現任兵部右侍郎孟岩的嫡次女，膝下一子兩女，三公子周景星，大小姐周苾，二小姐周婧，如今兩位小姐都已經出閣。

妾室徐氏為元王妃的陪嫁大丫鬟，膝下只有一女，四小姐周芷，尚未及笄。

妾室程氏則是現任工部郎中程朗的嫡女，膝下一子一女，四公子周景遠，五小姐周妍。

大公子周景辰長周慕寒一歲，據說從他行冠禮前兩、三年起，杜王妃就已經開始給他相看女家了，杜王妃在周景辰婚事上的謹慎和重視可見一斑。

飯後，側妃和兩房妾室相繼告退，白素錦正想著起身，杜王妃先一步開口。「王爺，世子妃年紀雖輕，但在臨西已經一手打理大將軍府內院，想來於籌備宴會一事很是得心應手，今年難得回京，不如將年初一的宮宴交由世子妃來全權準備如何？早些接手總是好的，有什麼事還有妾身在一旁幫襯著。」

杜王妃話音未落，白素錦就察覺到周慕寒身邊的溫度頓時降了好幾度，連忙在桌下輕碰了碰他的腿，坦蕩地迎上榮親王的目光，點點頭。「既然如此，那就恭敬不如從命了。」

大曆祖制，年初一宮中舉行宴會，親王府按規矩要貢獻十桌，也沒別的特殊要求，就是要有魚、有羊。

雖然心裡有情緒，但周慕寒還是非常給面子的沒有發作，直到回了聽竹苑後才不豫地說道：「她是故意要給妳為難的。」

白素錦十分同意，但也沒什麼被為難的感覺。「放心，我有信心做到的，才會應下，如果真做不到，定會向你求救的。」

周慕寒舒了口氣，突然發現自己的脾氣到了自家夫人面前似乎不知不覺就失去了作用，這般情形，真是不知喜憂。

罷了，就在一旁護著吧，她從來不是會躲在人後的人。

第二日就是廟禮，雖然不是特別複雜的情形，但相較一般人家，皇家廟禮還是繁複許多，夏嬤嬤緊怕世子爺貪歡折騰自家姑娘，服侍兩人洗漱、寬衣後，忍不住再次強調了一遍。「明日便是廟禮，還請兩位主子早些休息。」

白素錦、周慕寒。「……」

白素錦先一步領悟到話裡的意思，結結實實鬧了個大紅臉！

第三十二章

現行的皇家廟禮與之前相比已簡化許多，但全副武裝，身穿足有十幾公斤重的吉服，頭戴十來斤重的吉冠，從出門到抵達皇家祖廟大殿前的臺階下，就足足花近一個半時辰。

零星的小雪凌晨時終於停了，天光大亮後天氣徹底放晴，陽光燦爛，這會兒照在身上暖融融的。

吉服盛裝站在臺階下，白素錦抬頭看了眼長長的臺階，目測不下百級。

「呼——」白素錦忍住扶脖子的衝動，小小聲嘆了口氣，心下暗忖——天家的孫媳婦真心不好當啊！

周慕寒與她比肩而立，聽到她幾不可聞的嘆氣聲，在抬腳踏上第一級臺階的時候默默伸出手，握住了隱在寬大華袖裡白素錦微涼的手掌。

所有的緊張和不安，在左手被周慕寒握在掌心的剎那，消失無影蹤。

當他們一路攜手走到臺階頂端的時候，就看到華蓋下的文宣帝、霍太后和皇后，以及兩旁站立觀禮的諸皇子及皇子妃、親王及王妃。

目送兩人走進祖廟大門內的背影，杜王妃掩在衣袖內的手指緊緊扯住了絲帕，眼底無法掩飾地浮上濃濃的嫉羨、不甘與怨恨。雖然她現在已經貴為榮親王府的王妃，但始終要占個

「繼」字，扶正禮是絕對不會有祭拜祖廟這一項的。也就是說，榮親王日後薨了，那也是要和元王妃林氏合葬皇家園陵的，她這個繼王妃不僅活著的時候要在元王妃林氏的牌位前執妾禮，死了也只能獨葬，這讓費盡心思博來寵愛的杜王妃如何能不恨！

杜王妃一時沈浸在自己的思緒裡，沒有發現不遠處的霍太后瞥了她幾眼，唇角不易察覺地掠過了幾絲冷笑。

白素錦感覺自己的智商和清醒都被頭上的重冠一點點壓沒了，整個人木頭人一般，在唱禮官的提示下迷迷瞪瞪地跟著周慕寒做，一套跪拜下來，更是七葷八素了。

霍太后看出白素錦的不適，用過家宴後早早就讓周慕寒帶著她回府了。席間，皇上和太后對她的照拂之情，眾人皆看在眼裡，可誰也說不出個不服來。俗話說，子憑父貴、妻憑夫貴，放到白素錦身上，莫說有榮親王世子妃這個身分罩著，就是單憑撫西大將軍夫人這個身分，那也是大曆上流社會裡地位堅實的貴婦，誰讓人家的夫君是周慕寒呢！

簡單而隆重的廟禮之後，白素錦徹徹底底坐穩了榮親王世子妃兼撫西大將軍夫人的位置，一時間，周慕寒從「剋妻」的「殺神」華麗轉身為大曆最有價值的男人。遺憾的是，是個家裡供著金書鐵券的已婚男人。

廟禮之後就是小年，王府統一採辦年貨，然後分配給各院各房。周慕寒今年初被立為世子，少年離府後更是頭一年在府裡過年，所以儘管沒給榮親王好臉色，榮親王還是特別囑咐備給聽竹苑的年貨要豐厚一些。

白素錦領了籌備宮宴上那十桌席面的差事，這兩日都和趙嬤嬤在小廚房裡忙著。

白素錦忙，周慕寒更忙，被皇上抓了壯丁，整日裡被軍機處、兵部、工部軍器局幾個老傢伙圍在中間嘰嘰喳喳問個不停，本打算點個卯就跑，沒想到這幫老東西關鍵時刻腿腳靈活得很，被扒住了就甩也甩不開，兩隻枯樹枝子似的手鷹爪一般，周慕寒暗忖，下次再有什麼戰事，一定要奏請皇上派他們過去監軍！

臘月二十六，衙門正式封印，周慕寒難得能睡個懶覺，可這邊剛用完早飯，門房那邊就有人來，說是軍機處賀蘭大人派人送來了飯局的帖子，周慕寒拿到帖子看都沒看，直接讓門房給回了，不去！

沒出兩刻鐘，門房那邊又送來了莊輕侯的帖子，周慕寒再次看也沒看就回絕了，又過了兩刻鐘，門房的小廝又送了張帖子過來，這次是郭閣老的帖子。周慕寒張口就要回絕，卻被白素錦及時給拉住了。

郭焱如今在臨西清吏司倉科任職，當初陣前大軍糧草危機，多虧他鼎力相助，欽差周大人查案期間他也全力配合，儘管朝廷按功行賞，但白素錦覺得還是欠了他一份人情，而郭焱毅然棄了京官跑到臨西來，態度轉變如此之大，必然得益於其祖父郭閣老的教誨，如今人家主動邀請，這個面子是怎麼都要給的。

儘管不情願，但白素錦言之有理，周慕寒最後只得穿戴嚴實出了門，隨行的侍衛還拎著白素錦特意為郭閣老準備的大禮包。

只不過，赴了郭閣老的約之後，周慕寒是說什麼也不肯再出去應酬了。兩人回京第二天進宮面聖後，下晌周慕寒就跑了趟鎮北大將軍府，將白素錦準備的年禮給送了過去，足足裝了三輛馬車，僅是茶油和青果油就裝了滿滿一車，林老將軍年紀大了，白素錦一口氣就給準備了一年份的果油，這等待遇可是和皇上、太后一個等級的。白素錦還讓趙嬤嬤特意整理了一份果油類的食譜，其中以清淡的口味為主，除了給鎮北大將軍府送了一份，還備了一份呈進宮裡被送到了御膳房。

榮親王世子妃送上來的食譜多是些家常小菜，材料尋常，做法也簡單，卻頗得皇上和太后娘娘喜歡，尤其是太后娘娘，哪怕現在是冬日，每天也要吃上一份生拌鮮蔬，鮮嫩的蔬菜洗淨瀝乾水分後稍稍調味，最後淋上半湯匙青果油，這道菜打從端上太后飯桌上起，就從來沒剩下過。霍太后如此鍾愛這道再家常不過的生拌鮮蔬，一來是伴著葷菜吃爽口，二來是她發現吃了一段時間之後，困擾她好幾年的便秘隱疾緩解了很多，就連太醫也建議她繼續堅持。

臘月二十八，御膳房裡熱火朝天地準備著除夕宴和年初一的宮宴，白素錦那十桌宮宴任務基本上準備妥當，王府中饋如今由杜王妃主持，藉口年下諸多事務繁忙，分身乏術，對白素錦準備宮宴一事基本上沒有過問，白素錦自然也樂得她這樣撒手不管。

二十九一大早，周慕寒就拎著東西進了宮，直奔太后的寢殿。

「這成了婚的人就是不一樣了，看看、看看，到哀家這裡來都知道帶東西了！」三年才得一聚，霍太后自然巴不得周慕寒天天都到她這兒來一趟。

周慕寒難得面露窘意，讓桂嬤嬤將他帶來的東西送去了殿裡的小廚房。

今日周慕寒穿的是常服，脫去大氅，裡面是石青色織金錦袍，袖口和袍腳繡著精緻的纏紋，衣袖收窄，腰間束著同色繡竹枝的錦帶，襯得本就身高腿長的周慕寒越發挺拔英氣。

一邊說著家常，一邊看似隨意地將周慕寒上上下下仔細打量了一番，霍太后徹底放下心來，白素錦將周慕寒照顧得很好。

「皇祖母，晌午孫兒陪您一起用膳吧，就試試我給您帶來的那個暖鍋，入冬後錦娘時常囑咐廚房弄那個，好吃得很。」

聽到周慕寒對世子妃的稱呼，霍太后輕笑。「好、好、好，就試試你帶來的好東西！今兒怎麼沒帶錦娘一同進宮來？」

周慕寒臉色一沈。「今年宮宴上王府的那十桌貢席，被指派到了錦娘頭上。」

霍太后臉上的笑意也頓時斂去，沈聲道：「為了賞梅會上的事？」

周慕寒唇角扯出一抹嘲諷的笑。「就算沒有賞梅會，單憑她是我的妻子，也不會安生。」

霍太后想到了什麼，臉上的神情也浮現出冷意，語氣涼薄道：「汝陽王府的四小姐日前病了，特意恩請了宮裡的太醫過府給瞧病，據說是受了驚。」

「自作自受。」周慕寒冷冷哼了一聲。

霍太后親自動手給他續了盞茶，長長嘆息了一聲，說道：「過去啊，哀家總以為退一步海闊天空，忍一時風平浪靜，可惜，這種想法用在小人身上，與縱容無異。罷了，以德報怨，何以報德？日後無論你如何做，都不必再顧忌哀家。皇祖母老了，只想在有生之年看著你好好的……」

周慕寒心神一震，握住了霍太后的手，切切道：「皇祖母切不可這般想，孫兒知曉您都是為了孫兒好，這些年若不是有您依仗，孫兒豈能有現在這般的生活？皇祖母放心，綱常倫紀孫兒還是懂的，您心裡擔心的事必然不會發生，您就安安心心的好好過日子，孫兒還想著讓您幫著帶孩兒呢！」

霍太后聽了周慕寒的話，眼角微微泛紅，反手握住他的手掌，另一隻手覆上他的手背拍了拍，笑聲裡帶著些微的顫抖。「你把孩兒給哀家帶，就不怕被你媳婦趕出府？胡鬧！」

「趕出來了您就收留我唄！」周慕寒咧著嘴笑。

「沒個正行！」霍太后拍了他兩下，兩人心緒都平緩下來，開始細細碎碎說些家常小事，無非就是平日裡吃穿如何，公務忙與不忙，話題更多是圍繞在白素錦身上，周慕寒將他知道的白素錦做生意的手段講給霍太后聽，霍太后聽得是津津有味，神情隨著周慕寒的講解變化著，時不時還要感嘆兩句，文宣帝站在門外看到的就是祖孫倆促膝坐在暖炕上，中間放著個小炕桌，一邊喝著茶一邊聊天，而且破天荒的竟然是周慕寒說得多。

在文宣帝面前，周慕寒顯然比在他老子榮親王跟前有人氣許多，繼續述說白素錦如何搞價格戰，聲東擊西套住了秦、汪兩家大織造坊庫存銀子，同時如何拉攏了四十多家中小織造坊成立商會籌集了三萬多石的糧草，順帶著還坑了六大米行一把。

這些細節性的東西都是林大總管事後說給他聽的，林大總管如今儼然已經成了白素錦的堅定擁護者，平日裡他最大的愛好又是在茶館裡聽人說書，於是乎這一套詞兒整理下來，簡直可以直接當話本用了。周慕寒對白素錦的事兒格外上心，就這樣，堂堂撫西大將軍、榮親王府世子爺，給文宣帝和霍太后說了將近一個時辰的書！

直到桂嬤嬤推無可推，瞧準了歇場的時機提醒霍太后該用午膳了。

午膳就擺在了暖閣裡，六人位的八仙桌，桌上放著三個周慕寒帶來的銅質暖鍋，鍋底燃著上等的木炭，鍋裡是奶白色的湯底，調了鹹香的味道，暖鍋周邊的桌子上規整的擺著十數個大瓷盤，盤裡裝著切成薄片的牛、羊肉和魚肉、解凍的鮮蝦、各種鮮蔬、還有周慕寒帶過來的凍豆腐和魚豆腐。

擺在霍太后近前的那只暖鍋裡，湯底還加了些新鮮的菊花瓣。

「居然還能有這種吃法，妙啊！」在周慕寒示範後，文宣帝也跟著涮了兩筷子，直呼好吃。

霍太后見了也忙動筷子，這一動就有些停不下來了，指著手邊兩碟從未見過的東西問道：「這兩碟是什麼吃食，怎的從未見過？」

「這一道是凍豆腐，做法簡單得很，就是尋常的嫩豆腐切成小塊之後夜裡放到屋外凍的。」周慕寒挾了塊凍豆腐放到自己的暖鍋裡。「這豆腐本來就可以生食，故而這般燙開了便可以吃了，味道和口感與嫩豆腐一點也不同，另有風味，您試試！」

至於另外一道嘛……

周慕寒挾了塊魚豆腐，看了半天，都要貼到鼻子上了，最後只能乾巴巴地咧了咧嘴。

「呃，這個東西好像叫魚豆腐，就是用魚肉做的，呃，好像是……」

霍太后納悶。「你也是第一次吃？」

周慕寒搖了搖頭。「吃過幾次，只不過……只記得名字，做法太複雜，記不清了……」

文宣帝和霍太后面面相覷，一時不知該說他什麼好。

「這個暖鍋甚好，用在宮宴上再適合不過。世子妃獻禮有功，眼看著就是春節了，朕定有重賞。世子妃可有什麼特別喜愛的東西？」

「銀子。」周慕寒燙著凍豆腐想也沒想脫口而出。

文宣帝一愣。「除了銀子呢？」

「金子。」

霍太后極力忍笑。

文宣帝有些糾結，做伯父的給賞錢總不能太寒磣，可剛結束的這一年裡，四大邊軍均有程度大小不同的戰事，花出去的軍費如流水，再加上防洪築堤、賑災等一系列開支，戶部尚書華大人今年已經喊了好幾次要辭官了，如果自己要撥錢，搞不好華老頭真的會拿根麻繩來上朝……

罷了，看來這筆銀子只能從內務府出了！

周慕寒涮了兩筷子牛肉片，一邊大快朵頤，一邊看了眼文宣帝，忽而想起白素錦亮晶晶的眼神，恍然加了一句。「哦，她還喜歡青銅器那種老器物，玉件和瓷器什麼的看著也挺喜歡。」

「是嗎？」文宣帝眼前一亮，臉上的鬱色一掃而光。內務府裡別的東西不多，唯有古器物件多得是！

話一出口，周慕寒就有些後悔，看到文宣帝這般反應，心下就更後悔了，可說出去的話潑出去的水，豈有覆水重收的道理。

「唔，是喜歡，不過還是最喜歡銀子！」純屬亡羊補牢，可補總比不補得好。

文宣帝欣然一笑，將手邊裝著羊肉片的碟子往霍太后那邊推了推。「母后，這羊肉切成薄片涮暖鍋吃一點也不膩，您也多吃些。」

周慕寒默默咬著嘴裡的魚豆腐，看著文宣帝滿面笑容、胃口大開，頓時覺得好心情大打折扣，彷彿看到了馬上就要到手的銀子長著翅膀又撲愣愣飛跑了！

於是，化心痛為食慾，周慕寒這一餐食量發揮超常，帶過來的魚豆腐一個人就吃掉了三分之一，待到他撂下筷子的時候，霍太后這邊一盞茶都喝完好一會兒了，忍了幾忍，終究是沒忍住，開口問道：「你平時也這個食量？」

周慕寒點頭，今兒雖然有些超常，但也差不太多。

「你媳婦說沒說過嫌你吃得多？」

周慕寒一愣，仔細想了想，搖頭。「從未提過。」

文宣帝擊掌，臉上滿是讚許。「果真是個好媳婦！」

周慕寒看看文宣帝，又看了看但笑不語的霍太后，用了盞茶後就告退回府了。

冬日晝短，白素錦便省了午睡，吃過中飯後休息了一會兒就開始帶著院子裡的婆子和丫鬟們剪窗花，說是帶著，其實就是在邊上看著。宋嬤嬤手法最巧，喜鵲登枝、連年有餘、魚兒撲蓮、踏雪尋梅、五福捧壽、龍騰虎躍等等繁複精美的窗花在宋嬤嬤手裡簡直信手拈來，白素錦則握著剪刀磕磕絆絆地練習剪兩個小人兒手拉手的圖案，反反覆覆折騰了近半個時辰，總算是勉強看得過眼，喜孜孜地將完成的作品親手貼到了自己臥房的窗上。

周慕寒回來時看到的景象，就是白素錦一個人站在臥房的中間看著窗子眯眯著眼睛笑。順著她的目光看過去，只見窗上貼著幅窗花，周慕寒仔細辨認了一下，呃，看著像是兩個手拉手的小人兒，好像應該是……

房內無其他人在，周慕寒看著白素錦眉眼彎彎地望過來，驀地心下一暖，也不知是怎麼了，就那麼直接走上前去，從背後將人攔腰抱住，下巴輕輕抵在人家的頭頂上。

白素錦一愣，這是鬧哪樣？受委屈了？

「在宮裡受了委屈？」

周慕寒搖了搖頭，想想不對，又點了點頭，低聲道：「皇祖母和皇伯父嫌我吃得多……」

「就這樣？」白素錦乍聽到這麼個意外的回覆，一時沒忍住笑了出來。

箍在腰上的手臂驀地收緊了力度，白素錦適時打住，免得真把人給惹毛了。這月餘來，兩人朝夕相處，時間說來也不長，可套用那輩子一句特酸的話說，可能是遇對了人，兩個人之間的氣氛越來越好。

白素錦對待伴侶的態度向來是，沒確定關係前最大限度的黑化，一旦確定關係決定在一起了，那就是最大限度的美化。白素錦如今視周慕寒為一家人，自然願意百般慣著他，結果縱著、縱著倒是把小孩子的脾性給慣出來了。

這不，已經開始咬耳朵了。

白素錦偏著頭躲了躲，手掌拍拍箍在自己腰間的鐵臂，和聲細語安撫道：「好了、好了，說著玩的。能吃怎麼了？我還就喜歡看你吃飯，你吃得香，我在一旁都能跟著多吃半碗。再說了，咱有田、有鋪、有莊子、有馬場，你再能吃也不怕！」

「真的不嫌？」周慕寒玩心乍起，不顧白素錦的躲閃，執意咬上她的耳朵，牙齒細細輕齧著。

開始或許帶著戲耍的心思，可牙齒磨著、磨著，白素錦就覺著不妙，心裡開始冒火啊，再不打住，可就要奔著白日宣那啥去了！

「自然是真的。莫要再鬧了，正想著同你商量今年你那些俸祿的安置呢！」周慕寒也懂得見好就收，鬆開白素錦後從衣襟裡掏出了一本清冊遞給她。「今年的俸祿就半數留在府裡，半數撥到大營的帳上吧。」

往年周慕寒的俸祿幾乎八成都用在了西軍大營，但今時不同往日，今年他娶妻，成了家，自然也要為自己的小家打算。

白素錦接過清冊好奇地翻開來看，頓時覺得雙手有些發沈。釘紋方鼎、銅象尊、四足方觥、雙龍獸耳頌壺，還有一對上好的羊脂白玉鏤空雕刻的玉珮。

「這還只是皇祖母賞的，東西稍後就會送過來。」

白素錦暈暈乎乎點了點頭，將清冊仔細收到木匣裡，順手拿來桌上的帳冊遞給了周慕寒。

「我想，從今年開始，你的俸祿就悉數撥到大營的帳上吧，這是今年府裡各項產業的總帳目，這也只是我大概估算的，最終的進項是能比這上面的多。」

周慕寒剛要開口反對，可僅看到馬場和茶行兩項收入，就說不出異議了。待看到收入匯總，他突然間就理解了皇上聽說她喜歡銀子時的心情。

對於一個本身就這麼能耙錢的人，要賞賜她的話，總不能太寒酸。可不寒酸的話，戶部尚書和內務府大總管真的要大鬧一番了。

與此同時，白素錦又遞了一份帳單給周慕寒，這是西軍都指揮使趙恬趙大人給她的，上面清晰列明了西軍三十萬將士每年的各項開銷。可不要小瞧了這份單子，它可是趙恬同她殺價時的必備神器，終極大招就是——哭窮！

周慕寒看到西軍將士一年光茶錢就要兩萬兩千兩銀子，由白素錦新開的普潤茶行免費供應，於是就用沈默贊同了白素錦的提議。

想想自己一個一品大員一年的俸祿，統共算起來也夠請軍中將士喝一年的茶，周慕寒深深覺得自己在家裡的定位還是精忠報國、光耀門楣吧！

杜王妃以白素錦忙於準備宮宴貢席為由，並未讓她參與王府年節準備的事務，杜王妃不想讓她插手，白素錦自然也樂得清閒。二十八這天剪窗紙、貼窗花，整個聽竹苑的窗子上都有份，紅彤彤的，映著多掛了一倍量的大紅燈籠，年氣兒就烘托出來了。

臨睡覺前，趙嬤嬤帶人發了麵，一大早，小廚房裡熱氣蒸騰，香氣裊裊，蒸好的大饅頭，精白麵的、白麵摻蕎麥麵的、白麵摻豆麵的，個頭大、色澤亮、賣相好不說，香味也濃，這得益於和麵時溫水裡加了煮過的牛奶，這法子還是白素錦教給趙嬤嬤的。

周慕寒親自出馬，不知從哪裡弄來了五、六罈陳年女兒紅，還有兩罈相當有年分的花雕，當晚的飯桌上就出現了一道用花雕煨出來的酥肉，好吃得讓人停不下筷子，得虧趙嬤嬤做的量不多。

第三十三章

除夕夜自然是要在主院吃，席面一上來，就可以看出杜王妃是下了大工夫的，從選料到烹製到擺盤，無一不精緻、講究，透著毫不掩飾的「貴」氣。

可惜，用料再講究、擺盤再漂亮，冬日天寒，從大廚房端到桌上，再聽榮親王感慨致詞一番，菜也涼了一半了。

周慕寒席間表現得異常給面子，甚至主動敬了榮親王一杯酒，雖然是白素錦在桌下險些將他靴子踩破了提醒的。

尚算心平氣和吃頓團圓飯已是周慕寒的極限，吃罷飯，兩人就動身回聽竹苑守歲。此時火藥剛出現，還未有煙花、爆竹的影子，故而除夕夜裡，整個世界靜謐安寧，三、五步一只的大紅燈籠儼然照亮了整個王府。

「這偌大王府留給我最後的一點好記憶，就是母妃還在世時，也這樣陪著我一起守歲。母妃明明是這府裡的女主人，可在這樣的日子裡，他也是要陪在那個女人身邊的。」走在聽竹苑花園間的小徑上，周慕寒看著兩側熟悉卻又陌生的景致，內心因為身邊陪伴著的這個人而變得柔軟，許多經年壓抑在心底的回憶彷彿也有勇氣翻開來看了。

「他不來，我本是不難過的，我難過的是，母妃佯裝的不在意。所以，我可以為了皇祖母和母妃不為難他，但是，我不會原諒他，永遠！會不會覺得我很絕情？」
白素錦走在周慕寒身側，偏過頭微微仰視他，淺淺笑著。「何謂絕情？對自己至親之人薄情以待的人，還要不惜違背自己的心意掏心掏肺才算是有情嗎？天下之情，無論是愛情、友情，還是親情，都是要有來有往、互為付出的。孝之一事，誠然，父母有生身大恩，但這大恩又不是父親一人之功，母親尤甚。以你的立場，能做到這般程度，在我看來，已經算是很好了。再者，古人有云：『己所不欲，勿施於人』，我本就不是個多情、濫情之人，何來怪你絕情之理？」
這番話就是白素錦心中所想，古人講究至孝、講究天下無不是之父母，忤逆父母之意便是錯，可白素錦偏偏是個「外來戶」，在她看來，即便是親情也是要用心經營的，這世上有混蛋的子女，也不乏不負責任的父母，尤其是榮親王這種，寵妾滅妻，對周慕寒來說，他誠然有生身之恩，卻也有害母之責，周慕寒顧念種種情面，不動王府後院那個女人，已經算是仁至義盡，易地而處，白素錦自認可做不到這個分上。
驀地，一隻大手就撫上了自己的後脖頸，捏了兩捏。白素錦一陣無語，世子爺表示心情大好的方式也要這麼異於常人。
白素錦將暖氣的工藝圖送進宮裡後不久，就被皇上和太后賞賜給不少親王和重臣，榮親王府自然不會落下。然而白素錦進了府才發現，聽竹苑裡沒有一間房裝了暖氣。周慕寒年底回京述職可不是一天、兩天定下來的，若是有心，將聽竹苑每間房都裝上暖氣也來得及，只能說明一個道理，這府裡當家的人根本就沒這個心思。

旁人不關心便不關心，進宮面聖回來的那個下晌，白素錦就毫不客氣地自己發話，將主屋的臥房、暖閣、書房、茶室統統裝上了暖氣，就連夏嬤嬤她們所住的偏房也一併裝了。

暖閣內溫暖如春，夏嬤嬤一行人在案桌上擺滿了各色茶點，香茶自然也少不了。周慕寒回來這些天整日忙於外院，最近兩天才有時間在院子裡走走，經年無主，即便打掃得再乾淨，也掃不去陳年清冷，主屋裡的桌椅家具倒是依稀如記憶中那般，可物件擺設明顯少了不少。「妳若是在這府裡住得不舒服，我們就搬出去。」

白素錦打發夏嬤嬤她們到外間吃茶守夜，自己動手舀著暖鍋裡煮沸了的奶茶，聽到周慕寒的話搖了搖頭。「我倒是沒什麼不舒服的，就是有些擔心你會觸景傷情。」

接過白素錦遞過來的奶茶，周慕寒吹開熱氣啜飲了一口，茶湯香甜、熱氣裊裊，身邊還有白素錦的陪伴，這一刻，周慕寒覺得自己是真正的活著，與此同時，有關母妃的記憶也變得益發活躍起來。

「母妃去世那天下了很大、很大的雨，屋子裡的藥味濃得發苦，之後好幾年我都覺得鼻尖繚繞著那股藥苦味。那時候屋裡只有我們兩個人，現在想想，母妃那會兒應該是感覺到不好了，也不讓我去喊人，只是細細和我說著話，我趴伏在床榻邊，聽她囑咐我好好照顧自己，不要因為她離開而太傷心，不要心裡記著仇恨過日子，也不要被這王府束縛住了，要活得自在……起初的時候，我還以為她是說得累了，睡著了，就像之前一樣，可是，慢慢的，她的手冷了……臉冷了……身體也冷了……」

白素錦拙於安慰人，這個時候更是覺得言語蒼白無力，只得走上前將他攬進懷裡。

「別擔心，我沒事，在母妃最後的時候是我陪著她，這樣很好，我很慶幸母妃在最後能免於被他們打擾，更慶幸外祖能挺身而出將我帶離這裡。並不是因為這裡是我的牢籠，而是因為那時的我太小、太弱，連自保都不能。我不在乎自己的性命，更不在乎什麼親王的名位，只是，我母妃在世時是這王府的主子，即使只是虛名，在她過世後，我也不能讓這王府落到旁人手裡！我要一日，這王府便在一日，我不要，也要親手毀了它！」

周慕寒深深吸了口氣。「這個念頭就這麼盤桓在我心頭數年，直到今日，我終於明白了母妃臨終前那番話的深意，只有我過得好了，母妃她才會真正安心。如今妳我一體，這府裡暗下的手段如何腌臢不堪，我曾親身經歷過，我們才踏進來幾日，便又有了苗頭，我委實不願妳費心應付這些，出去了清淨也好。」

白素錦只輕輕問了句。「離了這王府，你便能過得好了嗎？」

周慕寒沈吟片刻後，誠實地搖了搖頭，執念已久，豈是輕易就能割捨的。

了然地拍了拍他的肩膀，白素錦抽身坐到他身邊，撚了顆蜜餞塞進他嘴裡。「既然不能過得好，又幹麼要離開？而且，我一點也不覺得你之前所想有何不妥。至於我，你盡可放心。明著，你可是為我賺來了一品誥命，她有名位無品級，也拿捏不到我；暗裡，也無非是些小人伎倆。老實和你說，我呀，巴不得她動些歪心思，自作孽——才不可活。」

周慕寒一頓，繼而徹底放鬆開來，臉上的鬱色也慢慢散去，語氣輕快了許多。「皇祖母說的對，咱們這是——不是一家人，不進一家門！」

白素錦淺淺而笑，算是坦然應下。

「哦，對了，院子各處我差不多都轉過，卻並未看過一張半幅母妃的畫像，可是都收起來了？」

周慕寒冷冷哼了一聲。「心虛還來不及，又怎麼會掛存母妃的畫像？怕是看了夜裡會驚醒吧。妳稍等片刻，我去去就回。」

說罷起身出了暖閣，沒一會兒回來的時候，手裡抱著一方漆木匣。

兩人轉坐在窗邊的八仙桌旁，周慕寒打開漆木匣，裡面裝滿的厚厚一沓畫紙上，畫的盡是同一個人。

或淺淺輕笑，或凝眉沈思，或眉籠輕愁，或閉目而眠……

白素錦一張張翻看，畫中女子端方秀麗，眉宇間透著股淡淡的英氣，依稀可尋得周慕寒的影子。

畫中何人，自是不言而喻。

而且，看畫紙的情況，這些畫像顯然是經年積累下來的。

「母妃真好看，你們的眉眼很像。」白素錦實事求是。

周慕寒顯然很喜歡這樣的評價。

「沒想到你的畫工兒這般好，除了母妃的畫像，可還畫其他的嗎？」白素錦將畫像小心收入匣內。

周慕寒站起身，讓外間的清曉到書房取了筆墨紙硯來，行動力十足地開始現場作畫。守夜漫漫，左右也沒什麼娛樂打發時間，畫畫算是個不錯的選擇。

白素錦初衷是打發時間，可待到周慕寒一落筆，想法立馬就轉變了。什麼算是不錯的選擇，簡直就是相當不錯的選擇！

行家一出手，就知有沒有，寥寥幾筆開出輪廓，白素錦就被周慕寒揮灑自由、行雲流水一般的走筆牢牢吸引。

一個時辰後，半幅沙場點兵圖躍然紙上，場面恢弘、氣勢磅礴，在筆下慢慢成形的關隘城屹然聳立，透著一夫當關，萬夫莫開的威嚴。

無論筆法，還是畫意，都堪稱上佳之作！

「沒想到大將軍的畫工兒如此了得！」白素錦學畫時間也不短，可走的是工筆方向，對於周慕寒這種大開大合的寫意畫法，她自認難以駕馭。

有了作畫做娛樂，守歲也不那麼難熬。子時正，夏嬤嬤領著一眾人端了水餃過來，白素錦和周慕寒象徵性地吃了幾個，在大家恭賀新年的祝福聲中每人賞了個重重的小福袋。

大曆守歲不必非守到凌晨，只要到了子時吃過餃子便可。

領過賞後，下人們散去，該值夜的值夜，該休息的休息，白素錦和周慕寒洗漱後也抓緊時間歇息，幾個時辰後的宮宴還是一場考驗。

要說宮宴，對皇上也好，對皇親國戚、朝中大臣也好，這頓飯吃得都挺遭罪。宮宴開席在午時正，可大家夥兒卻要七早八早的趕在辰時初就要入宮，皇親和眾官員在正清殿，由皇上親自坐鎮，而皇后則在廣宜宮招待女眷們。

冬日天寒，菜餚從御膳房端出後，即便腳程再快，端到宮殿內熱氣也散了大半，且熱菜多用動物油脂烹飪，但得涼下來，委實難以入口。是以，宮宴的席面上冷盤就占了一半。大冬天的，坐在不那麼暖和的宮殿裡大動作都不能有一個，還要吃半肚子的涼食，後果可想而知。所以，宮宴之上，大部分人都是能少吃就少吃，空肚子總比鬧肚子得好。

可就是這麼個大家夥兒都痛苦的事兒，偏偏每年都隆重無比地舉行著。不為旁的，只是這份尋常人家都無法企及的榮耀。說到底，就是面子碾壓了肚子！

卯時正，白素錦迷迷糊糊被弄起床，再度人偶一般被夏嬤嬤等人折騰著，沐浴、更衣，盤髮、著裝，一層層、一件件，等白素錦徹底清醒過來的時候，整個人已經被包在了吉服之中。

榮親王府參加宮宴的除了榮親王，就只有周慕寒夫婦。按理說，杜氏扶正，膝下的大公子和三小姐也是有資格隨著榮親王參加宮宴的，可惜有林家和周慕寒鎮著，太后不喜、皇上緘口，他們可有可無的資格也就給抹了去。榮親王不是沒爭取過，奈何霍太后那關過不去，三番兩次之後，只能放棄。

雖然全京城的人都知道榮親王和世子兩人關係不和，但一同離府赴宮宴也不是什麼不可能的事。

白素錦和周慕寒到二門的時候，榮親王一行人前腳剛到，杜王妃披著白貂斗篷，妝容精緻，笑意晏晏，卻抹不淨眼底隱隱的不甘和憤恨，然而說話的聲音卻是一如既往的溫婉和煦。「早些動身吧，外面不比家裡，在長輩跟前失禮就不好了。」

昨日話已說開，周慕寒也不屑與杜王妃糾結一時口舌之快，至於白素錦，這種語言層面上的攻擊對她來說傷害力幾乎為零。他們夫婦倆充耳不聞，一旁的榮親王卻微微蹙起了眉，但礙於在二門口也不好多說，便沈著臉上了轎子。

天氣冷，宮宴上又少不得飲酒，白素錦就拉著周慕寒上了馬車，更重要的是，早上趕時間，也沒來得及吃東西，趙嬤嬤在馬車裡放了食盒，兩人正好在路上可以用些，不然撐到宮宴開席可有得挨了。

馬車駛到宮門外的時候正好宮門開啟，繫好斗篷、大氅，端正頭冠，白素錦和周慕寒始終和榮親王保持五步遠的距離，朝著內宮走去。

過了正華門，浩浩蕩蕩的人群就要分成兩隊，男人們往正清殿，女眷們則要前往廣宜宮。

「有皇祖母和皇后娘娘在，碰到不長眼的，妳也不必忍著。」臨分開前，周慕寒再次叮囑道。雖有一品誥命加身，又有周慕寒這個封疆大吏的夫君做靠山，但越是榮耀，白素錦商家女的出身就越會被人拿來詬病。

白素錦忍不住低笑。「可知這句話你從早上醒來到現在重複了多少遍嗎？六遍！放心，人不犯我，我不犯人，人若犯我……呵呵！」

直到走進正清殿，周慕寒還在回味著媳婦剛剛那句「呵呵」的含義。呃，總覺得信息量和可能性後果會非常豐富。

「欸，你這魂不守舍的想什麼呢？該不會是想著媳婦吧?!」伴著刻意壓低的男聲，一隻大手拍上了周慕寒的肩膀。

「令尊顧大人可是大曆出了名的『鐵面青天』，你卻依舊這般言辭輕佻，若是被顧大人知道了，不知是不是又要家法伺候？」周慕寒頭也未轉，直接拍掉了肩膀上的那隻手。「聽說你剛擢升理藩院郎中，同其他國使臣打交道，可要繃緊了，免得一時不察暴露了本性，屁股開花事小，有損國威事大啊，顧延卿顧大人。」

「哈哈哈……」一陣極力壓制的低低笑聲在兩人旁邊響起。「顧延卿，我早就提醒過你了，千萬不要招惹他，他現在的嘴皮子功夫可厲害得很，你偏是不聽，這下子受傷了吧？」

「沈凌青，你這是在幸災樂禍？」顧延卿一上來就被周慕寒弄了個語塞，看到沈凌青旁觀看熱鬧，忍不住捏著手指躍躍欲試要動手。

幾個人打小就混在一起，顧延卿最後雖走了科考之路，可一身武藝卻是始終沒荒廢過，反倒是他，從小習武便是敷衍了事，從商之後更是統統都拋之腦後，論武力，顧延卿這個頂著文官之名的武夫輕而易舉就能把他撂趴下。於是，識時務者為俊傑，沈凌青立即服軟。

周慕寒對這兩人的相處早已司空見慣，待到另一名青年上前來與他見禮時才斂起了隨興，難得鄭重待之。

此青年不是旁人，正是錢塘許家二少爺、三元及第的狀元爺許唯信，如今是翰林院修撰，皇上欽點他參加今年的宮宴，看重程度可見一斑。而且，在他背後，論勢，當今撫西大將軍、榮親王世子周慕寒可是他的親表妹夫；論財，錢塘許家的當家可是他的親爺爺！

要財有財，要靠山有靠山，更要命的是人家還是三元及第，憑自己的實力奪了狀元、進了翰林院，要才也有才。是以許唯信自蟾宮折桂之日起，走在人前就已經是自帶光環了。

如今又和周慕寒站在一處，光環想不加倍都不行。

放眼正清殿，翰林院修撰無疑是官職品級最低的，可許唯信的態度始終如一，不卑不亢、進退有禮，即便面對周慕寒也是從容坦蕩，既不刻意保持距離，也不藉機親近，這讓一旁的顧延卿和沈凌青對他的好感度連連攀升。

聖駕未至，正清殿內到處是低低的交談聲，沈凌青沒想到會在宮宴上見到許唯信，見他為人坦蕩，便也不矯情，直接說了想和許家做絲綢買賣的意願。

「實不瞞沈兄，家中的生意我委實知之甚少，只是家書中曾提及家父和愚弟近年來致力於開拓新商路，但據我所知，目前為止俱是陸路，沈兄所提及的海陸貿易，家中從未涉及，是否有意向參與，我委實拿不準。不過，適逢表妹在京，過兩日我拜訪榮親王府，見了她可以詢問一二，於經商之事，表妹的眼光和膽識深得祖父讚賞。」

得，繞了一圈，最後的結論還是要走世子妃這條路。周慕寒已經向他透露了許老爺子近期會進京的消息，也承諾盡力安排他們見面，所以沈凌青也不覺得失望，反而更欣賞許唯信有一說一，有二說二的性子。

薊石灘大捷後，大曆西北境、西境的局勢相對一段時間內會很平靜，邊境通商和互市是發展趨勢，顧延卿一早就盯準了這一塊，從許唯信口中得知許家在西南的新商路後尤為感興趣，周慕寒對當地地理環境又極為熟悉，而沈凌青也聞到了銀子的味道，四個人就在一方小天地裡商討起拓通大曆西南、西部、西北、北部商道脈絡的可能性與可行性，囊括了軍師視角、政務視角和商貿視角。

後人或許難以置信，可日後永垂史冊的乾通大商道就是這四個青年於宮宴前聚在大殿一角熱火朝天的討論中提出了雛形。

而促使這條大商道從概念轉化成實踐操作的另一個主要貢獻人，此時則正氣定神閒地端坐在廣宜宮的大殿之上。

以白素錦所坐的位置為圓心，方圓四、五米之內無人踏進，這在偌大的大殿裡也屬異常之相，明晃晃的排斥和孤立。

換作旁人，這會兒估計早尷尬死了，可在白素錦眼裡，可以免於和那幫貴夫人們假意寒暄，倒是正合她心意，巴不得她們都離自己遠遠的才好。

「母后……」隱密的帳幕後，凌皇后透過細細的縫隙看到孤坐著的白素錦，猶豫地出聲。

霍太后卻抬手止住她的話，搖了搖頭。「再等一會兒。」

全然不知殿上情形盡收人眼底的眾人仍在低聲交談著，白素錦稍稍用了一盞茶，而後就開始眼觀鼻，鼻觀心，如老僧入定一般，心裡卻在梳理著這兩日整理出來的緞面工藝法。

過了好一會兒，一個身著湖色衣裳的大宮女從殿內出來走到白素錦近前，畢恭畢敬地行跪禮，口齒伶俐道：「稟世子妃，太后娘娘請您移步內殿。」

一時間，大殿內所有人的注意力都被吸引過來，白素錦悠然起身，整了整衣襬，於眾目睽睽之中在大宮女的指引下施然而去。在她離開後，大殿內死寂了好一會兒才再度恢復低低的交談聲。

白素錦跟著大宮女進入內殿時，太后和皇后兩人已經早一步折回來了，白素錦恭恭敬敬給兩人行了大禮，說了套新年的吉祥話兒，起身時看著太后淺淺笑著。

霍太后猛然領悟她的意思，忍不住笑出聲來。「皇后啊，妳看看這丫頭，精著呢，這不，跟咱們討賞呢！」

凌皇后聽太后這麼一說，也沒忍住笑出了聲，拿出了隨身帶著的一個大紅色繡著福紋的福袋，這份見面禮她可是一早就準備好了。

「謝皇后娘娘賞賜！」白素錦跪身雙手接過福袋，掂了掂，還挺壓手，手感上看，應該是玉件。在凌皇后示意下，白素錦將福袋打開，看到裡面那尊足有巴掌長的極品羊脂白玉整塊雕刻而成的送子觀音像時，白素錦是真的愣住了。

不愧是一國之母，出手好大方！

「瞧瞧這高興的，眼睛都要彎成兩道月牙了，皇后啊，妳這份禮可算是送到這丫頭的心眼裡嘍！」霍太后總算是明白自己那向來不苟言笑的孫兒為何一提到媳婦就臉色和緩了，誰看到她那兩道笑彎了的眉眼，都會忍不住跟著舒心。

「多謝皇后娘娘！」沒料到竟是這麼一份大禮，白素錦欲再行謝禮，卻被凌皇后攔住。

「本宮這個做皇伯母的，一份禮既是見面禮，又是年賞禮，算不得貴重。再說，自家人之間，無須這般客套。」

凌皇后把話都說到這個分上了，白素錦便也知趣地收下。

霍太后見狀，眼裡透著明顯的讚賞。「哀家賞給妳的物件有些大，福袋怕是裝不下，過兩天妳就能看到了，現在先賣個關子！」

白素錦突然就想起了日前周慕寒帶回去的那張登記著青銅器和玉件的禮單。

不想則已，一動念頭，白素錦就有些被幸福包圍的眩暈感。同時，心裡也隱隱有了個大致的想法。

霍太后是聽過周慕寒講白素錦做生意的手段的，如今真人就在這裡，離宮宴正式開始的時間還很長，於是，白素錦繼周慕寒後，做起了這皇宮內的第二個說書人，講的竟然還是自己的故事，饒是白素錦臉皮再厚，也有些羞羞噠的感覺。

一來這些事都是白素錦親身經歷，二來無論是表情還是調遣詞用字，白素錦都比周慕寒高出一大截，所以大曆最有權勢和身分的兩個女人就這麼沈浸在了臨時說書人白素錦的故事裡。直到桂嬤嬤斗膽打斷，宮宴快要開始了，三人才恍然，該幹正事了！

白素錦隨著太后和皇后再次回到大殿內，駐足目送她們坐上主位後，自己坐回了原位。

這一次，兩側的人明顯有藉故上前搭訕的趨勢，可白素錦目不斜視地散發著生人勿近的氣息，壓根兒不給她們機會。

宮宴慣例，先是禮官唱福文，然後是皇后娘娘致辭，接著太后娘娘聊表囑咐和祝福，再接著就是親王為首的王爵貴族呈獻貢席，最後就是邊欣賞歌舞邊享用美食。

榮親王上面還有兩位親王兄長，長幼有序，是以由他們兩府先獻，白素錦看了一眼，無非就是在砂鍋或湯盅外包上一層厚厚的布用以保溫。

「聽說咱這宮裡頂新奇、實用的暖氣，就是出自榮親王世子妃之手，想來今天的宮宴，必定也會給大家夥兒帶來新鮮的吃食吧？」白素錦這廂還未站起身，就聽到上首主位旁傳來德妃略有些尖銳的聲音。

來者不善。

德妃臉面上笑意盈盈，可說出來的話卻透著股非善意的味道。

裝糊塗這種事白素錦早已駕輕就熟，對德妃的話裡有話充耳不聞，福身施禮後開始指揮夏嬤嬤和幾個太監、宮女將五桌貢席抬了上來。榮親王府的十桌貢席，五桌被周慕寒帶到了正清殿，另外五桌則由白素錦帶來廣宜宮。

五個銅質暖鍋，五款不同口味的湯底，每個暖鍋又配有一個四層隔板的實木架子，架子上整齊擺放著各種涮菜。

霍太后之前吃過，才沒有像其他人那般意外和驚奇，手一揮就將五個暖鍋給分了，自己是一定要留一個的，餘下的四個，皇后、德妃、淑妃、甯國公府老太君各一個。

「錦丫頭，妳到哀家這裡來吧。」看到白素錦側身要回座位，霍太后招了招手，將她喚到自己身邊。

宮宴採用分食制，白素錦按照霍太后的意思坐在她身邊，用公筷伺候她用餐，桂嬤嬤退在一旁，悄聲吩咐宮女到御膳房多取一份涮菜過來。

「別只顧著哀家，妳也用些。這進京才幾日啊，哀家怎麼瞧著比第一次進宮的時候瘦了不少呢？」

「還好，本就是怎麼吃也不長肉的體質。」白素錦臉龐有些微微發熱，她現在的體質是不容易長肉，但進京後的確清減了不少，一來有些水土不服，二來是夜裡周慕寒鬧得很，雖然單獨住在聽竹苑，但好歹也是在王府裡，她也不好睡懶覺，兩下發作，這才瘦了不少，趙嬤嬤這幾天逮著機會就可著勁兒地灌她湯湯水水，夏嬤嬤更是旁敲側擊地暗示周慕寒節制一些，可惜周大將軍上了床就將夏嬤嬤的話拋諸腦後。

霍太后瞧著白素錦隱隱透著粉紅的耳廓，還有什麼不瞭解的，暗地裡罵了聲自己的孫兒，親手給白素錦挾了兩筷子涮好的牛肉捲。

白素錦就這樣一邊伺候著霍太后，一邊跟著吃了頓熱乎飯。她吃得淡定從容，倒是在場的貴夫人們心中五味雜陳。

白素錦對歌舞表演興趣缺缺，全程目不斜視地伺候著霍太后，兩人一邊吃、一邊低聲說著話兒，皇后顯然也非常喜歡這個暖鍋，時不時的和霍太后、白素錦說上兩句。

至於其他的嬪妃、王妃、侯伯夫人等女眷，就只能一邊看著五個汩汩滾著熱湯的暖鍋一邊吃著半冷不熱的菜品。

「託榮親王世子妃的福，這餐飯是老身入冬來吃得最舒坦的一次了。」歌舞間歇之際，甯國公府的隋老太君放下筷子，看向白素錦的目光中帶著賞識和謝意。她已年過七旬，平日裡就食慾不振，入了冬尤甚，每年的宮宴於她來說更是折騰，沒想到今年竟會有如此驚喜。

「老太君言重了，不過是討巧而已。」白素錦這會兒對隋老太君簡直感激涕零，太后娘娘吃了個七、八分飽後就不吃了，但是卻沒放下筷子，一個勁兒地涮菜、涮肉，然後都挾到了白素錦面前的盤子裡。這可是太后娘娘親手給涮的，可白素錦真的要吃不下去了，正尋思著怎麼找個藉口住筷，為難之際碰巧趕上隋老太君解圍，於是忙不迭放下了手裡的筷子，轉向老太君的方向端端正正回話。

白素錦自以為掩飾得好，可將她動作全然看在眼裡的桂嬤嬤忍不住低下了頭，掩飾臉上的笑意。霍太后自然也發現了，眼裡滑過一絲狡黠的笑，轉而也放下手裡的筷子看向隋老太君，果然，木架上的涮菜用掉了七、八分，只是肉捲每盤剩了小半盤。

「食材雖普通，但勝在心思巧，尤其是哀家和老太君這般上了年紀的人，多沾了油膩就不容易剋化，吃這個暖鍋最好，既暖和、又清淡。這孩子心思細，特意將暖鍋的做法都詳細整理出來了，稍後哀家著人謄抄一份給老太君送到府上去。」

「老身叩謝太后垂愛！」

霍太后抬手免禮。「老太君無須多禮，一年中難得能聚在一起一次，隨意便好。」

歌舞再起，殿內再次熱鬧起來，霍太后一直沒發話，白素錦也就不便起身，一場宮宴，白素錦就這麼坐在太后身邊，時而欣賞、欣賞歌舞，時而和太后說說話，小聲叮囑她日常多用些茶油和青果油，對腸胃很有好處。霍太后也叮囑她平日裡注意身體，還特別提到她已經交代了太醫院的卓院使，這兩日便會到王府給她診脈。

祖孫兩個相處得自然融洽，皇后也在一旁幫襯，一場宮宴下來，白素錦無疑成了最大的焦點。

知道周慕寒在前面等著，宮宴結束後霍太后沒有多留白素錦，只是給了她一塊進出內宮的腰牌，囑咐她有時間就進宮來走走。白素錦欣然應下，隨著大隊人馬一起出了廣宜宮。

第三十四章

一出廣宜宮，鎮北大將軍府的大夫人趙氏和三夫人喬氏緩了兩步與她並肩而行。二夫人馮氏隨林二爺外放在湖廣，故而沒有出席宮宴。

「太后娘娘事先有交代，我和妳三舅母才沒同妳在一處，委屈妳了！」想想開始時在大殿裡白素錦被孤立的情景，趙氏心裡有些難受，若不是顧忌著太后娘娘的交代，她早就忍不住上前了。

白素錦聽了當下一愣，有些不解地看向趙氏和喬氏。

難得看到白素錦一副懵懂模樣，喬氏微微頷了頷首。「太后娘娘也是好意，無非是想讓妳明瞭人情冷暖而已。」

太后娘娘也算是用心良苦了。

白素錦心裡默默感嘆。

「聽說世子爺手腕上戴著的那串七寶佛珠手串是世子妃親自到寺裡求來的，材料珍貴無比不說，還是空了大師親手打磨、串製，更受了九九之日的香火供奉，想來世子妃也是深信因果循環，報應不爽的吧？」

「也是，一場戰事就是十萬人的殺孽，世子妃為世子請來七寶佛珠手串護身，也是用心良苦。」

白素錦本無意惹塵埃，偏偏就總有人自己上趕著找拾掇，這不，剛出廣宜宮沒多遠，就有兩個穿著三品吉服的半老徐娘跳了出來。

趙氏剛要發作，卻被白素錦先一步拉住了袖角。

「她們是都察院左、右副都御使的夫人。」喬氏小聲提醒道。

白素錦點了點頭，轉而偏過頭去，下頜微微上揚，鳳眼微瞇瞟了她們兩眼，淡淡開口。

「佛祖言眾生萬物平等，莫說是人，就算是牛、羊、雞、鴨，那也是條生靈，與人無異。食葷的人哪個身上沒有業障？沒有邊疆將士們捨身衛國，妳我在內的大曆百姓何來安居樂業的日子？以戰止戰的殺孽再重，在佛祖面前，尚且還能以保家衛國之功向佛祖討情，不知二位夫人以何面對佛祖？」

無視兩人越發鐵青的臉色，白素錦話音一轉，聲線裡裹著一層凜冽寒意，一字一句道：

「眾生平等，那是在佛祖眼裡，而妳我凡人，卻是有著國界之分的。身為大曆監察重臣之內眷，卻為敵國悍匪之兵心生憐惜，兩位心胸如此博大，不知置我大曆邊城喪命於敵軍鐵蹄之下的百姓於何地?!置我大曆浴血抗敵、馬革裹屍的邊軍將士於何地?!」

咄咄逼人之下，兩位副都御使夫人不僅臉色青白，就連雙腿也忍不住微微打顫，白素錦這頂大帽子壓下來，搞不好就會連累到前朝的男人。

「兩位副都御使大人身負皇命監察百官，手握彈劾之權，想來必是心性高潔、胸懷萬民之人，吾等女眷雖不得干政，但起碼的忠君愛國、是非分明的道理還是要明瞭的，所謂言傳身教，不為旁的，總要替子女後輩著想才是，望兩位夫人謹言慎行！」

白素錦並未壓制音量，在左、右副都御使夫人找碴之際，旁觀看熱鬧的不乏其人，這番話是敲打兩個挑事兒的人的，同時也是說給那些旁觀者的。

一時間，整個世界都清靜了。

白素錦毫不掩飾眼裡的輕蔑和冷嘲，淡淡看了左、右副都御使夫人兩眼後，便跟著趙氏和喬氏往前走，走在前面的人自動自發給她們讓了條路出來，反倒是隋老太君在丫鬟的攙扶下主動與她們打了招呼，一同往正華門的方向走著。

還未到正華門，遠遠的就看到了稀稀落落的數道人影，待走近些，白素錦一眼就瞧見了周慕寒，朝服玉冠，尊貴挺拔，就那麼站著便有一種鶴立雞群之感。

宮宴結束後，大部分人都是在宮門口的馬車裡碰頭的，冬日裡天寒地凍，很少有人等在正華門。

等在正華門的，除了周慕寒和林家兩位舅父，還有甯國公，四個人正好站在一起聊著什麼，看到白素錦和隋老太君及兩位舅母一起走出來，周慕寒打過招呼後先一步迎了上來，同其他三人問了好後就晃著眼睛上上下下打量了白素錦一番，引得旁邊的隋老太君忍不住打趣他。「放心，你媳婦呀，好好的，一根頭髮絲也沒少！」

白素錦饒是臉皮再厚，也鬧了個大紅臉。心想，大將軍你人前高冷的形象呢？可不可以不這麼崩人設?!

回程的馬車裡，白素錦將宮宴上的情形給周慕寒形容了一番，包括和左、右副都御使夫人的那次交鋒。

周慕寒一張俊臉冷得幾乎成冰。「好了傷疤就忘了疼，看來上次就不該手下留情。」

白素錦眉峰一挑，難怪聽著左、右副都御使的官名覺得熟悉，原來在林大總管給她的那本「敗家」小冊子見過。

「將軍，咱們能否打個商量，日後你再看哪個不順眼，能不能挑個僻靜的地方在他腦袋上套個口袋再揍？省下來的銀子咱留著買牛肉吃！」白素錦對那個「敗家」小冊子印象極其深刻，京官果真身嬌肉貴，不過挨了幾下拳腳，賠的銀子少說也要千兩起價，想想就肉疼。

周慕寒頓時面部肌肉陷入糾結中，後悔之意溢於言表，白素錦恍然，想來大將軍是從來沒將賠出去的銀子換算成最喜歡的牛肉。抑或是，賠銀子的善後工作都是林大總管一手操辦，他自己心裡壓根兒就沒有數。

白素錦首次發現，牛肉是相當好的參照物。

廣宜宮外發生的事是瞞不住的，眾多女眷在場，還有隨行伺候的宮女、太監們，所以沒多久，整個後宮就知道了榮親王世子妃力挫左、右副都御使夫人的事。

皇上一聽說此事，當即就差人將剛回府的左、右副都御使召回了宮裡，嚴詞訓誡一番後才放出了宮。

對此事太后和皇后娘娘未置一辭，德妃娘娘卻有些坐不穩了，外人或許不知，但她心中卻明瞭，左、右副都御史暗下都是五皇子的人脈。年前周廷身負皇命以欽差之名走了趟川省，清肅了川省官場不說，回京後牽連出不少朝廷官員，僅僅戶部就罷免了包括郎中在內的十數名官員，其他各部皆有如此情形。

京中一番官員波動，外人看來是清肅之風的延續，實際上，五皇子和六皇子心中再明白不過，皇上這是在翦除他們在朝中的羽翼，以此警告他們，這一次尚且顧念骨肉親情，若是不知悔改，下一次就不會這麼好運了。

果然，五皇子和六皇子大為收斂，連帶著相關官員也跟著明哲保身。沒想到的是，左、右副都御使的夫人竟愚蠢至此，敢在廣宜宮外眾目睽睽之下挑釁榮親王世子妃，腦子不夠靈光偏還膽大包天，活該被扣上那麼一大頂帽子！

大過年的也不得安寧，德妃和五皇子這個年是注定過不舒心了。

宮宴結束後，白素錦忐忑的心終於可以安穩了，踏踏實實睡了個舒服覺，初二一大早跟著周慕寒先到正院給榮親王和杜王妃問了安，之後就帶著整整三車的禮物直奔鎮北大將軍府。

周慕寒和白素錦進門的時候，林老將軍已經在院子裡轉了好幾圈了，這會兒剛被大夫人趙氏請回正堂內坐下。

這回已經不是第一次見面，加之林家人偏愛周慕寒，對白素錦自然愛屋及烏，氣氛甚為熟絡自然。

白素錦先是和周慕寒恭恭敬敬給林老將軍、兩位舅舅、舅母行跪禮拜年，當然，得來的紅包甚為豐厚，接著又和諸位表兄弟、表姊妹互相問候了一番。林老將軍本就對白素錦頗為滿意，經過昨天廣宜宮的那件事，對她就更為賞識了，性子雖說潑辣了一些，但處處護著夫君，更重要的是，小小女子卻心存大義、明辨大是大非，這是最難得的。

大曆風俗，年初二、年初三是女子回娘家的日子，白素錦隨著周慕寒在京，索性便將鎮北大將軍府當作了娘家，準備住上兩、三天再回王府，臨出府前周慕寒就已經和榮親王打過招呼。榮親王再有想法，也不好說出口，畢竟對周慕寒來說，鎮北大將軍府更像是他的家。

周慕寒打小就住在林老將軍的院子裡，這次回來自然也還是住在西跨院。林老將軍得了暖氣的圖紙，第一時間就把西跨院的屋子給裝上了，知道周慕寒今年要回京述職，暖氣裝好後就每天燒著，現下屋子裡暖融融的，被褥也都是新漿洗過的，鬆軟、乾燥。同聽竹苑相比，高下立現，這便是用心與不用心的感官差距。

白素錦和周慕寒在小院子裡休息的工夫，她帶來的那三車年禮讓大夫人和三夫人足足忙了近一個半時辰才入了庫，晌午問過老將軍的意思，就做了暖鍋。

除了遠在湖廣任上的林二爺和二夫人，鎮北大將軍府算是團圓了，三個姑娘也都帶了各自的夫君回來。

林老將軍素來嚴肅，今兒難得露著笑臉。林家內院沒有那麼多講究，就在老將軍院子的正堂大廳內席開兩大桌，男人們一桌、女人們一桌，就近三、四個人合用一個暖鍋，男人們興致很高地喝著酒，也不用擔心桌上的菜涼掉。

「放心吧，家裡男人們的酒量都不錯，也都知深淺，不會喝過的。」看白素錦頻頻看向周慕寒那邊，大夫人笑著安慰她。

同桌的女眷們聽了大夫人的話都笑盈盈地看過來，白素錦反應過來自己似乎有些緊迫盯人了，不好意思地紅了耳朵尖，這下子更是惹得同桌的女人們輕笑出聲。

一頓團圓飯吃了近一個時辰，周慕寒雖未喝醉，但也微醺，等著老將軍睡下後，兩人回到西跨院，白素錦親手給周慕寒褪了外袍，溫水擦了臉、脖子和胸口，然後將人塞進了被窩。整個過程中周慕寒極為配合，讓抬胳膊就抬胳膊，讓抬腿就抬腿，一個勁兒傻笑著，含糊不清地反覆唸著「媳婦、媳婦」，一旁伺候的夏嬤嬤憋笑憋得幾乎要內傷。

將人安頓下來，白素錦也熱了一頭汗，到跨間的屏風後面簡單梳洗了一番，再回到臥房的時候，周慕寒居然還沒睡踏實，在被窩裡輾轉反側，嘴上仍含糊不清地唸叨著，白素錦沒法，脫了外衣爬上了床榻，剛掀開被子半邊身體靠過去，就被周慕寒長臂一伸給攬了個滿懷。白素錦掙扎了兩下，掙脫不開，索性尋了個舒服的姿勢躺好，將被角掖嚴實。周慕寒安靜下來，很快的呼吸就綿長起來，白素錦無奈地將額頭抵上他肩膀，慢慢也睡了過去。

這個晌午，大將軍府裡各房的午睡時間都較往常久了不少。

周慕寒在行伍中多年，酒量早已鍛鍊出來，小睡過一會兒之後人就清醒了，但是懷裡的白素錦還在睡著。

白素錦的睡相很好，原本就不大的巴掌臉比起進京前又瘦了一圈，下巴頦尖尖的，靈動的鳳眼合著，睫毛纖長捲翹，微微顫動時宛若輕羽騷動人心尖，勾得人心裡直癢癢。

天光大亮著的冬日午後，抱著媳婦躺在被窩裡，周慕寒從未想過自己有一天竟然會過上這樣的日子，忍不住有些恍惚，夢一般。

白素錦一睜開眼睛，看到的便是周慕寒一副魂遊天外的模樣。

「頭疼嗎？」白素錦作勢要起身，卻被一個用力給拖回了懷裡。

周慕寒搖了搖頭。「再躺上一會兒。」

難得偷得浮生半日閒，白素錦便縱著他一起又躺了兩刻鐘。

大將軍府上的三位小姐自不必提，媳婦兒們也大多出身高門，琴棋書畫各有擅長，午後閒來無事便聚在大夫人的院子裡品茗閒話。白素錦本以為會來一場藝鬥，不料二少奶奶聞氏這廂琴聲剛起，一道藕荷色的倩影便竄了出去，白素錦定睛一瞧，乖乖的，原來是林大小姐手裡握著一柄長劍舞得虎虎生威，而周遭一眾人彷彿早已習慣了這等場面，一個個拍手叫好。

一曲琴劍和鳴後，兩個丫鬟將八仙桌抬了上來，桌面上赫然擺放著兩個大算盤，大少奶奶霍氏和四少奶奶夏氏端坐在桌邊，每人手邊各放著一本帳冊，只等三夫人一聲令下，兩人一手飛快翻動帳冊，一手手指翻飛將算盤撥得響脆。

三刻鐘後，四少奶奶夏氏率先合上帳冊，報了個數目，三夫人哈哈一笑，宣佈這一局四少奶奶獲勝。

這邊珠算比罷，林二小姐與三少奶奶卓氏又比起了女紅，簍子裡放著些裁衣服剩下的邊角料，又被刻意剪碎了些，看著都是小塊碎布，兩人比的是看誰能又快又好的縫製出一個荷包。

伴隨著斷斷續續的「哎呦」聲和呲呲的抽氣聲，白素錦真的是要驚掉下巴了。她本以為這個世界裡只有自己的針線活兒慘不忍睹，沒想到同類竟然出現得如此突然，瞧瞧這才多大會兒工夫，林二小姐的手指頭就已經戳了好幾針了，三少奶奶那邊也沒好哪兒去，那針腳糙得，白素錦看著自信心暴增。

待到兩人磕磕絆絆終於將兩個荷包放在桌上展示，等待評定，周遭的女人們早已笑得七歪八倒。委實怪不得別人，實在是成品的外觀過於挑戰人的審美。

「來、來、來，今年有了錦娘，三姑娘可就不能再逃了！」大少奶奶霍氏將林三小姐推了出來。

白素錦看著近前溫婉端秀的林三小姐，牙一咬。「那就由三姊出題目吧！」

林三小姐聞之嫣然一笑，下一刻的動作卻讓白素錦險些踉蹌著被自己絆倒。

但見林三小姐衣袖一挽，爽利地坐到了桌邊，晃了晃小手臂。「咱們不如就來比腕力吧？」

這真的是古代的大家閨秀嗎？是嗎？是嗎?!

白素錦在林三小姐招手中木然地走上前去，機械地挽了挽衣袖，手肘抵上桌面，手掌扣上林三小姐的，注意到對方看著兩人扣在一起的手，眼底湧動著竊喜。白素錦也將注意力集中到兩人的手臂上，呵，原來是這麼回事，兩相對比，自己的胳膊顯然比林三小姐的細了一圈。

這是赤裸裸的占便宜啊！

周遭眾人顯然都看透了林三小姐的意圖，笑著取笑她即便是贏了也是勝之不武。

林三小姐粲然一笑。「以己之長，克彼之短，這可是十三教我的。」

三夫人爽朗地笑道：「他可沒想讓妳將這招用到他媳婦身上！」

笑聲中，白素錦精神抖擻地晃了晃兩人扣在一起的手，語音輕快道：「那還請三姊手下留情了！」

「彼此彼此！」

三夫人充當裁判，定好了三局兩勝的規矩，眾人圍上前來，只待三夫人一聲令下，加油聲此起彼伏。

緊緊扣在一起的兩隻手左右微微搖晃，處於暫時僵持狀態，林三小姐明燦的杏眼中浮上一絲意外，沒想到細胳膊細腿的十三媳婦還挺有勁兒！

白素錦憋足一口氣，現場給她們表演了一場什麼叫「人不可貌相」。連勝兩場，林三小姐完敗，甩了甩發疼的手腕，感嘆道：「沒瞧出來啊，妳這個小身板，倒是有一把好力氣！」

白素錦嘿嘿一笑。「我呀，就是長不胖的體質，平日裡吃得一點也不少。」

林二小姐猛點頭。「得虧妳這體質，不然和十三同桌吃飯，日子久了還不得吃成個大胖子！」

「妳這丫頭！」大夫人趙氏笑著點了點林二小姐的額頭，不過想到周慕寒的食量又沒得反駁。「習武之人的飯量是較一般人大了些，寒小子又常年在營中領兵操練，體力消耗大，能吃是福！」

白素錦豪爽地拍了拍胸膛。「無礙，琴棋書畫我雖拿不出手，但賺錢的本事還是有一些的，不怕世子飯量大。」

這下子滿屋子的人都憋不住大聲笑了起來。四少奶奶夏氏笑得尤其暢快，鎮北大將軍府的小姐和媳婦兒們幾乎都出身官宦人家，唯獨她是商家女，如今白素錦嫁進來，她就覺得自己有了伴兒。

「弟妹謙虛了，妳賺錢的本事何止是有一些，就連家父在書信中也屢次提及妳，尤其是那些改良後的織具，簡直令人驚嘆不已，家父直說有機會定要見見妳呢！」

夏氏的父親乃是蘇州首富夏彭越，擁有整個大曆最大的人參、三七藥園，同時也擁有江南地區第二大的桑園。第一大桑園的擁有者自然就是白素錦的外祖許家。許老太爺將白素錦改良的紡車、織機帶回江南後，並沒有藏私，僅過了月餘便分享給了同行，夏彭越與許家雖算半個同行，但兩家多有生意上的往來，得知這批織具的最初改良者是白素錦後，讚賞有加的同時，因著鎮北大將軍府這層關係在，也就生了結交的意願。

夏氏說得坦蕩，白素錦也應得乾脆，生意場上拚商品，更是拚人脈，更何況對方還是蘇州首富，手裡握著全國最大的藥園，白素錦巴不得與之結交呢。

讓白素錦大跌眼鏡的比試完畢後，眾人品著茶，三三兩兩聚在一起把玩各自所長，二少奶奶和林大小姐執棋對弈，大少奶奶和四少奶奶在品評一本琴譜，林二小姐與三少奶奶則在研墨作畫，林三小姐從旁觀看，白素錦同兩位夫人閒聊了一會兒後環視了一圈，對兩人的畫作很感興趣，也湊上前去圍觀。

晚飯大家夥兒就留在大夫人這邊用了，送她出院子的時候，三少奶奶卓氏輕聲提醒她，明日巳時正她父親會上府來給她診脈，白素錦鄭重應下。

白素錦回到老將軍的院子時，周慕寒正在堂屋裡和老將軍說著話，白素錦進去請了安，陪著坐了一會兒後兩人相攜回了西跨院。

「二姊未出閣在家時便常常因為女紅而被舅母她們取笑，直到同樣不擅女紅的三嫂進了門，她彷彿找到了安慰，兩人一見面總要比個高下，但最後總免不了落得被舅母她們一起取笑的下場。」

聽完白素錦對聚會上所見所聞的驚訝和意外，周慕寒笑著給她解惑。

「我覺得下次再聚，女紅比試就要算上我了。」白素錦汗顏，得虧是自己離得遠，又剛嫁進門，這才沒有徹底露底，不然這回也要獻一次醜了。

周慕寒是見識過她被夏嬤嬤拘著學習女紅的，大手撫上她的後脖頸捏了捏，滿眼的笑意。「不用勉強，女紅什麼的會不會都無所謂，反正還有夏嬤嬤她們在，妳儘管做自己喜歡的就好。」

嗯，這話聽著怎麼就這麼好聽呢?!

在鎮北大將軍府住著，白素錦覺得比在榮親王府舒服許多，可能是受周慕寒的精神狀態影響。一清早起床後，稍加洗漱他便到老將軍那邊陪著過兩招，祖孫兩人舞槍弄刀，雖是切磋，但卻認真嚴肅。老將軍雖上了年紀，但同周慕寒走上數十個回合是不成問題的，過招結束後，他還會給周慕寒指出一些問題。用過早飯後，大爺和三爺會聚到老將軍的書房，四個人一起研究陳兵布陣之法，討論得很是熱烈。

白素錦記著卓院使過來的時間，還差兩刻鐘的時候就派了雨眠和清曉到門房候著，這邊剛將卓院使迎進了院子，周慕寒也回來了。

反覆切了三次脈，卓院使的臉色並不好看，眉峰微蹙，沈吟好一會兒後才下筆寫了兩張方子，然後看了看周慕寒。

「卓院使有話儘管說便是。」在臨西時常神醫曾替她診過脈，白素錦倒也不擔心自己會有什麼大毛病。

果然，卓院使臉色和緩兩分寬慰她。「世子妃無須太擔心，倒是沒什麼大毛病，就是相較於尋常女子，您體內的寒氣重了一些，想來應該是同之前落水受傷落下的病根有關。這雖說不是什麼重症，但也切不可掉以輕心，需從現在開始仔細調養才好，不然換季、天寒身體遭罪不說，也可能會影響將來孕育子嗣。」

女人體寒的危害的確不容忽視，常神醫亦嚴肅叮囑過她，也開了一些溫養的方子，白素錦一直在服用。但是兩人婚後聚少離多，周慕寒又身擔邊關戰事，白素錦覺得自己這點問題也不是什麼大事兒，就沒怎麼和周慕寒提，這會兒聽到卓院使沈著臉說得嚴肅，他心裡沒忍住咯噔一聲，周身的寒氣越發重了。

白素錦見周慕寒雙唇抿成一條線，臉上瀰漫著冷氣，心裡暗道不妙，忙讓夏嬤嬤將常神醫開的幾張藥方拿了來，交給卓院使過目。「院使大人說的我定會牢記！您看，這是在臨西時服用的方子，還有日常配合著的吃食，已經用了一段時間了，我覺得身子比開始時好了不少。」

卓院使接過藥方翻看，看得極為仔細，越看臉色越嚴肅，呃，嚴肅中又帶了股隱隱的激動。

白素錦不便出聲打擾，費解地看了看同樣不解的周慕寒。

卓院使謹而慎之地翻看完幾張藥方，再抬起頭時，臉上的肅穆盡退，激動地問道：

「這……世子妃，這藥方是何人給您的？」

白素錦頓了一下，念及卓院使的身分，有些拿捏不準該不該說出常神醫的身分。隨著與常神醫來往加深，私下交談時他曾坦言過，不喜與官家打交道，卓院使身為太醫院之首，牽扯的是皇家人，常神醫怕是更要敬而遠之的。

見白素錦面有難色，卓院使立即反省到自己的唐突，迅速收斂住情緒，面有愧色道：「是微臣唐突了，請世子妃見諒。」

「卓院使言重了，只是給我開藥方的這位大夫已許久不親自給人看診了，只因我與他有些機緣，這才許了人情，待我回去後與他透透口風，若是……若是卓院使不介意，他也有意，我就立即書信與你，可否？」

卓院使絲毫不覺有何不妥，忙不迭致謝。「如此便多謝世子妃了！」

「卓院使，世子妃的體寒之症需多久方可徹底治癒？」周慕寒的關注點始終都在白素錦的身體上。

卓院使將手上的方子鄭重交還給白素錦。「寒症頑固，用藥的同時配合食療的話效果會更好，但要完全根除，卻非易事，不過照方子溫養三年兩載的就沒什麼大礙了。」

聽到難根除，周慕寒的臉黑沈黑沈的，周身那股子凌厲勁兒得虧來的是卓院使，換成旁人早被凍傷了。

「所謂十女九寒，女子的體質本來就容易偏寒，溫養是一輩子都要注意的事，世子妃只是眼下的病徵比較嚴重，所以才需要藥方治療，緩解到一定程度之後就不必藥方，只需食療即可。」卓院使抗寒能力極強，頂著周慕寒的冷氣耐心解釋。「不過，這三兩年之間，微臣建議，最好還是先不要孩子的好，於母體和孩子都不太好……」

說到此處，卓院使有些小心翼翼。

不料周慕寒毫不猶豫地點頭。

卓院使又細細叮囑了一番，然後起身告辭，周慕寒親自送他，走出房門後，周慕寒沈聲問道：「卓院使可有好些的避子湯藥方？」

聽了周慕寒的話，卓院使眉眼間暈開溫潤的笑意。「世子放心，微臣稍後就讓人將藥方和配好的藥送過來。」

雖然女兒是府裡的三少奶奶，卓院使卻沒有另外見她，同周慕寒一直行至二門，才客氣地請周慕寒留步。走出十幾步遠，卓院使沒忍住，回頭看著周慕寒挺拔的背影浮上了笑意。

蒼天保佑，昔日的孩子已經長大成人，成家立業，王妃總算可以含笑九泉了。

第三十五章

自從卓院使診過脈後，白素錦發現周慕寒就開啟了全線盯人模式，打常神醫開了方子後，白素錦便每日服用，只不過沒讓周慕寒知道而已，這下子可好，周慕寒每天最重要的事便是盯著白素錦喝藥，從原先的一日一次藥直升為一日三遍，喝得白素錦總覺得嘴巴裡泛著一股藥味。

可惜，任憑她再是軟磨硬泡，周慕寒吃了秤砣鐵了心，一點商量的餘地也沒有！

卓院使回宮後沒回太醫院，而是直接去了霍太后宮裡回話，沒出一個時辰，宮裡就賞了一大堆的珍貴上等藥材和補品過來，裡面還有兩棵百餘年的老參，白素錦真心擔憂自己會被補得熱血沸騰。

宮裡尚如此，大將軍府就更不用提了。等到初五兩人動身回王府，僅僅是藥材和補品就帶回來一整車。坐在畫堂裡，白素錦看著夏嬤嬤領著幾個人整理從大將軍府帶回來的藥材、補品等，頓時覺得前途一片濃濃的藥苦味。

正月初六，街上的店鋪開始正常營業，衙門也開始正常辦公，火藥署以及軍中火器營的設置事宜已在年前商量出了大致輪廓，周慕寒便再也不肯像年前那般「敬業」，每日不過做個樣子到衙門裡點個卯、喝壺茶之後就走人。兵部尚書謝意遠有意攔人，可挨不住周慕寒冷若冰霜的眼刀，只得到皇上面前求助，可惜大將軍該做的事人家都已經做完，本應動身回臨西，只因等待許老爺子進京詳談商道之事才暫作停留，若是逼著他在衙門裡辦公，文宣帝還真擔心大將軍一個不高興，帶著媳婦回川。

就這麼在皇上的無奈默許下，周慕寒擁有了一個難得的假期。邊軍將領無召不得返京，下次回來最短也要三年後，反正與榮親王不親、不和的現實京城內已經人盡皆知，周慕寒也懶得做樣子，初七到衙門點個卯之後就帶著白素錦住到了廣安街水源胡同的宅子裡。

這是處三進院的宅子，一直由呂管事照看著，並安排有八個護衛護院，周慕寒帶著白素錦住在了中庭院，敞敞亮亮的七間上房，中間是正堂，兩旁各有三間，一側是臥房、暖閣和茶室，另一側的三間房打通，形成了一個小型的陳列室，錯落有致地擺放著許多件藏品，其中就包括不少白素錦在清冊裡看到後心心念念的青銅器。

房內因為足夠的暖氣片而暖意濃濃，臥房和陳列室的地上鋪著厚厚的花開富貴圖案的毛毯，暖閣、書房和正堂的向陽角落裡擺放著盛滿水的大瓦缸，水面上浮著幾片睡蓮的綠葉，葉下竟有錦鯉不時游動。因為有水缸的調節，所以屋內的空氣便也沒那麼乾燥。

白素錦在房裡走了一圈，瞧了瞧家具擺設，不得不感嘆佈置者的用心，低調奢華的同時又別緻細心，尤其是陳列室，白素錦一邁步進去就不想出來，對這一屋子的文物簡直到了癡迷的地步。周慕寒難得見她如此有興致，便也不打擾她，自己到書房處理些事務。

不料埋頭忙到近晚飯的時辰，周慕寒從書房出來後得知白素錦竟然還待在陳列室裡沒出來，不得不親自去捉人。

「這些物件就這麼光明正大放著，沒事嗎？」一席間白素錦有些擔憂地問道。那些大件的重青銅器且不論，只是那二十幾件珍貴的玉器，最大的也不過巴掌大，卻件件價值連城，若是賊人來訪，順起來也占不了多大的地方。

周慕寒卻撇了撇嘴，冷哼一聲。「也要有賊膽的人敢上門來。」

白素錦瞧瞧世子爺周身的寒氣，又聯想了一下他身邊那些個護衛隨著主子的肅殺氣場，頓時覺悟，自己純屬鹹吃蘿蔔淡操心，就她家大將軍名震大曆的殺神之名，別說弄一個陳列室，就是把府裡的物件列出清單掛在城門牆上展示，估計也沒人願意摸上門來，畢竟和寶物相比，命更重要。

然而，白素錦這次是真心領會錯了，所謂鳥為食亡，人為財死，周慕寒鎮守西境常年不在京城，這處宅子也不是完全無人知曉，所以也沒少被賊惦記，不過這也是剛開始那兩年，周慕寒權當是給府裡的護衛們練手了，一年多下來，弄死了不下二十個所謂的「賊王神偷」後，廣安街水源胡同的這處宅子用鮮血和人命圈出了賊偷們公認的禁區。

住到外宅後白素錦就更加自由了，一早起來用了早飯，周慕寒到衙門點卯，然後去和京中的幾個朋友小聚，白素錦便在陳列室裡研究那些寶貝，呂管事同她解釋，房裡的這些是從庫存裡挑拔尖的選出來的，還有更多的都放在地庫裡呢。白素錦一聽，讓呂管事領路就往地庫去了。

比預想的好多了，地庫裡整潔乾淨，又有通風口，擺放著好幾排大木架，器件們分門別類按照器型大小擺放著，上面還蓋著遮塵布。

「呂管事辛苦了，這些個物件保存得很妥當。」

「夫人過獎！將軍雖不好賞玩，但其中不少物件都是御賜之物，是以小人也不敢怠慢。」饒是這些器物價值連城，但換不了現銀，在他們大將軍眼裡就和廢物沒什麼區別，直到有了白素錦的這番話，呂管事才覺得自己花在這些器物上的工夫沒有白費，簡直要感激涕零了！

考古專業涉獵範圍頗廣，白素錦跟隨的又是赫赫有名的霍教授，所以於鑑賞方面也比較有眼光。這兩日閒來無事，白素錦便讓夏嬤嬤給她裁了幾本畫冊，從青銅器開始，純手製繪圖，並標識出估計的年代，及簡單的藝術價值。

實際上，即便是不眠不休，在回臨西之前，她也整理不出多少件來，同周慕寒商量過後，在呂管事的安排下，宅子裡的這些個器物將會分幾批運送到臨西的大將軍府。

吃了定心丸，白素錦也不急著趕工了，每日除了畫圖、鑑寶，也會和周慕寒到街上走走，領略一番京城的風光。

其間，白素錦與許唯信見了一次面，互相關切了一番生活狀況後，話題就扯到了新商道上。許家致力於開拓大曆西南一線的陸路商道，得到朝廷的支持已是定局，至於甯國公府三公子沈凌青想要拉攏許家加盟海路商貿一事，白素錦和許唯信的意見倒是非常一致，許家給沈三公子供應絲帛布疋沒問題，但是入夥一事不便參與。僅是西南新商道一項，帶來的就是潑天的財富，若是再插手海路，實在是風頭太盛，在將許家推至高峰的同時，也意味著於同樣高度的風險之中。

君子不立危牆之下，適當的捨棄才是真正的得到。許老爺子在教育子孫的時候反覆強調的便是如此。

許老爺子是在正月十三的下晌進京的，白素錦一早得了消息也坐不住，索性跟著周慕寒和許唯信在城門口的茶樓候著，接到老爺子後一行人直接回了許唯信的住處。

許家在京城自然少不了房產，不過許唯信三元及第，皇上龍顏大悅，直接賞了處宅子給狀元郎，許老爺子心裡念著遠在京城的許唯信，故而就住到他府上，祖孫倆也好多說說話。

事先送過去的信件裡已經說明了情況，是以許老爺子的心理準備做了不少時間，雖然現在許老爺子是家主，但畢竟年事已高，早兩年就有了讓位的打算，而西南商道的開拓基本上是二房的事業，是以這次進京，許大爺、許二爺和許唯良也跟著一同來了。

晚飯是許唯信讓廚房準備的暖鍋，席間也沒避著周慕寒，爺孫幾人統一了明日面聖時的口徑，而後舒坦地涮了頓鍋子。許老爺子畢竟年紀大了，一路奔波，用過飯後疲態漸漸顯露出來，白素錦接到人之後心裡也踏實了一大半，飯後沒多久就和周慕寒離開了，好讓老爺子早些歇息。

次日早朝後，周慕寒向文宣帝稟告了許家人到京的消息，文宣帝當即就下了口諭宣召許家祖孫五人及白素錦進宮。

事實上，還未下早朝之時，許老爺子帶著兩個兒子、兩個孫子及白素錦就已經候在了宮門外。

白素錦在其中更多的是穿針引線的作用，許唯信既是朝廷官員、又是許家人，更像是橋樑，有他們兩個身分比較特殊的人橫在中間，皇上和許家人談起來就開誠布公多了。

如今西南的商道許家已經初步摸索出來，朝廷此時介入，一來政策上規範通商的資格，二來財政上稍作傾斜盡力修整商路。

關上門就白素錦上呈的帖子談好了細節，文宣帝立即著人召來了戶部尚書華大人及理藩院尚書卞大人。

在御書房裡一行人退下去之時，文宣帝留下了周慕寒和許唯信。

「世子妃無須擔憂，此事若成，也算是解了皇上的一塊心病，許家的行事風格，皇上已然心中有數，定然會有所照拂，您就安心吧。」福公公親自引著一行人出宮，尋著機會私下寬慰白素錦。

後宮內侍不得干政，福公公是近身伺候皇上的老人兒，自然深諳此理，眼下能對白素說這番話，想來一定是皇上借他之口給自己吃的定心丸。白素錦會意，嫣然一笑，帶著許老爺子幾人出了宮門，直接回了狀元府。

回了府，稍作梳洗、換了居家常服，就是午飯時間了，有了福公公那番話做定心丸，大家心裡總算能踏實下來，忐忑不安退去後，面聖的興奮與激動後反勁兒，尤其是許唯良，從沒想過這輩子能親眼見到皇上，現在想想彷彿作夢一般。

用過飯後，老爺子疲乏還未完全緩解過來，被勸著去小憩，白素錦在茶室裡跟兩位舅父和許唯良商論著開春後種植棉花的事。

「我手裡的棉種不多，能分過來的，最多不過五百畝之用，今年只能咱們自家種了。」

許大爺點了點頭。「頭一年咱們自家種也好，做個樣子，比空口遊說有用得多，來年不用咱們動手，自然就有人找上門來了。」

一早知道許老爺子他們會進京，白素錦就帶了幾種棉布和棉錦的小樣來，許大爺見了愛不釋手，許二爺卻將注意力都集中在了那幾梭子棉紗上。

若有所思好一會兒，許二爺才悠悠開口說道：「大哥，這棉紗雖不及蠶絲輕柔細滑，可好在量大，易紡製，若是同蠶絲調配好分量，摻合著用，你說可行否？」

許大爺似是與二爺想到了一處，反覆翻看、審度著手中的棉錦與棉紗，而後兩人細細討論起來，白素錦在一旁聽著，內容竟都是些需要實際操作來驗證的要點，不由得心生佩服。

沈凌青意欲合作的事，許唯信已經同許老爺子四人提過。基本上許家這方達成了一致，合作可以，但只限於單純的供貨關係，再深一層的入股是不行的。

然而機會雖好，對許家來說也有實際難度，畢竟絲綢的產量受限，外銷賺得高利潤的同時，則意味著內銷市場上所占份額的相應減少，這樣就給同業競爭者提供了趁虛而入的機會，外銷態勢順利是最好，可風險無處不在，一旦失利，面臨的將是內外兩處市場的受挫。

而正當時出現的棉紗和棉錦，恰好給這個潛在的危機帶來化解之法。

因為熟知花練的關係，許家兩位爺商量到最後，甚至勾勒出絲、棉、麻三種材質調配使用織錦的想法。

念頭興起後，兩人躍躍欲試，恨不得當下立刻就開始著手實踐，材質調配的比例只有在實際的反覆調整、織造後才能得出最優良的工藝。

「兩位舅父莫著急，我這裡還有一樣東西想給你們看看。」白素錦將前段時間連日整理出來的記錄緞面工藝的簡冊交給了許大爺。此次京中一別後，再次見面還不知何時，是以白素錦今天一早出來之時就將簡冊隨身帶著，這會兒正好拿出來。

「緞紋？」許大爺深諳織紡工藝，簡冊上分層次講解又很詳細，所以他看得很快，越看越心驚，一盞茶就能看完的東西，他卻反覆看了三、四次才堪堪將視線拔了出來，既驚且喜地盯向白素錦，慣常鎮定的語音都帶著股輕顫。「這是妳自己想出來的？」

白素錦心虛且汗顏啊，一邊擰著自己大腿一邊點頭。「不過是看織造坊的師傅們織錦時突發奇想，織錦還沒有動手試過，想著大舅舅您的織技是頂好的，故而請您給把把關，看是否可行？」

「何止可行，簡直是嘆為觀止！」許大爺將簡冊交給一頭霧水的許二爺，難以抑制激動情緒，起身在堂屋內踱步徘徊。「這緞紋浮點之間的距離足夠遠，而且還能被兩旁的長浮線遮蔽，這樣一來織出來的品相既有錦的平滑光澤，地色又比錦清透，若是……若是再在這緞紋地上起緯浮花，難以想像織出來的品相該有多麼漂亮！」

聽到許大爺的設想，白素錦當下一愣，對古代人民從熟練勞動中得來的智慧與創新能力佩服得幾乎要五體投地，真真是拋磚引玉，自己不過是給了個緞紋的引子，白大爺短短時間內竟然就悟出了織錦緞，這讓白素錦受到震撼的同時，更促使她作下了另一個重要的決定。

「既然是在緞地上織錦，不如就起名為織錦緞吧？」許大爺提議道。

許二爺和白素錦一致贊同，許唯良到現在也沒看到簡冊，一頭霧水地看著大伯和親爹激動得老臉通紅，不禁好奇地湊近白素錦，悄聲問道：「這東西真這麼好？」

許家的織錦工藝，尤其是月錦，向來是家主一脈獨傳，到了許大爺這一輩，自然他是繼承者，許二爺雖然未接觸到核心工藝，但畢竟織錦世家出身，耳濡目染下眼界也開闊，而到了許唯良這一輩，他打小的志向就不在織錦上，所以他識錦還可以，但工藝上卻純屬一般，自然聯想不到織錦緞的精緻程度，只有織出了成品讓他看到了，才會知道這本簡冊的價值。

許唯良置疑的眼光中，白素錦鄭重點了點頭。「待織錦緞織出來了，定然要先給四哥裁件袍子，到時候你就穿著那件袍子在那些個商客面前走一遭，我敢保準兒他們立刻捧著大把的銀子送到你眼前！」

「果真?!」許唯良顯然更接受白素錦的這種解讀方式，立刻雙眼被點亮了一般，炯炯有神地盯向許大爺。「大伯，不然咱們先動身回錢塘吧？」

許二爺就揚手朝許唯良的後腦勺拍了一巴掌，佯怒道：「你這個臭小子，聽到銀子就這般坐不穩當，若是被旁人看到了，還以為你老子我在銀錢上多刻薄你似的！」

許唯良顯然早已習慣了，揉了揉後腦勺，嘿嘿一笑。「我沒旁的嗜好，就好賺銀子，您又不是不知道！」

一屋子的人忍不住笑了起來。

許大爺看了看笑意由衷的白素錦，和許二爺交換了一個眼神，而後按著白素錦的意思，收下了記載緞紋工藝的簡冊。

許老爺子小憩回來的時候已經接近酉時，白素錦和周慕寒就留在狀元府裡一同用了晚飯。

冬日晝短，兩人回到宅院的時候天色已然大黑，簡單沐浴、洗漱後，白素錦坐在暖閣的火炕上，伏在小炕桌旁盤算院裡這一大批文物運往臨西的批次。

周慕寒從浴房出來後就只穿了中衣，頭髮也只隨意擦了擦，周身彷彿帶著股水氣。白素錦皺了皺眉，讓清曉送了條乾布巾進來，親自動手給周慕寒擦頭髮。

「說了多少次了，你這不擦乾頭髮的習慣不好，引了潮寒之氣入體，將來是要落下頭疼病的。」白素錦徐徐唸著，手下的動作輕重得當，周慕寒揚了揚唇角，索性閉目養神享受白素錦的照顧。

吃飯偏愛肉食不喜素菜她要唸叨，穿衣不知增減她要唸叨，洗浴後不擦乾頭髮她要唸叨，動不動就要動手揍人她要唸叨……

白素錦不是沒發現自己正在往話嘮的方向發展，可讓人詫異的是，周慕寒竟然相當享受她的嘮嘮叨叨，更享受對他的干涉，於是他們就陷入了一個無法停止的循環。

糟糕，不會是把大將軍給養成了嚴重被虐體質吧？

這個念頭一閃而過，白素錦忍不住抖落了一身的雞皮疙瘩。

「皇上打算在西南增設茶馬司，暫時歸於戶部管轄，二舅兄很快就會從翰林院調入戶部，任茶馬司副使，估摸著三月左右就要到任上。」

白素錦手上動作一頓。「對二哥來說，這樣的擢升是不是太惹眼了？」

皇上會開設茶馬司在白素錦的意料之中，但沒想到會這麼提拔許唯信，從六品的翰林院修撰直接擢升為從四品的茶馬司副使，直升兩級，未免太招人眼熱了。

「放心，二舅兄是三元及第的狀元之才，皇上本就對他格外關注，眼下的提拔也不算破格，況且茶馬司乃我朝首設專管商道法度與稅收的專衙，往來商貿中的手段多有講究，二舅兄出身大商之家，背後有老爺子和兩位舅父指點，委以茶馬司副使的職務再適合不過。茶馬司的御史由戶部右侍郎董大人暫時兼任，看來，這個位置皇上最後屬意的應該是二舅兄。」

白素錦。「……」

皇上果然是這世界上最工於人力資源分配的人，深諳人盡其用的道理。

「過幾日便是上元節了，屆時我帶妳去燈會上瞧瞧，熱鬧得很，尤其是城南的十三橋，橋下河水不凍，水裡的河燈與岸上的花燈相映成燦，賞心悅目得緊。」

白素錦莞爾一笑。「好啊，屆時我們也去放盞河燈應應景。」

周慕寒和白素錦這廂定下了上元節觀燈之行後，又說著些府裡馬場、莊子等零星瑣事。

翌日上午，榮親王府內迎來了兩位女客。

「姨母，您可要為棋兒作主啊！」暖閣內，陸知棋伏在杜王妃膝上，嚶嚶泣道：「若是棋兒一人受些委屈倒也不打緊，可那些人竟敢將姨母您牽扯進來在背後嚼舌頭，棋兒著實氣不過！」

當日榮親王府的賞梅會上，白素錦那句「外甥女肖姨母」所產生的殺傷力委實不容小覷，杜王妃這繼室的位置如何得來的，在京中貴婦圈內已不是秘密，任是她表現出來的性子再溫良德順，也開脫不了寵妾滅妻的禍水烙印。上至貴婦，下至尋常民婦，引得夫君寵妾滅妻的女人都是不招人喜歡的存在，杜王妃也就是占著榮親王府繼王妃的身分，這才讓人不得不與之維持著場面上的體面。

不過，即便是這種體面的光景，也是在元王妃去世多年後才出現。剛消停了沒兩年，卻被榮親王世子妃輕飄飄一句「外甥女肖姨母」給攪和了。

不早不晚，偏偏在周慕寒獲封世子之位並順利娶妻後，才傳出傾心於人的消息，明知人家金書為聘在前，卻還以女子癡情之態為要脅，這般在男人面前扮弱勢的不要臉行為，還真如人家榮親王世子妃所說的那般，肖其姨母。

杜王妃哪會不知道外面的風言風語，此時心裡不知有多惱這個心大有餘、腦子不足的外甥女呢！偏生還不得發作出來，得端著一副慈善大度模樣。

而坐在一旁的周嬌卻按捺不下氣憤，恨恨道：「還不都是那個醜人多作怪，仗著金書鐵券在手，就目中無人，什麼混帳話都敢說，我真是看不得她那副囂張的模樣！」

「背後非議兄嫂，這是哪門子大家閨秀的教養！」杜王妃瞋了周嬌一眼，復又凝眉嘆了口氣。「咱們這些後院女子，身分高低，仰仗的無非是夫君而已，世子如今功勛卓絕、前途無量，世子妃無論出身如何，獨享後院是不爭的事實，人前自然腰桿子直，什麼話都敢說得。」

杜王妃的胞妹，也就是汝陽王的側妃杜夫人深有所感，汝陽王襲位至這一代也不過是個郡王，領著個典儀的閒差，整天閒散度日，杜夫人雖固寵有術，上頭的正室王妃也給熬死了，可卻遲遲不得扶正，膝下唯一的兒子又是跟他老子有樣學樣，京城裡有名的紈袴子弟，這才不得不將重寶都押在了這個獨女的未來夫婿身上。

「姊姊說的極是，本來想著若是棋兒能入門，世子屋裡也就多了個說得上話的人，既是讓她有個依靠，二來也可為姊姊分憂，誰承想，世子妃是這般硬氣的人，唉，也是棋兒沒有這個命啊！」杜夫人嘆了口氣，難掩失望和遺憾之意。

「命數什麼的，三分靠天，七分在人，現在就認命，怕是早了些。」杜王妃呷了口茶，悠悠說道。

杜夫人眼神一亮，繼而又暗淡下去。「人家手裡可握著金書鐵劵呢！」

杜王妃恨鐵不成鋼地斜了這個腦子不轉彎的胞妹一眼，母親如此，難怪養出的女兒蠢笨如牛。「金書所轄的前提是……白氏還是世子妃，若她不是，或不配再是，那金書又何用之有？」

當日從榮親王府離開時，杜夫人同陸知棋兩人一掃之前的鬱色，精神抖擻，春風得意得絲毫沒有察覺到背後的危機。

第三十六章

這天，白素錦用過早飯就去了狀元府，上元節在即，估計節後外祖一行人就要動身回錢塘，自己也要和周慕寒返還臨西，相聚時光不多，白素錦自然格外珍惜。

周慕寒按照往常那般下了早朝之後去兵部點了個卯，聽完最後定下的各軍火器營的設置規制後就出了衙門直奔太白樓用早飯，順便給白素錦捎上幾個她喜歡吃的水酥餅。

「大將軍，那邊有異動。」周慕寒這邊剛在太白樓的包廂裡坐穩，隨行近衛便敲門進來低聲稟道。

周慕寒眉峰微挑，讓他將探子喚了進來。

約莫三刻鐘後，周慕寒親手拎著打包的水酥餅舉步踱出了太白樓，打馬直奔狀元府，臉色沈寂如水，看不出喜怒的痕跡。

而白素錦這邊卻因為手裡一張薄薄的紙而心潮湧動，不知做如何反應才好。

這是錢塘許家本家家產一成股份的轉渡書！

「外公、舅父，這……這我不能要！」白素錦直覺反應就是拒絕。據她所知，即便是許二爺，背靠的也不過是銀錢上的支持，本家家產的股份是一分也不占的。

許二爺自然知道白素錦的顧慮。「這並非臨時起意，實際上，當初改良的織具帶回錢塘後，族內宗親商議時就有了這個念頭，這會兒扶持種棉不說，還拿出了緞面這麼無法估計價值的東西，對許家的意義，已經不是單純的銀錢所能夠衡量的了，如今給妳這成股份，本就是妳應得的，妳也無須多想，安心收下便是。」

許家一族的產業，大致分為本家家產和族產，為了保證家主一脈的絕對話語權和控制權，本家家產向來是悉數由上一代家主傳與下一代家主，而族產由家主日常打理，但是要受到族中長者們的監督。許二爺雖不能繼承本家家產，但作為現任家主許老爺子的嫡子，未來家主更迭後，他便會繼承一部分的族產，成為監督人，同時在家族支持下創辦自己的家業。

許老爺子和許大爺都看著白素錦含笑頷首，白素錦知道他們主意已定。長者賜，不敢辭。白素錦見狀也不矯情，將轉渡書慎而重之地收了起來。

周慕寒過來之時，許老爺子正在同許大爺對弈，見了周慕寒，許大爺忙不迭將位置讓給了他。許老爺子好棋，棋藝也頗高，奈何許家闔府也就許唯信尚能和老爺子對上兩盤，自從許唯信高中後留在京城為官，陪許老爺子棋盤過招的任務就落到了許大爺肩上，每每被老爺子殺得毫無還手之力，個中滋味想來只有許大爺自己最清楚。沒想到入京後見了周慕寒，這個讓人撓頭的問題迎刃而解。白素錦也沒想到周慕寒竟如此精通棋藝，和老爺子交手旗鼓相當，甚至隱隱有稍占上風之意。另外，老爺子喜歡與他對弈，更重要的一點是這個外孫女婿絲毫不放水，所以在棋盤上殺起來痛快淋漓！

周慕寒陪著老爺子下棋，白素錦也沒閒著，同許大爺商量著要了一批信得過的織工。許家手下的織工，技術上自然不必說，主要是用來得力，白素錦打算用來研究素有「織中之聖」盛名的縴絲。當然，成敗未定，白素錦也沒明說細節，許大爺也是心思通透之人，二話沒說就應了下來，回到錢塘就派二十個家生子織工到臨西去。

晌午許唯信從衙門回來後，大家夥兒一同用了午飯，稍作小憩後，許唯信接著去衙門辦差，周慕寒和許家爺孫四人出門正式和沈凌青見面詳談生意，白素錦閒來無事便自己先回了宅子。

明兒就是上元節，宮裡賞了不少的元宵，太后娘娘甚至還賞了百十盞宮中巧匠們製作的花燈，值得玩味的是，這些東西竟然都直接送到了他們這處外宅裡，無異於是下了榮親王府的臉面。

白素錦剛回院子沒一會兒，榮親王府那邊就派了大管家親自來請，說是王妃有事商量。宮裡剛縱著周慕寒沒給榮親王府好臉，白素錦這會兒也不好再雪上加霜，而且，她也想看看杜王妃到底要作什麼么蛾子？

不怕賊偷，就怕賊惦記。

打從那個便宜表小姐陸知棋擺出鍾情周慕寒的姿態來，又經過那次賞梅會親身驗證，白素錦確信，周慕寒是被人給惦記上了。

如果周慕寒對自己無意，或者三心二意，白素錦也許還會有所保留，給自己多留幾分退路，但眼下周慕寒的心意再明顯不過，那個便宜表小姐純粹是單方面妄想，這種情況下，白素錦自然不會手軟。

白素錦從來就沒將自己定位到一個好人、善人的位置上，自己的東西，我可以給、可以分享，但是絕對不能容忍人惦記、染指。

回了王府，白素錦也不急著去見杜王妃，先回聽竹苑換了身衣裙，重新梳理了一番髮髻，還用了盞茶，這才施施然出了院子往杜王妃的芙蓉苑來。

白素錦的容貌的確算不上美得出塵，但勝在脫俗，身姿輕盈、五官清秀，尤其是一雙鳳眼，眸子明亮幽黑，眼尾微揚，淡淡一眼掃過來，就帶著股睥睨旁人的氣勢。

這種氣勢看在杜王妃眼裡，卻是在夫君榮寵下滋養出來的倨傲，心裡不知多麼羨慕嫉恨！

寒暄過後，明知杜王妃要尋著自己的話頭牽扯出實際用意，白素錦偏偏不給她鋪設這個臺階，唇邊掛著淡淡的笑，自顧自端著茶盞品著茶，一言不發。

乾坐好一會兒，杜王妃見狀無法，只得自己挑起由頭，柔聲問道：「明兒就是上元節了，晚上燈會熱鬧得緊，世子妃可有去賞燈的打算？」

白素錦點頭。「自然是要見識、見識這京中燈會的勝景的，方才大舅母還派人來問，是否明晚要同她們一起，還未來得及回覆，大總管就來了，我尋思著王妃八成也是為了明晚賞燈的事吧？」

杜王妃笑意更濃。「世子妃料想得極是，正是為了此事。怎麼說咱們也是王府裡的一家人，世子在外多年，同王爺父子間的情分或許是淡了一些，但畢竟血濃於水。平白讓外人看了笑話去，最後還是咱們自家人臉面上無光。至於那日賞梅會上的事，說到底終究是棋兒和嬌兒幾個私交較深的小姊妹間的妄言，唐突了世子妃，我已狠狠教訓了她們一番，如今正想藉這個機會同世子妃妳當面道歉呢，所以啊，我就想著，不如明晚的賞燈會咱們就一起去，世子妃以為如何？」

白素錦神色未動，緩緩呷了口茶，而後慢慢抬起頭看向杜王妃，粲然一笑。「王妃好意，自然不能辜負，那就這麼說定了吧，我在太白樓訂一桌酒席送到王府來，一同用過飯後咱們正好去賞燈。」

「如此甚好！」杜王妃當即歡顏應下。

從王府出來後，白素錦當即派人去太白樓訂了席面。其實鎮北大將軍府那邊早就派人來問上元節賞燈是否同行？本來打算就和周慕寒兩個人去看看，所以白素錦當時就婉拒了，這會兒也省了再跑一趟。

到家的時候周慕寒竟然已經回來了，白素錦有些意外。「怎麼回來這般早，不是和外祖他們去見三公子了嗎？」

周慕寒正躺在暖閣的躺椅上看話本，見白素錦回來了索性將書冊往手邊的檀木方桌上一扔。「不僅沈凌青，顧延卿也跟著來湊熱鬧，後來索性將二舅兄也喊了來，他們一群人聊得熱烈，我這個牽線人自然就功成身退了。」

想想一群人聊得熱火朝天，周慕寒一個人興趣缺缺的場景，白素錦不禁莞爾。

「回王府了？杜氏又在打什麼主意？」

白素錦見周慕寒一副毫不意外的神態，纖眉微挑，走上前去坐在躺椅的實木把手上，手臂撐著周慕寒的肩膀，打趣道：「沒想到大將軍竟這般耳聰目明……」

周慕寒就勢將白素錦半攬入懷，神色間浮上一抹肅殺。「防人之心不可無，更何況是防著那人？敢將主意打到妳的頭上，我定然不會輕饒。」

好好一張俊臉，每每提及某些人時便直奔扭曲的架勢，白素錦嘆了口氣，伸手輕輕揉了揉他的臉，伏在他耳邊故意壓低聲音說道：「知道這世上最讓人痛苦的是什麼嗎？不是死，而是生不如死！汲汲營營、費盡思量想要得到的、想要固守的，卻如細砂一般生生從指縫間流失掉，生無可依，看不到一絲希望，卻又求死不能，日日、時時、刻刻受著絕望的煎熬之苦，這……才是無盡的痛苦。」

白素錦動了動身體半靠在周慕寒的肩上，看著雞翅木杌架上那葉翠花鮮的水仙，悠悠說道：「靠鮮豔年華和虛偽構建出來的榮寵，有朝一日崩塌開來，到底是何種光景，就讓咱們一起開開眼界吧。母妃也好，你也好，外祖一家也好，隱忍多年，咱們總該先收些利息才好，也不枉千里迢迢回京這一趟。」

自母妃離世後，這些年來，周慕寒聽慣了也受慣了來自身邊人或耳提面命、或親情挾制、或旁敲側擊所灌輸的隱忍意志，第一次，有人竟然站在自己身邊，甚至是自己身前，為著母妃、為著自己討還公道。

這是自己挑選的家人，是這輩子會永遠在一起榮辱與共、甘苦同享的人，是自己的良妻。周慕寒覺得此生最明智的一件事，便是在路過白府大門口前看到白素錦的那一剎那尊重內心的悸動最後握住了這雙手。

在外人眼中，他許她金書鐵券、後院獨享，為她賺得誥命加身、享有世子妃尊榮，他們都以為是他在縱著她，寵著她，可是，他卻再清楚不過，自從兩人大婚後，她的全然信任滋養了他乾涸殆盡的心，熱了血、活了魂，除了報仇，生命中又有了旁的念想和希冀。

與她給予的相比，他能回報於她的並不多，只有一顆赤誠的心，和一個足夠讓她自在生活的身分與空間。若是這點東西也要被人覬覦、染指，那無疑是在戳他的逆鱗！

「妳打算如何來收這筆利息？」片刻的沈默後，周慕寒盡力壓抑下心頭的悸動，沈著聲音問道。

白素錦習慣性地微微瞇起雙眸，雙唇微啟。「不是有人哭著、喊著、想著、念著要進咱們那榮親王府嗎？呵呵，佳節之際，難得如此良辰美景，咱們不如就搭把手，成人之美吧。」

周慕寒一愣，領會到白素錦話裡的意思後，大腦袋登時埋在白素錦頸間，笑聲從壓抑慢慢變得肆意張揚。

怎麼辦，他就是喜歡媳婦這種你給我挖一個坑、我就給你蓋一座墓的手段！

晚飯前，派去跟蹤的探子又來稟報了一次新的發現，飯後兩人前情後事合計了一番，算是拼湊出了杜王妃她們的打算。白素錦不得不吐槽，設計人的伎倆能創新、創新嗎？後世的宮鬥劇裡要用爛了的梗了！

念著第二天有場大戲要演，周慕寒很有良心地沒有折騰白素錦，一夜無話，第二天一早，上元節免早朝，兩人起得晚了些，補足了睡眠，臉色自然格外好。

用過早飯後，白素錦跟著周慕寒先到宮裡給太后請安，得知他們進宮，周慕寒被皇上召去了御書房，白素錦便在霍太后這邊陪著她說話兒，本想著稍後再去給皇后娘娘問安，沒想到皇后倒是先一步來了太后這邊，三人聊了小半天，午飯也就留在霍太后這邊用了。

午飯過後沒多久，周慕寒就到霍太后這邊接走了白素錦。宮中上元節有晚宴，本來王族世家也要出席，但先帝在世時喜好清淨，不願鋪陳排場，況且每年還有一次年宴，索性就免了他們出席宮中的上元節晚宴，各自在府中過各自的，文宣帝即位後也將這一做法沿襲了下來。

兩人從宮中出來後直接回了王府，雖然素日不在府中住著，這回卻沒再怠慢，聽竹苑內早早就掛上了各式精美的花燈，幾處穿堂廊下還掛著蟠螭燈，夜幕初垂，花燈早早被點亮，白素錦和周慕寒踏著滿院的燈光走向芙蓉苑，太白樓的席面已經準時送了過去。

周慕寒難得沒有給臉色看，甚至還耐著性子同榮親王有一搭沒一搭聊了會兒。整個席間榮親王興致頗高，竟然在散席後也加入了王府外出賞燈的行列。

闔府的人整裝之後浩浩蕩蕩往著門口走，剛出了二門，正趕上門房的夥計來報，說是汝陽王府側夫人帶著表少爺和表小姐到了。

杜王妃恍然，看了看走在一側的白素錦微微笑著說道：「汝陽王府的太夫人潛心禮佛，這兩年上元節各房各院都是自行結伴賞燈，往年他們娘兒三個都是同咱們府上同行，我也是忙暈了頭，一時沒想到，竟忘了提前和世子妃說，若是有什麼不便的話，不如就讓他們自行去吧！」

白素錦不以為意地笑了笑，豁然說道：「王妃多慮了，哪有什麼不便的？人多也熱鬧些，還是如往年那般一起吧。」

說罷，白素錦暗下扯了扯周慕寒的衣袖，當然，雖然她已經很「低調」動作了，大家還是沒有忽略到她的動作，以及周慕寒明顯拉下來的冷臉。

杜王妃報以感激的笑意，回手暗下掐了身旁周嬌的手臂一把。周嬌察覺到杜王妃的警告，垂眼斂去濃濃的敵意。

白素錦毫無所知一般跟著杜王妃上了馬車，一行人速度緩慢地繞過永寧大街，直奔城南十三橋。

十三橋，顧名思義就是由十三座橋聯接的一處街市，京城內有名的經營古玩、墨寶商鋪的聚集地，街市建築古色古香，如今被璀璨多姿的花燈裝扮，岸上的一片火樹銀花與橋下緩緩流動的河水相映成影，宛若天上宮闕墜入凡塵。

城南十三橋備受京中望族世家女眷們的鍾愛，不僅燈景輝煌，更重要的是這一區域基本上被劃定為相對獨立的專屬賞燈區，避免了貴婦、貴女們被三教九流之輩唐突。

燈會之時，十三橋的古玩鋪子如白日一般照常營業，女眷們在街上賞燈，男人們就在鋪子裡把玩古物、墨寶，各得其樂。

榮親王府一行人在十三橋附近下了馬車，而後女眷們相攜遊賞，男人們則跟著榮親王進了常去的博古閣。臨分開前，周慕寒猶是不放心地叮囑了白素錦幾句，惹得旁觀的幾個人不禁眼紅。

「世子妃當真是好福氣，能博得世子爺如此歡心。」陸知棋照著姨母和母親耳提面命的交代懇切誠敬地和白素錦道過歉後，感慨地說道。

白素錦無視她手下緊扯著帕子，赧然笑道：「大將軍此前婚事多有波折，是以這才對我多加照拂，我這也是平添來的福氣。」

聽到白素錦這麼一說，想到周慕寒早前赫赫有名的「剋妻」傳聞，再想到自己的膽怯，陸知棋一顆心悔恨得宛如被扔進了滾燙的油鍋裡翻炸。如果當初不聽信傳聞、如果當初能毫不顧忌地邁出那一步，那麼即使這個表哥與姨母之間再有嫌隙，自己在那般情境之下毫無芥蒂地同他在一起，今天能享受他關愛和擁有那尊榮身分的人便是自己了。

一步錯，百步錯！

可惜，這世上並沒有如果，幸而還有機會彌補。

寬大的衣袖內，陸知棋雙手絞緊帕子，咬著牙鼓勵自己。

饒是那一世看過再多記載古時上元節燈會的資料，也不如此時置身其中來得形象生動，各式各樣的花燈巧奪天工，寬敞的街頭有舞龍、舞獅等百戲節目，戲臺上更是生旦淨末丑各角輪番登場，登橋而望，裝飾著花燈的遊船緩緩行駛在河水中，水面上的河燈隨著水流緩緩而動，依稀還能聽到撐船人悠悠的小調聲。

鬧中有靜，光影斑駁。

可惜，若是沒有身邊這幾個心懷叵測之人，白素錦倒真想好好享受一番這良辰美景。

為著今晚之行，周慕寒假託白素錦身邊兩個丫頭身體不適為由，從鎮北大將軍府內借了兩個身手不錯的大丫鬟隨行，白素錦同杜王妃幾人站在世安橋上眺望花船駛遠，轉身之際忽然覺得身體被擦肩而過的人用力衝撞了一下，而後被一雙手牢牢扯住，腳步堪堪站穩，只聽得撲通一聲，身邊一個藕色身影陡然從橋上栽了下去。

耳邊乍響起杜夫人、杜王妃和周嬌尖銳的呼叫聲。

兩個大丫鬟一左一右將白素錦護在中間，後退幾步站到橋中間，剛看清杜王妃三人蒼白的臉色，又一道人影緊隨其後也落入了橋下水中，白素錦剛想探頭瞧瞧，身體就被緊緊攬入了熟悉的懷中，頭頂傳來男人明顯帶著擔憂的低語聲。「沒事吧？」

白素錦安慰地拍拍他寬厚的背。「放心，我沒事，只是……剛剛跳下去的好像不是……」

周慕寒將頭埋在白素錦頸間，伏在她耳邊輕聲說道：「是父王，便宜大哥離得有些遠，我的腿不夠長。」

輕輕的聲音裹著熱氣響在耳邊，白素錦條件反射猛然抬頭看向前方，顯然此時杜王妃等人已經看清了跳到橋下「救人」之人的真容，杜王妃身形一趔趄，幸得身旁的嬤嬤眼疾手快扶住了她。

察覺到被人盯視，白素錦偏過頭，就這麼直接同周嬌滿含憤怒與仇恨的雙眸對視上。

大半張臉被周慕寒的肩膀遮擋住，白素錦露出的雙眼裡滿含著驚魂未定與無辜，而掩在肩膀下的唇角則扯出一抹諷刺的嘲笑，被周慕寒抱在懷裡的身體微微輕顫，看在旁人眼裡是驚嚇未定，實際上，是被周慕寒所作所為弄得抑制不住憋笑憋的！

眾目睽睽之下，陸知棋終於被救了上來，幸得榮親王身子骨硬實，不然被求生心切的陸知棋緊緊攀附著，估計等不到護衛們出手，就被扯著一起沈入水裡了。

榮親王將陸知棋用護衛遞過來的大氅緊緊裹住，自己也披上乾淨的大氅圍個嚴嚴實實，而後抱著還在滴著水的陸知棋邁開大步匆匆朝馬車停靠的方向急行，隨行護衛在前面開路護送，杜王妃一行人也緊跟其後。

這個時候除了榮親王，旁人接手抱著陸知棋都是不合適的。

白素錦和周慕寒走在最後，不禁嘆了口氣，古代女子就是這般，任憑妳身分再尊貴，同外男有了身體上的親密接觸，結局就定了——要麼嫁，要麼死，要麼孤身一輩子。

同情陸知棋？

白素錦螓首低垂戴上兜帽，唇邊涼薄的笑意一閃而逝。

若不是周慕寒早有防範，那麼今天下場悲慘的人就是自己了。

人不犯我，我不犯人，人若犯我，呵呵，下場自負！

榮親王府馬車旁，周嬙不顧身邊嬤嬤的阻攔，奔到周慕寒身前滿臉怒色質問道：「二哥，剛剛你分明是和父王站在一處的，為何你不下水去救知棋，而是袖手旁觀！」

正要上馬車的杜王妃和杜夫人等人聞言俱是一愣，不約而同看了過來。

白素錦抬腿就站在周慕寒身前，雙眸緊緊盯著周嬙，冷聲道：「當時和父王站在一處的可不止世子爺一人，妳又憑什麼來單單指責世子爺?!世子爺救得的人，王爺為何救不得？其他人又為何救不得？三小姐這般區別對待，是刻意針對，還是別有所指？」

周嬙臉色越發蒼白，雙唇微微顫抖著不知該如何反駁。

杜王妃心中暗道不妙，正想開口替周嬙解圍，還未來得及開口，就聽得周慕寒凜冽的聲音嘲諷無比地冷哼了一聲，利刃般的視線掃視了一圈最後落在周嬙慘白如紙的臉上。「我就是要冷眼旁觀，妳又能拿我如何？」

周慕寒唇邊浮現的笑意冷漠而殘忍，毫不放低音量，幾輛馬車邊的人都能聽得清清楚楚。「莫說有金書鐵券在上，就是沒有，我周慕寒的後院裡，也就只能容得下錦娘一人。今日陸知棋落水，我即便出手救她，也絕對不會抬她入門，左右最後也是個死，倒不若直接死在水裡乾淨。是以——」周慕寒長臂一伸，將白素錦掩在自己身後，身體微傾上前湊近周嬌兩分，沈聲道：「妳們該慶幸今日是父王救了她。」

說罷，周慕寒拉著白素錦帶人瀟灑轉身，片刻後就隱於人群之中。

周慕寒回府後這段日子雖然素以冷臉對人，但卻並沒有什麼真正為難人的舉動，周嬌第一次就近距離領略了周慕寒好不壓制的寒氣，直到周慕寒消失在眼前了，猶然兩股戰戰，身體直發抖。

杜王妃雙眼噴火地盯著周慕寒離開的方向，恨得雙手緊握成拳，指甲幾乎將手掌摳破。奈何身在街市，榮親王和陸知棋又渾身濕透，唯恐寒氣入體染上風寒，只得恨恨咬牙，命眾人趕緊上了馬車疾奔回府。

榮親王府一夜兵荒馬亂自不必提，白素錦被周慕寒拉著穿過兩條街，眼前的街景比剛剛看到的更加熱鬧，且……接地氣。

沿水道兩旁店鋪林立，卻並非只是古玩鋪子和茶樓之類，鋪面也樸素了不少，客流卻更加熱鬧，水邊還整齊地排著一溜兒貨攤，販賣胭脂水粉、各色小吃、各類花燈等等的，還有猜燈謎贏彩頭的，人聲沸騰，熱鬧無比。

「這才是真正的京中花燈會的模樣，十三橋美則美矣，看看景致還不錯，但若是要感受真正燈會的味道，還是得來這裡。」周慕寒隨手從旁邊的攤子上買了兩個糖人兒，遞給了白素錦一個。

看得出來，他此時的心情很不錯。不，應該說是非常不錯。

白素錦自然樂得看他心情好，只是視線總是不受控制地就往他的大長腿上瞟。

忍無可忍，行到一處人流較少的河邊垂柳下，白素錦忍不住扯著周慕寒的衣袖，踮起腳尖湊到他近前悄聲問道：「你果真是因為腿不夠長，才轉而成全了王爺？」

周慕寒邪邪一笑。「怎麼，妳不相信我？」

白素錦登時覺得後脖頸直冒冷風，忙不迭搖頭。「怎麼會！我只是欽佩於大將軍的臨場應變能力，呵……呵呵……」

周慕寒瞧著白素錦猛縮脖子的小動作，不由得朗朗笑出了聲，將斗篷的兜帽給她仔細圍好，牽著她的手慢慢在街上走著。許多年前，殘存的記憶裡，自己的手還是稚嫩幼小，母妃就這般牽著他的手走在這尋常百姓往來的花燈街上。這雙手孤寂了這麼多年，終於，他又能再牽著一個人，繼續走下去。

走了一段路後，周慕寒低下頭小聲說道：「偷偷告訴妳，其實不是我的腿不夠長，只是懶得伸太遠而已。」

白素錦心想，果然如此！這個傢伙就是故意的，真是太壞了！

心裡這麼想著，唇邊的笑意卻是越發明顯。

若是沒有周嬙強出頭，他們二人自然免不了是要跟著榮親王一行人一起回王府的，虧得周嬙沈不住氣，兩人這才有理由撇開他們，痛痛快快逛了會兒街，又買了幾盞河燈放了為家人祈福，然後才回了王府。

周慕寒讓白素錦直接回了聽竹苑，自己轉身去了王府正院，太醫已經來過，王爺倒是無甚大礙，不過落水著了寒氣，喝過薑湯，又用泡了藥材的溫水沐浴後再喝了一劑湯藥，基本上就沒事了，至於陸知棋，除了著寒，又受了不小的驚嚇，夜裡恐怕要發熱，如今人也不方便折騰，只得暫時留在杜王妃的芙蓉苑裡看顧，何太醫今晚也被留在了王府中，以策萬全。

榮親王服用過湯藥後神色懨懨，之前耗費了大半體力，加之藥效發作，需要好好休息，周慕寒看過之後見他沒什麼事，就直接回了聽竹苑。

第三十七章

「王爺他沒事吧？」白素錦遞了碗參湯給周慕寒，兩人今晚在外面逛了挺長時間，趙嬤嬤在灶上一直煨著湯，裡面放了不少的老薑，喝著祛寒正好。

「沒什麼事，不過是在水裡受了些寒氣，按照何太醫的法子沐浴後喝了藥，估計好好休息一晚就沒事了。」周慕寒脫去大氅，接過白素錦遞過來的參湯三兩口解決掉，屋裡足夠暖和，屏退夏嬤嬤和雨眠後，周慕寒自己動手三兩下脫去了外袍，換了身舒服的中衣，然後到浴房簡單洗漱後回了臥房，白素錦已經躺進了被窩。

「明兒一早得進宮一趟吧？」白素錦將腳抵在周慕寒的小腿上，很暖。

「嗯，鬧出這麼大的動靜，估計皇祖母是要召杜氏進宮詢問的。」周慕寒扯了扯嘴角。「如今陸知棋還躺在芙蓉苑裡呢，明兒杜氏從宮裡出來，估計過不得多久，這王府裡就要有『喜事』了。好在咱們過幾日就動身回臨西，省得看著她們虛偽做作的面孔影響食慾。」

「至於那麼趕嗎，總要準備、準備吧？」

「不過是親王府抬了門姨娘而已，有什麼好準備的？又不是納側王妃。」

白素錦有些意外。「怎麼說陸知棋也算是京中的貴女吧？」

周慕寒撇了撇嘴。「不過是郡王府側室生的庶女，算得哪門子的貴女？也就是她上趕著給自己臉上貼金罷了。」

白素錦。「……」嘴巴好毒！

可是沒辦法，這話從堂堂榮親王府世子爺、當今聖上親姪子、當今太后親孫子、撫西大將軍周慕寒的嘴裡說出來，你就是沒辦法反駁。

「你覺得有沒有可能陸知棋會拒絕入府？」

周慕寒當即毫不遲疑地搖頭否定。「不入府，要麼青燈古佛為伴，要麼一死保全名聲。一半時間長在杜氏跟前的丫頭，又打小跟周嬌廝混在一處，想也不用想是耐得住寂寞的人。至於死……」周慕寒冷冷一笑。「她要是真有不怕死的膽子，也不會在妳我大婚後才跳出來扮出一副非我莫屬的嘴臉來。」

白素錦。「……」大將軍這張嘴輕易不埋汰人，埋汰起來就讓你不是人！

「放心吧，她們費了這麼大的勁兒折騰出一臺大戲，我也總不好辜負，之前在橋上意圖推妳下水的那個人我已經命人押起來了，今晚好好休息，明日一早起來咱們就等著看這大戲的下半場。」

聽起來周慕寒已有了周詳的準備，白素錦也沒什麼放心不下的，放鬆了身體靠著他慢慢任意識被睡意籠罩。

偌大的榮親王府，除了聽竹苑的這兩位，以及藥力作用下昏昏沈沈的榮親王，其他人這一晚都注定了不得安眠。

芙蓉苑正房暖閣內，杜王妃揮手屏退屋裡伺候的丫鬟們，待房中只剩下一個鄒嬤嬤後才卸下所有的偽裝，抬手就將手邊桌上的茶壺和杯盞一股腦兒掃到了地上，清脆的碎裂聲越發刺激她幾乎暴走的憤怒，踉踉蹌蹌起身將手邊能搆得著的東西都噼哩啪啦摔了個遍。

「王妃……王妃請息怒，仔細氣壞了身子……」鄒嬤嬤上前扶住氣急敗壞的杜王妃，壓低嗓音勸道。「事已至此，王妃更需要冷靜，今晚的事鬧出了這麼大的動靜，想來明日一早宮中就能得到消息，太后娘娘屆時定會宣召您入宮，與其讓太后娘娘和皇后娘娘下旨，老奴……老奴私以為，還不若您主動提出來，這樣還能在兩位娘娘和王爺面前略博些好感。」

「好感？哈哈──」杜王妃笑得悽楚，頹然跌坐在軟榻上，咬牙厲聲道：「我這一輩子，未出閣的時候因著庶女的身分，小心翼翼討好主母、禮讓嫡姊，為了將來的安穩汲汲營營，好不容易博得了王爺的寵愛，卻因為庶女的身分而不得不做他的妾室，就算如今我熬到這王妃之位又如何？在她們眼裡我永遠是個繼室，在太后娘娘心裡從來就沒認過我這個兒媳婦，在那個女人的牌位面前，我永遠要執妾禮，在王爺面前我連句抱怨的話都說不得！如今還要讓我親口提出來將自己的親外甥女抬給王爺作妾室？可笑！可笑至極！」

鄒嬤嬤知道她需要發洩一下，不然憋著極容易怒急攻心。

一邊寬慰著一邊將杜王妃扶進了臥房，轉身出來，喊進幾個口風嚴實的大丫鬟們手腳麻利地收拾暖閣，不知為何，看著地上的水跡，鄒嬤嬤總覺得眼皮突突直跳，好像有什麼不祥的事要發生。

正忐忑不安著，外間房門傳來急切的敲門聲，小丫鬟壓低著聲音，卻掩飾不住話音裡的焦急。「鄒嬤嬤，汝陽王府的廖管事急著求見王妃和杜夫人！」

上元節前後城內取消了宵禁，如今將近午夜，廖管事卻匆忙上門，鄒嬤嬤不由得心頭一顫，忙掉頭奔向裡間的臥房。

咣噹一聲，茶盞從杜王妃的手中滑落，她卻絲毫沒有心情管顧裙角濺上的水漬，儘管力圖鎮定，話音裡卻還是帶著絲細微的顫抖。「你說什麼？葛二被人綁走了！這到底是怎麼回事？說清楚！」

廖管事發福的身體微微顫抖，穩了穩心神才啞著嗓子回道：「葛二按計劃行事，萬沒想到的是，世子妃身邊的那兩個丫頭身手並不簡單，關鍵時刻扶住了世子妃，葛二見情況不妙就急忙閃身，按之前說好的到了城南的那處偏院，但是不知道為什麼，剛剛有一夥身分不明但武藝很高的人闖進了偏院將葛二給帶走了，偏院裡的夥計們出手阻攔，但最後不敵，都受了不輕的傷。奴才一接到消息片刻不敢耽擱就來稟報王妃了！」

杜王妃瞬間被抽空了全身的力氣似的，頹然癱靠在椅背上，心裡暗想——完了，螳螂捕蟬，黃雀在後，原來這場鬧劇並非陰差陽錯，而是被人一早看穿了，不過是對方將計就計，把她們都給算計了進去！

想到周慕寒那張凜冽肅殺的臉，和狠戾果決的行事手段，溫暖如春的堂屋裡，杜王妃狠狠打了個冷顫，驀地坐直了身體，雙眸緊緊盯著跪在堂下的廖管事，腦中飛快閃過一個念頭。

誠如所料，第二日下了早朝沒多久，太后娘娘就差人傳召杜王妃進宮，消息傳到聽竹苑的時候，白素錦穿戴好衣袍正準備出門，聽到夏嬤嬤說起這事時只是扯了扯唇角，帶著雨眠、清曉和那兩個外借來的大丫鬟出了門，去往鎮北大將軍府。一來給這兩個大丫頭請功，二來嘛，昨晚的事情眾目睽睽之下鬧得那麼大，現在想來怕是已經滿城皆知了，白素錦昨晚同周慕寒打過招呼，今兒一早先到鎮北大將軍府上走一趟，把情況說明了，省得大家擔心。

三八是不少女人的天性，清閒無聊是滋養八卦傳播的溫床，果不其然，不過幾個時辰的時間，汝陽王府四小姐賞燈意外落水，榮親王見義勇為跳水救人的消息不脛而走，儼然是街頭巷尾熱議話題榜的頭條！

鎮北大將軍府負責廚房採辦的嬤嬤大清早一出門就聽到了消息，心思周全地打探了好一會兒，這才回府稟報了大夫人。趙氏本打算早飯後就差人到王府走一趟，沒想到白素錦如此周到，趕在早飯前就親自過府來了。

沒有驚動其他人，白素錦簡明扼要地道清昨晚的情況後，婉拒了大夫人的留飯。出了鎮北大將軍府後又跑了趟狀元府，許老爺子幾個人一早也聽到了風聲，雖說風言風語裡並沒提到周慕寒和白素錦，但終歸是榮親王府出了事，他們又覺得傳言不能盡信，免不得跟著忐忑難安，白素錦來得正及時。不想許老爺子幾個人平添煩惱，白素錦只是說了昨晚的事情，隻言片語也沒透露杜王妃她們事先預謀的事。

白素錦同樣婉拒了許老爺子的留飯，囑咐車夫駛往兵部衙門。

周慕寒這邊天未亮就動身去上早朝，下了早朝被皇上召到御書房詳細詢問了昨晚之事，周慕寒絲毫沒隱瞞，將杜王妃設計陷害、自己將計就計的事抖了個乾乾淨淨。

文宣帝的臉色沈了下來，龍顏瀰漫著一層怒氣。

「這次就無須再顧忌著太后和朕，你想如何處置就如何吧。」

周慕寒神色平靜如常。「皇伯父放心，姪兒並未打算如何深究，想來很快父王身邊就要添新人了，不管怎麼說也是件喜事，見了血光總是不吉利。」

文宣帝眸光一頓，重新認識周慕寒似的深深打量了他好一會兒，而後龍顏轉晴，眼中浮上笑意的同時也帶著毫不掩飾的讚賞，嘴上卻毫不客氣。「以你的性子，怕是走不出這等精彩的一步棋，背後有人指點吧？」

周慕寒也不掩飾，點了點頭。「妻賢夫禍少。」

「得妻如此，朕同你皇祖母總算能稍稍寬心了。」文宣帝長舒一口氣。「內院之事，日後你就放開手交予世子妃吧，有你看顧著，不行的話上頭還有朕和太后在，定然不會讓她吃了虧。」

周慕寒未想到皇上竟會將話坦白說到這般程度，當即跪禮謝恩。

出了御書房周慕寒又馬不停蹄地趕往太后的寢宮，屏退殿內伺候的宮人，周慕寒將對皇上陳述的那番實情全盤又重複了一遍說與霍太后。

霍太后氣得當場就摔了茶盞。

周慕寒用兵詭譎狡詐，可言語上安慰人的功力卻是極弱，沒辦法，只得將白素錦寬慰他的那番話搬出來安撫霍太后的怒氣。別說，還挺管用。

「錦丫頭當真是你命裡的福星！」霍太后嘆了口氣。「日後有她陪在你左右，哀家總算也能睡幾個安穩覺了，早膳就在哀家這邊用吧。」

周慕寒難得面露赧色。「不了，早先和錦娘約好了，一會兒我到衙門點個卯之後就帶她一起去太白樓用早飯。」

霍太后佯怒伸出手指點了點周慕寒的額心，話裡帶著調笑。「難怪人家都說娶了媳婦忘了娘，瞧瞧，現在有了媳婦，祖母要同你吃頓飯都不容易了。」

周慕寒笑著承諾霍太后過兩日帶著白素錦進宮來。

從霍太后寢宮出來，周慕寒到兵部衙門晃了一圈，算是點了個卯，而後大步流星走了出來，在門口一眼就瞧到了不遠處站在馬車旁的白素錦。

「大將軍請留步、請留步啊！」兵部尚書陸大人疾步追了上來，眼看著周慕寒就要啟程回臨西了，他和幾位閣老這幾日正想方設法逮著他給京畿二營的將領們上幾堂兵法課，奈何一個看不住，這位主兒就要溜掉！

周慕寒自然同白素錦說過這事，如今瞧著尚書大人恨不得一路小跑逮人，白素錦不怎麼厚道地在心裡偷笑。

聽到謝大人的召喚聲，周慕寒非但沒停步，反而腳下生風一口氣奔到了白素錦身邊。

「下官謝意遠，見過世子妃。」謝大人身形富態，一陣緊趕慢趕後略有些氣息不穩。

白素錦笑著還禮，瞥了眼老神在在的周慕寒，略表歉意地對尚書大人說道：「大將軍昨兒夜裡睡得不踏實，為了趕早朝連口熱茶也沒來得及喝，我就想著這會兒先陪著他去用點早飯，沒有耽誤衙門的公事吧？」

人家媳婦都到門口了，還能怎麼辦？

可憐尚書大人一邊臉面上陪著笑容連聲說沒有耽誤、沒有耽誤，一邊看著兩人伉儷情深的背影心裡狂吐槽——一夜沒睡好？騙鬼呢吧！瞧瞧那精神奕奕的樣子，走路虎虎生威恨不得帶著風呢，哪裡有半點精神靡頓的痕跡?!

上了馬車後，白素錦實在是沒忍住，挑開馬車的窗幔看了看，果然，尚書大人的背影很心酸。

「左右離京前這段日子你也沒什麼事，就別再為難尚書大人了。」

周慕寒將桌上的手爐塞到白素錦手裡，而後懶洋洋靠在坐榻上。「我要是不為難、為難那些老傢伙們兩分，他們恐怕恨不得十二個時辰都讓我不得清閒了。」

白素錦無奈搖頭，於領兵作戰方面，周慕寒的才華的確難得，也怪不得那幾位大人想盡法子給他安排事兒。周慕寒身邊的薛軍師和幾名副將及直屬的心腹，要麼共事多年，要麼是他親手帶出來的，指導起來自然得心應手，哪裡像那些半路拉進學堂裡的，背後所屬的派系繁雜不說，更是蠢笨如牛，偏偏大多數還是一副不懂裝懂的德行，周慕寒上了兩堂課之後就厭煩得很，若不是給幾個老傢伙的面子，每天一堂課他都懶得幹。

「好了，過陣子回臨西你不是還要在大營中開辦講武堂嗎，前後態度差別過大，被有心人抓著不放總是不好，雖然皇上心中有數，但多一事不如少一事。」

「放心，不過是警告他們不要太過分而已。我是回京述職，可不是回京任職。」

見他自己有分寸，白素錦覺得也沒必要贅言。兵部衙門離太白樓不遠，一刻鐘的時間就到了，一下馬車，白素錦就看到了店門一側排得長長的隊伍。

「不久前太白樓新弄的，餡料葷素搭配的大包子，十文錢三個，每天都要被搶瘋了，聽說掌櫃的特別交代了，優先賣給那些工事上僱用的外來人家屬。前兒早朝上還有御史提了太白樓的這樁事兒，聖上龍顏大悅，估計這幾天御賜的金匾應該就能到了。」

白素錦但笑不語，多看了兩眼包子攤前排著的隊伍，果然衣著大多樸素，臉上或多或少帶著生活磨礪的滄桑。

周慕寒早讓人過來訂了雅間，兩人落坐沒一會兒，雅間的門打開，四、五個傳菜夥計魚貫而入，走在最後的一個人手裡托著一盤水酥餅，無論是衣著打扮還是周身氣度，看起來都絕對不是個夥計。

「草民章遠之拜見世子、世子妃！」男人揮退傳菜的夥計，就要對白素錦兩人行大禮，周慕寒卻先一步攔住了他。

周慕寒驚喜道：「遠之，你是何時回京的？」

章遠之謙謙一笑。「接到吳大掌櫃的消息後快馬加鞭，昨日傍晚才進的城，本想今日到府上去尋你，沒想到一早就聽說你在樓裡訂了雅間，這不，你前腳一到，我後腳就跟過來了。」

周慕寒將他按到座位上，轉而向白素錦介紹道：「這就是我之前與妳提過的章遠之章小七，咱們現在所在的這座太白樓可是他的，看來今天這頓可以省了銀子了！」

只有在極親密的親人和朋友面前，周慕寒才會如此神情鮮活。

白素錦對章遠之這個名字並不陌生，來到京城見過沈凌青和顧延卿後，章遠之是周慕寒提到最多的一個，他們三人都是周慕寒的少年至交。章遠之出身武陽侯府，雖是庶子，卻才冠京師，無奈生性灑脫，無心仕途，得了秀才之名後毅然棄筆從商，氣得武陽侯險些將他逐出家門。章遠之是四人當中最早娶妻的，妻子乃沈凌青大舅父的長女，也就是沈凌青的大表姊，東南船王的長孫女。章遠之平生兩大愛好，一好書畫，二好美食，所以名下經營的產業多為書齋、畫閣，以及酒樓。

早得知周慕寒年底要回京述職，章遠之已經做好了接風的準備，無奈剛進臘月南閩那邊傳來消息，潘家大夫人病情垂危，章遠之只得帶著妻子趕回娘家。到了潘家後，岳母撐了小半月就沒了，喪殯之期未完，又意外診出妻子懷了身孕，胎氣不穩，就這樣不得不暫留在了潘家。

「之前信中不是說要二月中才會回京嗎，嫂夫人身子能吃得消？」周慕寒入京後第二天就收到了武陽侯府轉交的章遠之的親筆書信，雖然無法見面有些遺憾，但得知嫂夫人有了喜更是替他高興，斷沒想到竟然還能見上一面。

「蘭若的身體還好，胎氣已經穩定了，只是還不能遠行，我是自己先回來的，一來與你多年不見，怎麼也要盡力成因一番，二來嘛，是定要見見弟妹的，更要當面感謝弟妹初次見面就送了我這麼一份大禮！」

既然周慕寒以摯友、兄弟的身分介紹自己，章遠之便也不扭捏，爽快地抱拳以表謝意，白素錦向來欣賞性情坦蕩之人，雖是初次見面，但對章遠之的第一印象非常好，笑著受下了他的謝意。

一旁的周慕寒卻是一頭霧水。

「樓下大門外賣的那些包子，就是弟妹給吳大掌櫃出的主意。」章遠之笑容和煦，看著白素錦時毫不掩飾眼中的欣賞和讚許。「樓上這兩層包廂雅間，客人基本上都是些達官世家的公子哥兒們，聚在這裡與其說是吃飯，不如說都為了彰顯身分，席間大多時間都在喝酒、玩樂，吳大掌櫃也反映多次，撤下去的席面大半都是剩下的，只能給夥計們打包帶走，可日日如此，免不得浪費頗多，上次弟妹來過後，給吳大掌櫃支了個招，用這些剩下的乾淨菜餚製成餡料，然後低價賣給外面的百姓，既能解決剩菜浪費的問題，又給太白樓贏得了美名，我在半路上就收到了吳大掌櫃的信，說是皇上要御賜金匾嘉獎太白樓，這份榮耀可是弟妹給帶來的，為兄不知該如何感激才好。」

白素錦笑意晏晏，伸手指著桌上那盤水酥餅道：「大哥若是心有不安，那便讓廚房每日多留幾個水酥餅給我吧，世子雖不愛吃，我卻喜歡得緊。」

「這等小事算得了什麼？這樣吧，我將這處雅間獨留給你們，想什麼時候過來就過來，省得再費事差人過來預訂，即便是你們不在京裡，也可以給老將軍府上和狀元府那邊使用。」章遠之早就想給三個至交好友獨留出幾個雅間，無奈他們極力拒絕，這回算是逮到了機會。

周慕寒豈會不知章遠之的用意，爽快地應了下來。

席間周慕寒和章遠之閒聊，說著、說著自然就提到了昨晚的風波，周慕寒絲毫沒隱瞞，甚至將杜王妃處心積慮設計陷害、自己將計就計的來龍去脈都說得一清二楚，足可見對章遠之的信任。

「稍後我與錦娘怕是要回王府，凌青和延卿那邊你稍後跑一趟，將實情同他們說說，免得多掛心。」

章遠之點頭應下。「稍後我同你們一起出門。」

兩刻鐘後，三人一同出了太白樓，與周慕寒約好了喝酒的時間後，章遠之告別二人，乘車趕往沈凌青的住處，而白素錦兩人則回了王府。

陸知棋昨晚整夜發熱，天亮後才稍稍降溫，杜夫人一直守在床榻邊，既驚又悔，一夜下來竟像是蒼老了好幾歲。

榮親王倒是如往常那般醒了，雖有些頭痛、身子骨痠痛，但並無大礙，得知太后宣召杜王妃進宮，就和她一同過去了。

周慕寒兩人回到府裡的時候榮親王同杜王妃已經出府有一會兒了，他們二人直接回了聽竹苑，換了身舒服的常服，一個繼續畫圖，一個悠哉地看話本，兩人共處一室，也不怎麼說話，感覺卻異常溫馨、自在。

大概過了一個時辰左右，夏嬤嬤敲門，說是侍衛總領劉從峰求見，周慕寒立刻召他進來。

「稟世子爺，得到最新兩個消息，一是太后娘娘剛下了懿旨，三日後抬陸姨娘過門。二是汝陽王府的廖管事……自縊身亡了。」

白素錦聞之有些驚訝。「三日後就抬進府？是不是太過倉促了？」

對於廖管事的死，兩人都沒有覺得意外，周慕寒著人夜審葛二，最後牽扯出來的只有廖管事，這種情況之下，只要廖管事的嘴堵上了，線索也就斷了。對杜王妃和杜夫人來說，廖管事不過是手底下的一個家生子奴才，妻兒老小都握在她們手裡，想要他永遠閉嘴，不過翻手之間。

讓人意外的是太后娘娘的懿旨，明顯是藉著陸知棋狠狠打杜王妃和杜夫人的臉。

「我已將實情細細說給皇祖母了，她老人家震怒，說是要給我們討還公道。」乍聽陸知棋三日後進門，周慕寒也有些意外，不過轉而想到杜王妃聽到這消息時的心情，不由得心生快意。一個個自認為心細通透、手段高明，可惜放在皇祖母跟前不過都是些三腳貓的功夫。

果不其然，從宮裡出來後，榮王妃憋得幾乎內傷直接回府，榮親王則到常去的小館喝酒，不料行至一處僻靜街市時突然遇到一匹受了驚的馬，皇室子弟自小習武，榮親王的武藝雖說不上精湛，但降伏一匹受驚的馬還是綽綽有餘的，因此還救了一位路人姑娘的性命。

那位姑娘視榮親王為救命恩人，執意要重謝，兩人一謝一還禮，往來間得知這位名喚嫣然的姑娘竟然就是京城中近來聲名鵲起的聆音閣的新一任花魁。

榮親王是京城中有名的雅士，好音律，嫣然姑娘精通琴、棋，不過短短一段交流，榮親王便覺得如遇知音，從此便成了聆音閣的常客。

當然，這還是後話。

榮親王這邊偶然結識了嫣然姑娘，一起去了聆音閣聽琴品曲，王府這邊，杜王妃尚還不知榮親王的偶遇，正在為著太后娘娘的懿旨大動肝火。

可惜，她就算是將整個芙蓉苑、整個榮親王府都砸爛了，也絲毫改變不了三日後陸知棋進門的事實。

陸知棋清醒後得知這個消息，當即急火攻心，再次昏死了過去，杜夫人慟哭失聲，陸知棋的婚事是她最後一絲依仗，雖然事情出了紕漏沒有攀上周慕寒，但陰錯陽差攀到榮親王也不是太差，雖說按照現在的身分免不得要以姨娘的身分入府，但榮親王正當年，棋兒又年輕，身子爭氣一點，待生了兒子，又有王妃的提攜，抬成側王妃也是情理當中。

可太后娘娘的一道懿旨卻生生打破了這個希望。抬姨娘雖比不得明媒正娶，可仔細準備三個月同三日相比，對陸知棋來說，身價上差得可是天壤之別！

太后娘娘這麼一道懿旨發下來，無異於擺明了皇家對陸知棋的態度。親王女眷不被太后所喜，來日即便生了多少兒子，想要爬上側王妃之位，那也是希望渺茫。

杜夫人一輩子工於算計，今次終於嘗到了什麼叫賠了夫人又折兵！

奈何無論如何不甘願，杜夫人都要帶著陸知棋火速趕回汝陽王府，一邊忍著各方各院明裡暗裡的諷刺和嘲笑，一邊給陸知棋置辦嫁妝。好在她為陸知棋的婚事籌謀許久，這才不至於太過措手不及。

不過，親王納妾有禮制上的規定，可惜了杜夫人悉心為陸知棋準備的一百零八抬嫁妝和大紅色的鳳冠霞帔，如今大部分都派不上用場了。

陸知棋在宮裡特派太醫的診治下病情很快好轉，臉色雖還殘留著病癒後的憔悴，但費些心思在妝容上，竟也有種西施般的病弱之美。

然而，俗話說福無雙至，禍不單行，就在陸知棋被抬進榮親王府的前一天，榮親王英雄救美、與聆音閣新花魁一見如故的消息在京城內廣為流傳，老百姓茶餘飯後閒談時自然要將汝陽王府四小姐落水一事牽扯出來，一時間外頭紛紛謠傳，聆音閣的嫣然姑娘怕是也要成為榮親王府的新姨娘了。

得知自己竟然被人與風塵之女相提並論，陸知棋氣得將屋子裡所有的東西都砸爛了。

「都是白素錦那個賤人害我，一定是她！」

想起當初賞梅會上的態度，陸知棋發了瘋似的咬定了是白素錦在背後搞鬼，不然萬無一失的事怎麼會落得如今的殘局！

聽到陸知棋這麼一鬧，杜夫人頓時一顆心如墜冰窖。

若所有的事情世子妃都知情，那麼……那麼是不是意味著世子爺也一早就知道了？

相較於陸知棋的恨，杜夫人此時卻感覺幾乎要被恐懼所湮沒，慌手慌腳地讓人備了馬車，倉皇趕往榮親王府。這種可能的猜想一旦滋生，隨之而來的巨大恐懼她一個人無論如何也承擔不下來，必須要第一時間告訴王妃。

自從上元節燈會後，榮親王府無疑雄踞京城熱門話題榜首位，榮親王兩次英雄救美成就兩段良緣，而且兩段佳話裡的女人身分背景大相徑庭，無疑能成為很長一段時間內的火熱談資。

第三十八章

任憑外面如何輿論沸騰，聽竹苑內白素錦猶自從容閒適，跟著周慕寒進了一趟宮，陪著太后和皇后用了頓午飯，然後和許老爺子及兩位舅父、許唯良吃了頓送別宴，另外，在周慕寒的陪同下，白素錦在府外別院特別宴請了章遠之，為的不是別的，而是給自己的果油找買家。

白素錦決定回臨西後就讓那爾克族長和塔達木族長代為購買山林，擴大青果樹和茶樹的種植，形成以百越族、北濮族為中心的果油基地。青果油和茶油精貴，自然要走高端消費路線，京城自然是最好的模範市場，太白樓自然是最佳合作夥伴。

當然，白素錦也不會只做青果油、茶油這種高端油類，這次回去後打算聯合西軍屯田官、白二哥和一些田大戶種植油菜、大豆這類油料作物。

早前白素錦特供的果油武陽侯府自然也得了封賞，章遠之不僅善於管理酒樓，本身是個老饕，廚藝更是拿得出手，武陽侯雖然不待見他棄文從商，但又得意他的廚藝，於是表面黑臉內心雀躍地將太后賞賜的兩小罐果油給了章遠之，果然，章遠之沒有讓他失望。可吃了兩頓開胃飯後就陷入了深深的糾結之中，因為眼看著那兩小罐的果油就見了底了！

比武陽侯更揪心的就是章遠之了，這果油是遠在臨西的榮親王世子妃特別進貢給皇宮的，雖然自己能通過周慕寒搭上白素錦這條線，可從武陽侯那裡得知的消息來看，這果油數量很少，自己也不好平白給人添煩惱，是以直到如今，他也沒有主動提及果油的事，沒想到白素錦竟然主動提了出來，他自然當即應下，除了商量好的價格，他執意將太白樓的股份分了成給白素錦。

推辭不了，白素錦在周慕寒的示意下只得收了。

先是外祖家，接著又是太白樓，白素錦覺得自己這趟京城之行哪裡是新婦認親，簡直就是來掃蕩銀子的！

送別了外祖一行人，又將果油的下家定好，白素錦手頭上的事基本上就都完成了，夏嬤嬤也開始帶著人著手收拾箱籠，過兩日他們也要動身回臨西了。

就在聽竹苑忙著整理箱籠的時候，陸知棋入府了，雖然是親王的妾室，也不過是一頂四人抬的喜轎，後面墜著短短的嫁妝隊伍，喜鑼自然也是沒有的，無聲無息地從側門抬進了府，進了妾室們共同居住的瀟蘭苑。

第二日一清早，白素錦和周慕寒穿戴整齊到了芙蓉苑，觀看陸知棋這個新妾給主母杜王妃敬茶。

從姨母改稱王妃，無論是杜王妃還是陸知棋，心裡的滋味都苦澀到了極點，奈何顏面上還要裝作一團和氣。

事實上，除了白素錦和周慕寒夫妻倆，以及榮親王，在場的其他人心情都好不到哪裡去。
妾室沒有資格與正妻、嫡子們同席，陸知棋敬過茶後就退出了芙蓉苑，周慕寒和白素錦留下來一起用了早飯。榮親王也算是人逢喜事精神爽，同周慕寒兩人之間的劍拔弩張緩解不少，還關懷了一番離京的若干事宜，並當面囑咐杜王妃多準備些禮品給他們帶著。儘管內心流著血，杜王妃也只能咬牙應下。
用過早飯後周慕寒照例到衙門給人講學，白素錦如今閒來無事，便帶著雨眠和清曉到梅林那邊散步，王府的花房就在梅林附近，正月裡賞賞花不啻是個好消遣。
今日陽光正好，主僕三人穿得夠厚，便慢慢在梅林邊的小路上走著，本來是件挺閒適愜意的事兒，偏偏就半路殺出個程咬金，平白壞了興致。
「哼！」見著白素錦，陸知棋心頭的怒火和恨意就難以壓制，剜了白素錦一眼就從她身側走了過去。
「陸姨娘請留步，見到世子妃行半禮即可。」雨眠的禮數是教養嬤嬤調教出來的，來了京城入了王府還跟著進過皇宮，眼界豁然開闊，又被周慕寒囑咐過須得好生照看主子，如今白素錦被人這麼怠慢，她自然是要不依的。
白素錦看著雨眠一臉正氣凜然的模樣，油然而生一種自豪感，再看看旁邊由氣憤轉為驚訝地張大嘴巴的清曉，又不禁嘆了口氣，少吃了兩、三年的米飯果然是有差距的。
陸知棋聽到雨眠的話憤而轉身，幾步走到雨眠近前，二話沒說先揮手給了雨眠一個結結實實的耳光，咬牙切齒罵道：「不過是個卑賤的丫鬟，竟然也敢狗仗人勢，我陸知棋再不濟也是王爺的妾室，哪裡輪得到妳個賤婢多嘴……啊！」

話還未說完，陸知棋的腹部就被狠狠踹了一腳，整個人摔到了地上，當即痛得蜷成一團。隨行丫頭見狀要上前扶她，卻因為白素錦一個狠戾的眼神而雙股顫抖，當即匍匐跪倒在地上不敢動彈。

接收到白素錦的眼神示意，雨眠頂著半邊紅腫的臉和清曉一起上前，將倒在地上的陸知棋押著肩膀扯起來跪在白素錦跟前。白素錦那一腳可是絲毫也沒留情，陸知棋這會兒疼得要命，哪裡還有掙扎的氣力。

白素錦蹲下身，單手扣上陸知棋的下巴將她的臉抬起來，直接看著她的眼睛，冷聲說道：「論卑賤，妳不過是一個妾，在我們跟前叫囂個什麼勁！她們今日雖然是丫鬟，可幾年後我會給她們尋個好夫家脫了奴籍，三書六禮明媒正娶，過門了就是正經的當家太太，妳是個什麼東西，還真以為進了王府的門就是這府裡的主子了？

「妳現在是不是恨我恨得日日不得安枕，恨不得將我挫骨揚灰？」白素錦甩開陸知棋的臉站起身，捏著帕子擦了擦手，居高臨下看著她慘白的臉，語速不急不緩。「沒錯，我是一早就知道了妳們的計劃，索性將計就計讓妳落得如今的地步，誰讓妳竟然敢算計到我頭上來呢？走到今天這個下場，妳活該。記住了，日後見到我，要麼夾起尾巴，要麼躲得遠遠的，免得自取其辱！還有——麻煩妳將這番話也轉告一下王妃和杜夫人，這回就先這麼著，再敢將歪念頭動到世子爺頭上，咱們到時候就連著這回的帳連本帶利一起清算！」

「來啊，陸姨娘目無禮數衝撞本世子妃，掌嘴三十，以儆效尤。」

「陸姨娘，得罪了。」雨眠得令後讓清曉按著陸知棋，自己揮開了手臂，一個個巴掌聲響清脆，嚴謹得每一下力度都那麼相似。

三十個巴掌摑完，陸知棋兩頰當即就又紅又腫，熱辣辣得彷彿火燒，一顆心卻如墜寒潭，她本以為之前見到的白素錦總是一副清高的模樣，那都是故意偽裝的，以掩飾她內心的自卑。而此時此刻她才終於看清，白素錦是真的沒有把她們當回事，對自己如此，對自己母親如此，甚至是王妃也是如此。

陸知棋這會兒是真的害怕了，她清楚地意識到白素錦並不是空放狠話，自己若是再招惹到她，就絕對不會像今日這樣只是挨嘴巴了。

白素錦也沒心情再去賞花，從梅林這邊出來後直接去了芙蓉苑，先一步說了掌摑陸知棋的事。陸知棋的性子杜王妃豈會不知，這段時間她本就氣結於心，如今剛進門第二天就公然得罪世子妃，真真是太不給人省心，可大庭廣眾之下被掌嘴，杜王妃心裡還是不高興的。可不高興又能如何？眼前之人根本就不會顧及自己的感受！

非但不能表現出不悅，還要帶著笑臉稱她教訓得好，杜王妃一口老血卡在嗓子眼，憋得心口直疼，等到白素錦前腳剛出了芙蓉苑，她後腳就著人將陸知棋給喊了過來，劈頭蓋臉一頓教訓。

陸知棋知曉她這位姨母工於偽善，可這還是第一次親身見識到她的真性情，內心不禁漫上濃濃的失落和悲涼感，同時還伴著幾分埋怨。

念頭陡然升起，陸知棋在這一刻突然決定，白素錦的警告，在王妃跟前隻字不提。

不管芙蓉苑這邊杜王妃和陸知棋兩人如何心情，白素錦從芙蓉苑出來後心情舒爽得很，側過頭看了看走在一旁的雨眠，她正好是挨了一巴掌的那半側臉衝著自己，遷怒之下，陸知棋那一巴掌可是用足了力氣，眼下雖然指痕印子散了，半張臉卻是泛著紅，上面甚至還有兩道指甲劃過的傷痕，透著細細的血絲。

回程的腳步明顯快了許多，一進聽竹苑的內室，白素錦就讓清曉將藥匣取來，拿出一小罐太后賞賜的藥膏讓夏嬤嬤給雨眠塗上，一邊看她塗藥，一邊將事情的來龍去脈說了一通。

雨眠打小就懂事、沈穩，雖然是個丫鬟，可也是被夏嬤嬤疼著、護著長大的，在大太太、三姑娘跟前伺候的時候更是連句呵斥都未曾有過，如今被人這般下狠手，夏嬤嬤自然心疼不已，搽藥時力道輕之又輕，再看到雨眠因為吃痛而皺緊眉頭，眼裡的疼惜滿滿溢了出來。

然而，心疼自己閨女是一回事，想想自家夫人的做法，夏嬤嬤又禁不住有些忐忑。「夫人，陸姨娘剛剛過門，在王爺跟前正是得寵的時候，待王爺知道此事會不會對您有所怪罪？」

白素錦今日對陸知棋下手，一來是她上來就對雨眠動了手，二來是她態度太囂張，白素錦正好乘機敲打、敲打她，算是殺雞儆猴，活該她倒楣。

「夏嬤嬤無須多慮，今日之事也不全然是為了雨眠挨打，我早就看她不順眼了，正好借著她給這府裡的那幾雙眼睛們立立規矩，免得一個個認不清身分。雖然咱們大部分時間不在這府中，可大將軍是這王府名正言順的世子爺，是除了王爺之外王府裡最大的主子，不乘機敲打、敲打，搞不好下次再回來，有人就要騎到咱們頭上了！只是這次委屈了雨眠。」

雨眠聽了白素錦這話忍不住要咧嘴笑，結果牽動了臉頰上的傷，抽了兩口涼氣。「哪裡會委屈，後來不是夫人作主，讓奴婢親手討回了公道麼！夫人，奴婢的手現在還有些發麻呢……」

白素錦一個沒忍住，笑出了聲。

伸出食指戳了戳雨眠的額頭，夏嬤嬤嘆氣道：「妳呀妳……」

夏嬤嬤的擔憂白素錦卻一點也沒有，陸知棋雖然剛進門，年華鮮嫩如花，容貌又嬌媚，對府內許久未添新人的榮親王來說自然是新鮮的，可變數就在於，他在外面還有另一段佳話、另一位佳人，那位佳人還被他視為琴棋知音，更更重要的是，知音佳人眼下尚未入府。

男人的劣根性就在於——妻不如妾，妾不如偷，偷不如偷不著，得不到時永遠在騷動，得到後轉眼情轉薄。就如榮親王，當初能為了杜王妃不惜寵妾滅妻、逼走嫡子，如今不也能為了認識短短數天的所謂「知音」魂牽夢繞、流連在外嗎？

要麼不出手，出手就釘在七寸之上。

這就是太后娘娘的手段。

當周慕寒告訴她那位聆音閣的嫣然姑娘是太后娘娘一手安排的時候，白素錦不是不吃驚，但也只是一瞬而已。

人人都有逆鱗，任是霍太后再寵愛榮親王這個親生兒子，周慕寒卻也是她的嫡親孫子，即便拋開周慕寒背後的累累軍功和林家，單憑皇家對周慕寒的虧欠，老太后也絕對不會容忍人這般在她眼皮子底下算計周慕寒，尤其那個人是杜王妃。

娘家沒有拿得出手的依靠，膝下子女也不成勢，能依靠的不過是一個男人的寵愛，若是失了榮親王的這份榮寵，她杜氏又算得了什麼？

顯然，白素錦看得透的，深宮中從波雲詭譎中走到最頂端的太后娘娘豈會不知？

果不其然，過了三天，榮親王也沒有因為陸知棋之事有何微詞，早飯桌上甚至還詢問了周慕寒一番啟程的準備情況。

這是此次在京城的最後一頓早飯了，席間卻沒有一絲一毫的離別愁緒，榮親王滿面春風、容光煥發，這些日子吃罷早飯就出府，想來是和嫣然姑娘相處甚歡，至於其他人，應該是巴不得他們越早離開越好。

不過，席間大公子倒是關心了幾句回程的路線，讓白素錦意外的是，周慕寒竟然毫不猶豫地直接說了。

昨日周慕寒和白素錦一起去了宮中同皇上、太后娘娘和皇后娘娘辭行，接著又去了鎮北大將軍府一趟，老將軍分外不捨，白素錦就提議老將軍可以到臨西來住一段時間，如此倒是消磨了不少離別之苦，大太太和三太太拉著白素錦的手細細叮囑，尤其是反覆囑咐她切莫心急，待身子養好了再要孩子，不必急於這兩、三年，白素錦聽著心頭暖暖的。

用過午飯後離開鎮北大將軍府，周慕寒特意帶著白素錦到翰林院附近的一家茶樓同許唯信見了一面。差事的調令已經正式下達了，許唯信很快就要到戶部就職，準備三兩個月就會到川滇的茶馬司上任，屆時會有更多見面的機會，是以一壺茶喝得更多是不久後相見的期冀。

章遠之、沈凌青和顧延卿三個人早就將禮物送到了府上，晚上周慕寒跟他們暢快地喝了頓酒，好在都是些懂得節制的人，周慕寒回來的時候不過微醺，沐浴、洗漱後躺在被窩裡拉著白素錦的手也不說話，就是一個勁兒的傻笑，笑著、笑著迷迷糊糊就睡了過去。

白素錦抬起另一隻自由的手輕輕撫摸他的眉心和眼角，內心寧和安定，惟願此生能一直這般歲月靜好。

或許他們這段婚姻開始得有些功利現實，可是彼此扶持、彼此依靠，走到如今，白素錦看得到周慕寒心裡的尊重、眼中的情思，也清楚自己對他……已是深愛。

因為瞭解而結利為盟，又因為理解而結心為愛。世間因緣，大抵都是這般於無聲中給有心人以驚喜吧。

滿載而來，又滿載而歸。

若是來時的路上白素錦還帶著幾許對周慕寒家人們未知的忐忑，那麼回程的路上，她的心情簡直可以用雀躍來形容，就連船外的風景也美了許多。

「這並不是咱們最開始商量後決定要走的路線？」船行三日後，白素錦發現異樣，問道。

從京城到臨西，水路可供的選擇並不少，差別也只在於行船時間長短而已。

「你是故意誤導大公子的？難道有異狀？」

周慕寒繼續翻著手上的話本。「有備無患，雖然沒有查到什麼，但防著點兒總沒有錯。」

也是，防人之心不可無。白素錦舒了口氣。

船上的日子過得枯燥，好在周慕寒臨行前在京城裡搜集了滿滿一箱子的話本，白素錦整理今年的各項計劃，累了便跟著周慕寒一起看話本消遣，一路倒也愜意。

變故，就發生在一入川境、距離臨西還有兩天路程的時候。

當時他們在川西北一個叫倉邑的小縣碼頭停靠，上岸補充一些飲用水，順便活動、活動筋骨。白素錦跟著周慕寒上岸，到附近的一家茶棚裡點了些吃食，白素錦手裡的茶盞剛碰到唇邊，突然就被身側的周慕寒一掌拍開，下一秒就被利刃出鞘握在手中的周慕寒扯起來護到了身後。

「有刺客，防禦起！」劉從峰一聲厲喝，嗖嗖嗖十數道身影奔了過來，將周慕寒和白素錦緊緊護在中間。

雖說親眼目睹了薊石灘的那場大戰，可當時畢竟離得遠，藏身的位置又隱蔽安全，不若如今這般近在眼前，且置身其中。

白素錦在情緒可控制範圍內儘量走位，不將自己暴露在周慕寒和護衛們的防禦範圍之外，近在咫尺的濃重血腥挑戰著嗅覺的承受力，周慕寒和近身侍衛個個身手了得，無奈對方的人數在開始時即占據優勢，而且近身短兵相接，功夫再高也難免要受傷。

戰場上餵養出來的護衛漸漸凸顯出優勢，白素錦看得出來，形勢已經偏倒於自己一方，周慕寒的左臂被掃了一刀，衣服被劃開，依稀可見傷口的血色。

白素錦覺得時間彷彿像橡皮筋一樣被拉得很長、很長，她清醒地走位躲避在防禦範圍內，同時又覺得大腦恍惚而麻木。

當那一刀在她眼裡如慢動作一般落下的時候，白素錦意識到周慕寒來不及躲開，竟然打算直接用身體護著她，她用盡全力掙扎著想要同他互換位置，可是攬著她的手臂那麼緊、那麼緊……

她竟然無法動彈。

溫熱的微腥液體濺到臉頰上，白素錦越過周慕寒的肩膀看到他身後的男人頹然倒下，茫然伸出手抱上周慕寒的背，觸手是一片灼燙的黏膩液體，可她的心裡，卻是一片荒涼和無措。

意識，突然之間就陷入了黑暗。

第三十九章

「夫人醒了！夫人醒了！」

白素錦意識逐漸清醒，眼睛剛睜開就聽到了清曉急吼吼的低喊聲，下一刻，幾個人就圍了上來，夏嬤嬤握著白素錦的手，嘴唇微微顫抖著，好一會兒才啞著嗓子迭聲道：「醒了就好……醒了就好……」

事發當時，白素錦讓夏嬤嬤她們去幫忙採備淡水、食材和乾糧等東西，也虧得如此才逃過了一劫。

力氣重聚，白素錦猛地起身，急急問道：「大將軍呢？大將軍的傷勢如何?!」

雨眠忙上前蹲下給白素錦穿鞋，夏嬤嬤將斗篷給她披上，忙回道：「夫人莫慌，大將軍傷在背上，傷口挺深，但好在隨行的軍醫診治及時，這會兒喝了藥還在睡著，老奴這就陪您過去。」

周慕寒被安置在另一艘大船上，白素錦到的時候他正趴臥在榻上沈沈睡著，侍衛總領劉從峰和兩位軍醫都守在旁邊，見到白素錦來了紛紛起身見禮。

「不必多禮，大將軍傷勢如何？」白素錦直接坐到床榻邊，周慕寒雖然睡著，可眉峰微蹙、臉色蒼白，可見傷得並不輕。

年長一些的華軍醫上前如實回稟道：「傷勢頗重，刀口長且較深，血流快，雖然及時包紮，但仍然失血過多，好在夫人之前新配的傷藥效果頗好，臥床休養一旬左右應該可以下床稍微活動，至於徹底痊癒，少不得三兩個月。」

多虧有兩位經驗豐富的軍醫隨行，對於這種刀傷他們處理起來比較有把握。

「劉統領，侍衛們可有傷亡？刺客如今情形？」

「回夫人，侍衛中有三人受傷較重，但未傷及性命，輕傷十餘人。刺客共一百三十二人，打鬥中擊殺一百零三人，活捉二十九人，現分別拘於三艘船中，等候大將軍和夫人處置。」

「留下兩個領頭的，剩下的一律格殺。」白素錦毫不遲疑地下令。

劉從峰身形一頓，轉瞬後立刻恭敬地應下，而後沈聲道：「夫人，宮中派來隨行的龔太醫……服毒自盡了。」

白素錦一愣。「畏罪自殺？」

「目前看來是。」

此次回程，宮中特派了一名太醫和一隊禁軍護衛給周慕寒。那一隊護衛雖然是頂著禁軍的名頭，實際上卻是特派自千機營，而龔太醫是太醫院的老資歷，在宮中深受太后和皇后娘娘信任，這次就是皇后娘娘推薦的隨行人選。

事發後，偏偏是皇后娘娘推薦的人出了問題。如果洩漏路線的人是龔太醫，那麼勢必要牽連到皇后娘娘；而如果不是龔太醫洩漏的路線，那麼他就是被毒殺，周慕寒這邊則必須要給皇后娘娘一個說法。

如今，死無對證。

兩位軍醫早已退下，船艙內只有昏睡著的周慕寒，清醒著的白素錦和劉從峰，以及站在白素錦身後的雨眠。是完全可以放心說話的環境。

「龔太醫的死訊多少人知道？」

「只有屬下和兩個副統領知曉，茲事體大，屬下們唯恐走漏消息故秘而不發，只等大將軍和夫人決斷。」自從剛剛接到白素錦清肅的命令後，劉從峰對自家大將軍夫人殺伐果決的作風越發敬重。

白素錦神色稍緩。「做得好，繼續封鎖消息，等到了臨西後，立刻散布消息回京城，就說是大將軍路上遇襲，身受重傷，但卻未害及性命，主謀及洩漏行蹤者已經被生擒，正在連夜拷問中。」

劉從峰眼光一亮。「夫人的意思是要……請君入甕？」

白素錦有些蒼白的唇角浮上一抹冷笑。「沒錯，既然不確定，那就讓背後的主使者來幫我們確定好了。」

「屬下領命，定不負夫人所望！」

「一切就交給總領了，大將軍醒來後我會親自和他說明。」白素錦伸出手，握住周慕寒指尖微微發涼的大手，眼前驀地浮現出混戰中的情景，沈聲對劉從峰說道：「隨行攜帶的藥品很多，儘量給受傷的侍衛們使用咱們自帶的傷藥，餐食上也要注意溫補，稍後你將傷員的名單列一份給我。還有……準備一下，稍後我要親自審問那兩個刺客。」

「這……」聽聞白素錦要親自審問，劉從峰當下有些為難。之前為了套取消息，那兩個領頭的已經被「伺候」了兩遍，現下的情形委實有些血腥。

白素錦領會劉從峰遲疑的原因，抿了抿嘴。「劉總領盡可放心，我受得住，你只需將他們隨身攜帶之物統統搜出來給我過目即可。」

「屬下領命。」

為了查明這群刺客的身分，劉從峰早就命人將他們仔細搜身，初步判定應當是群賊寇。

劉從峰退下後，雨眠也退到了門口候著，白素錦握著周慕寒的手，也不敢太用力，怕將他擾醒了，眼下的情形他還是睡著得好，起碼還能減輕些痛感。

兩刻鐘後，白素錦走出船艙，劉從峰已經準備妥當，將白素錦接到了關押那兩個刺客的船上。

船艙厚厚的簾子一打開，撲面而來一股濃重的血腥氣。劉從峰有些擔憂地打量了一眼白素錦，發現她竟然沒有絲毫的頓色，徑直邁步走了進去。

為了能入眼，劉從峰已經讓人給那兩個刺客換了身粗布衣裳，此時被綁在刑架上，雖被折騰得筋疲力盡，可看到白素錦時，眼裡卻依舊是不羈和嘲諷。

雨眠哪裡見過這般情景，少不得有些腿軟，但勝在適應能力超強，心裡反覆自我催眠——只要不表現任何表情，肅著一張臉就好。果然，幾息過後，給夫人斟茶的手就不抖了。

白素錦端起茶盞悠悠呷了口茶，無聲打量著刑架上的兩個男人，三、四十歲的模樣，精悍強壯，雖然被狠狠教訓過，可通身的匪氣壓制不住，看架勢是寧死不招。

事實上也是如此，劉從峰至今仍未從他們口中問出什麼線索。

也是，既然敢接下刺殺周慕寒的活計，自然是做好了最壞的打算。人往往都是如此，相較於精神上的折磨，身體上的痛楚是更能忍受的。

「劉總領，開始吧。」

白素錦一聲令下，四個侍衛將兩張簡易木板長桌抬了進來，手腳麻利地將兩名刺客仰躺著牢牢綁在了桌面上。兩張木桌間放了個方木凳，凳子上放了一盆水，還有一疊裁剪整齊的桑皮紙。

此時一盞茶盡，白素錦起身走到另一張方桌前，上面擺放著從兩人身上搜出來的東西，以及兩套染了血的衣物。

兩名侍衛在劉從峰示意下，拿起一張桑皮紙在銅盆中浸過水，然後糊在刺客的臉上。桑皮紙浸水後受潮發軟，立即緊緊貼服住口鼻，僅僅數息後，兩名刺客就開始手足掙扎，可是整個人早被牢牢捆綁在長桌上，根本掙脫不開。

白素錦在方桌前緩緩移步看著桌上的東西，片刻後冷幽幽開口說道：「以為不開口我就拿你們沒辦法嗎？

「這種七升半的粗布是德隆坊專用的規格，據我所知，這一帶附近只有兩家德隆坊的分號，若我猜的沒錯，你們是山寨裡的吧，想來該有統一採購布料的時候，數量必然也小不了，德隆坊的掌櫃和夥計應該還對採買的人有著不淺的印象。」

「撫西大將軍的手段想來你們也聽過，至於我呢，也不是什麼光明磊落、恩怨分明的人，自是不會奉行什麼禍不及無辜婦孺。當然，這是在我找不到背後主使，只能將你們放在主謀位置的前提下。」

白素錦抬手示意，兩名侍衛將刺客臉上的桑皮紙揭了下來，空氣乍然湧入鼻腔，兩人一邊劇烈咳著，一邊貪婪地呼吸著空氣，心中因為白素錦的一番話驚得臉色大變，但仍然頑固地撐著不說話。

白素錦也不著急，重新坐回椅子上，手肘拄在桌面上，手掌托著腮，示意再次施刑。

「哦，忘了告訴你們，我正準備讓人散布消息，你們兩個和洩漏大將軍路線的那個內應已經被生擒，但是，有幾個漏網之魚，逃了……

「你說，過兩天我會不會聽到某個寨子發生大火，或者遭山賊屠寨的慘事？」

聽到白素錦這麼一說，兩個人掙扎得陡然劇烈，嗓子裡發出急促的哼叫聲。

劉從峰得到白素錦的示意，命人揭開了他們臉上已經糊了兩層的桑皮紙。

「我們說。」個子更高一些的男人臉色已經發紫，抖著嘴唇顫聲說道：「但是，你們不能散布那個消息。」

白素錦冷然一笑。「你哪來討價還價的資格！說還是不說，隨你們。散不散布消息，看我高興與否。」

心理防線已經攻破，白素錦也不多作停留，接下來的全然交給劉從峰處理。

只是回到周慕寒睡著的船上後，對送她回來的劉從峰交代道：「口供錄完後，餵了迷藥拘著，注意不要用過量了就好。」

劉從峰領命後親自去聽錄口供。

白素錦回到船艙內守著周慕寒，看他睡眠中也疼得出了一頭的汗，就讓雨眠端了盆溫水進來，親自絞了帕子給他擦擦臉和脖子，剛擦完一隻手，拿著濕帕子的手就被反手握住了。

白素錦忙抬頭看向周慕寒的臉，看著他漸次清明的雙眼，哽聲道：「醒了？」

在周慕寒沒有醒來的時候，白素錦是無堅不摧的，她要代表周慕寒撐起這一片天，可當周慕寒醒來的這一刻，她瞬間又是脆弱無比的，周慕寒不過一個暖暖的眼神看過來，她就不由得潸然淚下。

周慕寒哪裡見過白素錦當著他的面落淚，當即就急了，剛要動，就被白素錦給按住了肩。「身上帶著傷呢，動什麼動，不疼麼！」

「嚇到了？」包紮傷口時周慕寒醒過來一次，問了才知道白素錦昏了過去，如今人坐在身邊，瞧著臉色還透著憔悴，不禁握住她的手握了握。

白素錦點了點頭，拭乾了眼淚後讓人又燃了兩個熏籠送進來。周慕寒如今身上蓋著的雖然是蠶絲錦被，輕柔保暖，可背上刀傷嚴重，蠶絲被再輕薄，蓋在背上也難免有些不適。船艙不比家裡，可以裝著暖氣，不過好在地方小，多燃兩個熏籠，船艙內就能溫暖如春。

待感覺到船艙裡足夠暖和了，白素錦將周慕寒身上的被子蓋到腰腹的位置，整個背部露出來，僅著一件中衣，周慕寒頓時覺得舒服了兩分。

白素錦細細將自己的處理手段同周慕寒說了一遍，周慕寒靜靜聽著，臉上不知不覺浮上讚賞和自豪。「大將軍可還有什麼想要補充的？」

周慕寒搖了搖頭。「妳處理得很好，待咱們回了府裡，將那二人羈押入府衙地牢，嚴加看守，屆時全權交由劉從峰辦理即可，他知道該如何安排。」

白素錦應下，想到那兩個人的來歷，微微蹙眉。「背後主使人是誰，大將軍心裡可有猜測？」

「不外乎是那些自認為被我擋了路的人。」周慕寒示意雨眠到船艙外候著，壓低聲音說道：「皇上在御書房單獨召見我的時候透了口風，冊立太子的詔書很快就會公布，屬意的太子人選是……四哥。」

「四皇子？」白素錦驚訝。「不是說四皇子幼時傷了身子，體質病弱，受不得勞累嗎？難道是……」

白素錦說著、說著反應過來，莫非是扮豬吃老虎？

周慕寒看透她的想法，輕笑。「非妳想的那般，四哥幼時身體受損是真的，只不過沒有外人眼中的那麼嚴重罷了。而且，四嫂已經有孕，太醫診脈說是個男胎。」

白素錦。「……」宮裡人真會玩！

聽聞周慕寒醒了，軍醫那邊很快就送來了傷藥，藥方中加了一味安眠的藥材，周慕寒喝過後很快就有了睡意，白素錦守在床榻邊，等到他睡著了之後才放輕腳步走到一旁的躺椅上坐下，雨眠進來後看到她面色疲憊側躺在椅子上，輕手輕腳走到她身邊屈膝蹲下輕聲道：「夫人，不然您到早先歇息的船上睡一會兒吧。」

白素錦搖了搖頭。「無礙，身下的褥子夠厚實，我在這裡睡比較踏實。」

雨眠沒再多勸，待白素錦睡去後悄聲出了船艙，換清曉和清秋兩人守在船艙門邊，自己和夏嬤嬤商量著在船艙裡再加一張床榻。

所幸這兩日風平浪靜，行船平穩，周慕寒倒也沒遭什麼大罪，兩天後，他們在臨西萬順碼頭下船，周慕寒絲毫沒避諱，當眾被抬下船上了馬車。前方及兩側是騎兵開道，馬車以龜速一路駛進大將軍府。

馬車前腳進了大將軍府，後腳，一隻灰羽信鴿就從大將軍府後院飛了出去。

而白素錦手裡捏著一疊供詞臉泛青白，微微顫抖著手。

白大爺的死白素錦不是沒有大膽設想過，也懷疑到白三爺的頭上，可當確切的證據擺到眼前的時候，震怒絲毫不打折扣。

白大爺的死，竟然真的是白三爺買通翻雲寨的山匪動的手，至於原因，翻雲寨的那兩個山匪也不是傻的，除了索要一大筆銀子，更是派人跟蹤白三爺，免得被人反捅一刀。結果意外發現他與一名美貌女子關係甚密，更讓他們意外的是，那美貌女子同白家二爺的關係亦是親密非常，又緊跟著幾天後才恍然，那女子竟是白三爺安置在白二爺身邊的暗樁，而那個口口聲聲喊著白二爺爹爹的男童，實際上卻是白三爺的親生兒子。

白三爺買凶殺害白大爺的原因，翻雲寨這兩個人不過是拿人錢財，替人消災，具體的自是不知道。

至於這次暗殺周慕寒，他們也是從白三爺這個老主顧手裡接的生意，白三爺是不是最高一層的主使，他們就不得而知了。

果真是天理昭昭，白大爺的遇害白素錦查探許久苦無進展，沒想到竟然由刺殺周慕寒的案子裡牽扯出來，大白於世。

「這次的事，白明軒必定不會是真正的主使者，他沒有這麼做的理由，我想，應該是他背後的主子所為，至於具體是哪個，就要看白明軒的嘴有多硬了。」周慕寒將供詞紙抽了出來，握住白素錦的手捏了捏安慰她。「岳父大人的事，自有我給妳擔著，稍後妳想如何處置，隨便。」

先是遭遇刺殺，而後因為周慕寒受傷而寢食難安，如今又證實了這麼個鬧心的事實，白素錦是真的有些心力交瘁。雖說在這個世界裡她並沒有親身和白大爺相處過，但在這具身體的記憶裡，他是個極其稱職的父親、丈夫、兒子和兄長，尤其是對致力仕途的三房一家，可謂傾力支持。沒想到竟然養了這麼一群白眼狼，老子算計兄長、子女算計兄長唯一的血脈，簡直就是豬狗不如的禽獸！

若是饒過他們，簡直天理難容！

失去意識前，白素錦下定決心，必要用他們的血淚來告慰白大爺夫妻倆的在天之靈。

白素錦當著周慕寒的面生生氣暈了，這後果實在太嚴重，一陣兵荒馬亂之後，白素錦被安置在周慕寒趴著的床榻上，常神醫診脈後再三對周慕寒保證，她只是身心疲累過度暫時暈過去了而已，稍作休息之後即可清醒過來，不過她身體底子本就薄，應該更加注意休息和溫養。

著人跟著常神醫去抓藥，周慕寒看著近在咫尺陷入暈迷中的白素錦，恨得咬牙切齒，已經在心裡將那幫人反反覆覆殺死好幾十遍了。

等老子能下床，哼哼！

周慕寒重傷的消息一放出去，大將軍府門庭若市，每天無數波遞帖子探病的，統統被守在門房的林大總管擋了回去。其中包括白三爺。

白明軒直接走大將軍府的大門走不通，就將主意打到了白素錦的頭上，將白老太太擺了出來，不過藉口依舊那麼拙劣，稱病。

接到白家老宅的消息，白素錦想也沒想，直接讓夏嬤嬤回了——要照顧重傷的大將軍，回白府，沒時間、沒精力、更沒心情！

白老太太聽了前院管事的回覆，氣得摔爛了一整套青瓷茶具。「忤逆的混帳，不就是仗著那個如今傷得半死不活的大將軍嗎？若是這座大靠山熬不過這一關，看我到時候怎麼收拾那個賤丫頭！」

堂內伺候的婆子、丫鬟們紛紛低頭噤若寒蟬，權當什麼也沒聽見。

五天後，當周慕寒的背部已經徹底結痂，可以起身下床稍作走動的時候，劉從峰步履如風進了王府內院，求見大將軍。

半個時辰後，劉從峰從大將軍府出來，身後帶著一支三十人近衛高手，直撲城南小帽兒胡同一間小民居，埋伏至夜幕低垂後，白三爺及數名隨從還未來得及反抗，就被統統拿下，神不知，鬼不覺地押解回了大將軍府。

翌日，白家大少白宛廷與新晉白家三少白語昭接到了好友的邀請，先後趕往元味樓赴約，結果被守在那裡的大將軍府便衣護衛給弄了回來。

撫西大將軍府，地下庫房內。

一人高的圓身大鼎上牢牢綁著白明軒父子三人，而白明軒正對著的不遠處，周慕寒和白素錦端坐在花梨木禪椅上，一邊看著他們狼狽掙扎、嗚嗚亂叫，一邊從容不迫地喝著茶。

「來人，將白知縣嘴上綁著的布巾解開，他好像是有話急著說。」周慕寒淡淡開口。

白明軒嘴上一獲自由就忙不迭喊冤。「大將軍，下官冤枉，不知何處得罪了大將軍，竟然惹得大將軍如此對待?!」

白明軒平素就喜歡端著一副慈善父母官的模樣，即便是身處眼下這種境地，依舊勉強維持著表面上的鎮定。

周慕寒沒心情跟他浪費時間，直接示意劉從峰將人統統帶了上來。除了翻雲寨的兩個山匪頭子，還有兩名身著夜行衣的男人，他們是在夜闖府衙大牢的時候被當場擒住的。

之所以都留了兩個人，原因很簡單，如果只有一個人的時候，所有的突破點都集中在他一個人身上，只要他咬緊牙關不說，那麼他就處於不會被害及性命的狀態，可如果有了兩個人，且地位極為相近，那麼他們就從彼此最大的助力，變成彼此最大的威脅。

白明軒看到被押上來的那四個人後臉色登時青白交加，渾身的力氣被抽盡了似的靠在鼎壁上，眼底黯淡無光，一片死寂。

對於兩撥人的指證，白明軒當即供認不諱，但是卻矢口咬定他自己就是主謀。

白素錦起身，走到白明軒身前，問道：「我想知道，你為什麼要謀害我爹？」

白明軒牽強地扯出一抹苦笑。「為什麼要謀害大哥？我想應該是因為嫉妒吧……雖然是家中么小，可是爹對大哥最是偏心，明明我在學業上同樣優秀，可爹卻總是偏心大哥。明明是大哥自己放棄考學跑去經商，爹卻總是對我耳提面命，說什麼大哥是為了整個家、為了我才會捨棄功名仕途，待到我高中走上仕途，大哥已經富甲一方，所有人又都以為我的仕途是大哥拿他的臉面、他的銀子鋪就出來的。憑什麼？憑什麼我的努力、我的苦心經營總要籠罩在大哥的陰影之下，憑什麼?!我不甘心！所以，只有他消失了，我才能有出頭之日！」

「嘁！」周慕寒嘲諷地看著他，放下手裡的茶盞，幽深的雙眸裡滿是鄙視。「你有什麼好不甘心的？論詩書才華，孰高孰低你心中再清楚不過，居然口出狂言，妄敢同岳父大人相提並論，若本將軍沒記錯，岳父大人未從商前，已經是一幅字畫千百人求了，你呢？再說從官，我記得你會試當年，主考官應該是五皇子的親娘舅，時任禮部尚書的周大人，此後不久便爆出了科考舞弊案，周大人被革職查辦，隨後皇上恩准破例重考，白大人的名次堪堪三甲中段，若不是岳父大人託了關係給你打點，錦陽縣這等肥肉豈會落到你的頭上？你還不甘心，你有什麼好不甘心的？在本將軍眼裡，你不過是當了婊子還想立牌坊罷了，枉為讀書人！」

周慕寒毫不客氣的一番話將白明軒諷刺得臉色鐵青，多年來極力掩飾，甚至是自我催眠的事實被生生扯開，一時間胸口充斥著無盡的羞恥、憤懣和怨恨。

西軍糧草案後，周慕寒心裡就隱隱懷疑白明軒可能與京中勢力有所勾結，故而託人詳細打探了一番，如今看來必是如此，但至於具體是哪一派勢力，周慕寒仍不能確定，搞不好，也許是個多面派也不無可能。

但是有一點可以確定，不管是哪一派，必定與周景辰私下過從甚密。

「背後指使你刺殺我的人，是周景辰吧。」

白明軒看了周慕寒一眼，垂頭矢口咬定。「與其他人沒有關係，是我一人主使，雖然僥倖逃過了之前的官倉貪墨案，但是我知道，大將軍始終還在懷疑我、調查我，所以，我只好先動手。此事係我一人所為，與家人無關，請大將軍不要為難他們。」

「你僱人刺殺我的時候絲毫沒顧忌我的家人，你又憑什麼請我不要為難你的家人？」

白明軒身體一震，抬頭看向一直沈默不語的白素錦，神色間浮上幾分急切。「買凶殺害大哥是我罔顧人倫，是我罪該萬死，可是夫人，妳是白家的姑娘、是白家人，總不能眼睜睜看著他們受我無辜牽累吧？」

白素錦面無表情直視白明軒的雙眼，片刻後幽幽開口說道：「我當然能。」

白明軒臉色大變，聲音也變得急躁起來。「妳就不怕遭人詬病，說妳罔顧親人生死只顧自己榮華嗎?!」

「這就無須你這個買凶謀害兄長的人來教訓我了。」白素錦唇角扯出一抹冷漠的弧度。「更何況，你們三房一家若說無辜，怕是也就只有被逼離家求學的白宛和而已。白宛廷藉同窗之便，一手安排將林瓏安放到蘇榮身邊，又夥同白宛靜唆使林瓏以懷有身孕為名到白家逼得我怒極退婚，而後又設計蘇榮，從而白宛靜嫁入蘇府。對於嫁入蘇府一事，白宛靜，甚至是你，想取我而代之很久了吧，畢竟拐了個彎的姻親哪裡有直接的親家翁來得親密！哼，為了這個目的，你們還真是煞費苦心啊，甚至還動手欲將我除之而後快，落水重傷的那次也是你們動的手腳，我說的沒錯吧，三叔?!」

白明軒臉色一沈。「這些純粹是妳的臆測，並沒有切實的證據。」

白素錦漠然一笑。「莫說我有證據，就是沒證據又如何？單憑你謀害封疆大吏、親王世子的罪名，我若是想深究，你們就一個人也跑不了。結果既然相同，我又何必計較用的是什麼罪名?!」

「妳……」白明軒此時清楚地意識到，三房一家的身家性命算是牢牢捏在白素錦手裡了。

「怎麼，想說我心狠手辣不似我爹那般念及骨肉親情嗎？」白素錦起身從容踱步到白明軒近前，掃了眼綁在兩旁面如土色、渾身微顫的白宛廷和白語元，繼續說道：「和你這麼一個不忠不孝、不悌不義的偽君子、真禽獸念及骨血親情，我是怕我爹氣得九泉之下也不得安息。口口聲聲說是嫉恨我爹才會買凶殺人，到了現在這個時候你還在遮遮掩掩，可見在你自己心裡也知道丁氏和白語昭這對母子是多麼可恥的存在。」

「一派胡言！」

「唔！唔唔——」

聽到白素錦最後這句話，白明軒和白語昭反應劇烈，尤其是白語昭，前一刻還因恐懼戰戰兢兢，這一刻卻雙目怒瞪，恨不得撲上來撕人。

白素錦卻絲毫不受他們影響，鳳目淡淡掃過他們的臉。「我不過實話實說，你若要怪，也該怪身邊這位將你們母子置於這種境地的親爹才對吧。」
如遭雷擊一般，白語昭僵在當場。
白明軒氣得雙唇微抖，沈聲喝道：「妳這丫頭休要胡言亂語，丁氏和語昭身分再低，那也是妳二叔的妾室和兒子，豈容妳個外嫁的姑娘肆意羞辱！」
「是嗎？我倒是不介意在老宅所有人面前給三叔您和白語昭做一次滴血認親，看看你們的血是不是同樣也能相融。」
白明軒全身虛脫無力，癱靠在鼎壁上。
「在我爹面前你的自卑心由來已久，可為什麼不早不晚，偏偏是在那個時刻痛下殺手呢？讓我來猜猜，也許是他發現了丁氏母子倆的真實身分，抑或是你背後的那個靠山想要將白家勢力納入羽下為他所用，但是我爹拒不同意，所以，你要殺人滅口……」白素錦眸光如炬，身體微微前傾，湊近白明軒兩分，緩緩說道。「然後你就扶持二叔執掌白家，並在時機成熟之際將丁氏母子接入白府，再讓你的親生兒子白語昭取而代之，進而你就可以真正掌握白家，至於費盡心思讓白宛靜嫁入蘇家，怕是同樣別有深意吧？」
白明軒心中掀起沖天般的驚濤駭浪，臉面上終於維持不住鎮定，卻仍是沈默不合作。
「手裡沒些東西，也不會請你過來。坦白說，這一次，你是死定了，可是，是你一個人死，還是一家子人陪你作伴兒，這個決定權在你手裡。」
白素錦示意下，白明軒被人從鼎上鬆了下來，五花大綁後按跪在一旁，隨後，一行三人的侍衛開始往銅鼎裡填倒燒紅的木炭。

被縛在鼎壁上的白宛廷和白語昭劇烈掙扎，卻絲毫掙脫不了，白明軒斷然想不到他們會用這般殘忍的手段逼迫他，幾番死命掙扎未果後，只得拚命地給周慕寒磕頭，語無倫次地嘶聲求饒。

「求我沒用，你該知道，能救他們的，只有你。」周慕寒目送白素錦離開地下庫房，轉過頭來看著額頭血跡斑斑的白明軒，凜聲說道：「單憑你們算計錦娘的手段，我本是打算一個也不放過的，可惜錦娘執意給你個機會。我倒是希望你嘴巴緊一些，就是不知你會不會讓我如願？

「如果你想著就算你們都死了，以錦娘的性子，也不會為難白宛和，你白明軒的血脈也不會斷絕。那我勸你還是死心吧，只要你們一家子前腳都上路，後腳我就會稟明皇上，將白宛和過繼到岳父大人名下，從此他就是白家大房的子嗣，供奉的是岳父和岳母大人的香火。而你三房一脈的父子，謀殺皇族、殘害手足、貪墨舞弊、結黨營私，死後也不配進入白家祠堂享受白家子孫的香火供奉。」

如被最後一根稻草壓倒，白三爺癱倒在地上，耳邊充斥著兩個兒子悽楚的哀號聲，絕望地緊閉上雙眼，咬著牙一字一頓道：「我招，我全招！」

第四十章

周慕寒鐵血著稱，白三爺不過一介文官，還有諸多牽掛在身，落在他手裡是熬不了多長時間的。可讓白素錦沒想到的是，她從地下庫房出來還沒過兩刻鐘，周慕寒就回來了。

「這麼快？」

周慕寒輕嘲。「有所貪、有所求的人才會被人輕易拉攏，這種人，成也他們，敗也他們。」

欸，這話她竟然無法反駁！

「背後的那位到底是五皇子還是六皇子？」白素錦有些好奇。

周慕寒眸色一沈。「五皇子。不過，這次刺殺我的事，他是從周景辰手裡接到的命令。周景辰也是五皇子的人，一直充當著傳遞消息的角色。」

白素錦突然覺得房裡彷彿驟降了好幾度，下意識攏了攏衣襟。

不好，大將軍很生氣，後果估計會很嚴重。

白明軒的口供一錄好，周慕寒就讓人謄抄了一份，而後著人八百里加急送往京城，而他自己言簡意賅概括了一番，飛鴿傳遞早一步呈到皇上手裡。

白明軒父子三人不便秘密羈押太過久，翌日一早，總督衙門就張榜通告，臨西府錦陽縣知縣白明軒勾結翻雲寨山匪刺殺撫西大將軍兼川省總督周慕寒，已被緝拿入獄，擇日升堂審問。

此公告一出，全城譁然。

白明軒的嘴已經被撬開，白宛廷和白語昭翌日凌晨便被釋放，兩人驚魂未定，互相攙扶著踉踉蹌蹌好不容易才叩響了白府大門的門環。

於是，衙門的公告還未發布，白明軒入獄的消息，白家上下就已經都知道了。

想也知道白家一得知消息就會找上門來，白素錦早早讓夏嬤嬤做好待客準備，果不其然，沒過多久，門房過來通報，說是白家老太太和白二爺求見。

白素錦挑了挑眉，難得，白老太太竟然親自登門。

齊氏的性子是典型的窩裡橫，平日在白府裡以長輩自居慣了，可如今一站到撫西大將軍府巍峨肅穆的大門口，看到兩旁持刀佇立的值崗侍衛，不由得兩股戰戰，心生惶恐。

白二爺亦是初次踏進大將軍府，這個時候他們才真切地意識到，白素錦的身分已是今非昔比。

正武堂內，周慕寒陪著白素錦一同接待白老太太和白二爺兩人。

白老太太一見到白素錦便直接跪到了她面前，見白素錦和周慕寒臉色嗖的沈下來，一旁的白二爺登時額頭的冷汗就滑了下來。從府裡出來，一路上重複又重複地提醒，千萬不要給錦丫頭添堵，她可是白家唯一的救星和希望了。可話音這才落了多久，一個做人家祖母的長輩，竟然當面下跪，還說什麼不救出白三爺、不救白家就長跪不起，這不是赤裸裸的威脅嗎？

白二爺客客氣氣見過禮，伸手就去拉齊氏起身，可齊氏就是不起來，聲淚俱下唸叨著白三爺考學的勤奮艱苦，以及走上仕途後兢兢業業、造福一方百姓的同時，又給白家光耀門楣等等功績，指天畫地發誓白三爺是被人冤枉的，絕不會做出勾結山匪刺殺自家女婿的事來。

周慕寒最受不得這種市井潑婦般一邊嚎啕一邊唾沫橫飛的情形，未等白老太太喘口氣，當即大喝一聲道：「來人，送客！」

應聲門響，守在堂門外的兩名佩刀侍衛衝了進來，作勢就要將白老太太兩人拖出去。

嚎啕聲和哭訴聲戛然而止，白老太太目瞪口呆地盯著周慕寒，卻被對方一個冷眼嚇得錯開了視線，轉而想要賴上白素錦，卻發現她目光如水，平靜，卻沒有絲毫的溫暖和波動，看著他們的眼神，彷彿是陌生人一般。

就連憤怒也是沒有的。

白二爺看到白素錦那雙眼睛的時候就知道，大事不妙了。

他們今天來，賭的就是白素錦對白家殘存的那點親情。哪怕她此時是憤怒的，此行都尚有一絲希望，可惜，從那雙如墨般平靜無波的眼睛裡一絲一毫也看不到了。

三十年河東，三十年河西，當初大房沒落後，他們漠視、忽略，甚至是無視的這個丫頭，如今手裡握著的，卻是整個白家的生死存亡。

當真是人在做，天在看。

可總要盡了人事之後才能聽天命。

「大將軍請息怒，老太太也是一時情急，這才頭腦發昏慌了手腳，錦丫頭，妳且理解我們一次吧！」說罷，當即將齊氏給扯了起來。

白素錦看了周慕寒一眼，周慕寒雖不情願，但還是揮手屏退了兩名侍衛。

將兩人讓到座上，白素錦也沒心思委婉表達照顧他們情緒，直接開門見山將白三爺的口供總結概括說給他們聽。

白大爺的死，丁氏母子的真實身分，蘇家婚事的內情，對白家家產的盤算……一樁樁真相揭開後，白老太太幾乎坐不穩椅子，幾次險些從上面滑下來，而白二爺抓緊椅子把手的手指關節青白，若不是那椅子把手是實木做的，怕是早就被他捏碎了。

「這……這不可能！這怎麼可能……」白老太太彷彿被兜頭重重敲了幾下悶棍，懵得語無倫次，滿心、滿腦子裡都是難以置信的震驚。

「二叔，所謂家醜不可外揚，如今衙門的公告裡只提了三叔勾結山匪行刺朝廷重臣一事，這已經是我能為白家做的全部了。他先是殺害了我爹，間接害死了我娘，現在又要不利於我的夫君，莫說我做不到，就是我能做到，也不會為他求半句情！血債血償，他犯下的罪行、欠下的血債，必須要用血來償還！」白素錦看了看渾身顫抖的齊氏，又看了眼面色鐵青、身體僵直的白二爺，繼續說道：「我會盡力保全白家，但前提是，三房不再是白家的人。祖母和二叔莫怪我狠心，我與三房之間隔著一道血海深仇，老死不相往來已經是我能做到的最大的容忍。」

白老太太和白二爺被一系列真相打擊得幾乎無法思考，聽到白素錦的話也做不出什麼反應。無聲沈默了好一會兒後，白老太太顫顫巍巍出聲道：「我想見見老三……」

周慕寒毫不猶豫應下。白素錦表面上看來平靜得好似湖鏡，可是內心裡的憤怒和狂躁幾乎能掀起驚濤駭浪，白老太太和白二爺隔著一些距離，周慕寒就在她身邊，怎麼能忽略她隱在袖口裡緊攥著的微微顫抖的手。周慕寒現在只想做一件事——盡快把這兩個不速之客弄出府去，離白素錦越遠越好！

白二爺是相信白素錦的話的，白素錦沒有必要騙他，可不知為何，彷彿只有聽到白三爺親口承認，他才會真正相信這些殘酷到荒謬的事實。

聽到周慕寒同意他們去見白三爺，白老太太和白二爺決定眼下就跟著周慕寒一起去衙門大牢。

臨出正武堂時，白二爺忍不住回頭看了白素錦一眼，不知是否錯覺，他總覺得眼前這個錦丫頭似乎和以前大不一樣了，以前的錦丫頭同樣性子剛強倔強，對白家其他人冷淡疏離，可還是能看出來她對白家的心繫和顧念，可如今的錦丫頭，面對他們的時候，竟然絲毫不見一絲溫情，反而透著股隱隱的殺意，驀地讓人心生戰慄。

不過也難怪，隔著血海深仇，遷怒到白家全府也是人之常情。

白二爺此時不敢不將白素錦的話放在心上，他毫不懷疑，若是再執意袒護三房，整個白家都會給他們陪葬。

驀地，白二爺就想到了執意分家出去的白語元。

待出了大將軍府的大門，白二爺眼裡已經恢復了清明，當然，心裡也有了決斷。

「姑娘，老爺和夫人的大仇終於得報，相信他們在九泉之下也會瞑目了，您切不可為此折損心神、傷了身子，這樣老爺和夫人會不得安心的。」夏嬤嬤將白素錦扶到裡次間的軟榻上，在她身後塞了個大迎枕倚著，清曉有眼色地遞上來一碗溫熱的補湯。

白素錦剛剛是真的被白老太太那一跪氣到了，刺殺之事擺在眼前，白老太太竟然還想用長輩、孝道來脅迫自己，還真是被慣壞了！

白素錦真是感激周慕寒及時將那兩人給弄走了，不然再共處一室幾分鐘，自己可能就要控制不住，發飆了。

白素錦平復了一會兒，眼不見為淨，只要他們不在眼前添堵，白素錦的理智和冷靜很快就回來了。

冤有頭，債有主。不放過三房，那是因為除了曹姨娘所生的庶子白宛和，三房就沒一個值得被寬恕的人。至於白家其他房，白素錦從來沒想過要怎麼為難他們，父親一手開創出來的家業旁落白二爺之手，那是大房沒有男丁，兄無弟即，這是這個社會的規則，至於他們對白三姑娘、對自己的無視和旁觀，人家也不是妳親爹、娘，不過是個叔叔而已，關心妳是情分，不關心妳也不是罪過，白三姑娘在的時候想得通達，放到自己身上，白素錦更是不屑糾結。

白素錦不想讓白家就此沈寂，一來白家其他人過不至此，二來也是有著私心，雖說脫離了白家自己也能創出一片富庶的家產，可是在當下的社會裡，娘家家勢再低微，也總比沒有得好，更何況，白家也不是全然沒有可以扶持的潛力人選。

能借的勢，白素錦絕對不會浪費。

最重要的是，白家是白大爺繼承父志一手打拚經營出來的，是他畢生的心血，白素錦不想也不願意放棄。將白家託付給最值得託付的人，然後自己從旁扶持，看著白家登上一個新的高度。或許，只有這樣，才能給白大爺、大夫人和白三姑娘一個回報，自己才會安心。

「夫人，二舅爺過來了。」雨眠在簾子外說道。

白素錦這會兒已經平復得差不多了，聽聞白語元來了，忙起身回道：「請到茶室，我稍後就到。」

白語元入府這會兒衙門的公告還沒有發布，白素錦讓雨眠和清曉她們在茶室門口候著，直接將一份謄寫的白明軒的供詞遞給了白語元。

因為之前白素錦落水受傷、白、蘇兩家婚事再三波折，以及丁氏母子時機恰好的出現，白語元經過白素錦的提示已經對三房有所質疑，只是可利用資源有限，調查的進展並不明顯。

可儘管有一定的心理準備，當確切的供詞擺在眼前的時候，白語元震撼得無以復加。關於大伯父的死，白語元始終覺得並非意外那麼簡單，他甚至懷疑過自己的親爹，可萬沒想到竟然會是受大伯父最為照拂的三叔！

還有三房一家對白素錦的重重算計，為了取而代之同蘇家結為姻親，竟然不惜害她性命。

更遑論結黨營私、貪贓枉法、舞弊軍糧、買凶行刺皇親貴胄、朝廷重臣……一樁樁、一件件，都是罔顧人倫、喪心病狂的不赦死罪！

向來鎮靜如白語元，待看完整份供詞後，雙手竟然微微顫抖，臉色慘白如紙，心跳如鼓，腦中一片慌亂。

白三爺所犯的大罪，大將軍若是追究起來，必定會龍顏震怒，屆時判個滿門抄斬也不為過。

「二哥，喝盞茶吧。」

聽到白素錦的聲音，白語元從惶然中回過神，看到她溫潤如墨玉般的雙眼，登時沈穩下心神。若是真想棄白家於不顧，白素錦根本就不會這個時候請自己來，並如實告知自己實情。

「多謝三妹在此種情況下還願意顧念家裡，為兄慚愧！」

白素錦抿了抿唇角，沈吟片刻後緩聲說道：「二哥，若我說此時只有將三房逐出家門才得以保全白家，你可願意承受被人詬病？」

白語元訕笑。「殘殺兄長、謀害姪女、行刺皇親重臣、貪贓舞弊……如此罔顧人倫，不忠、不孝、不悌、不仁、不義的人，逐出家門何錯之有？該無顏示人的是他們！我覺得愧對的，絕不是在這個時候逐他們出門，也不是外面的流言蜚語，而是妳和大將軍，還有那些因為他而受害的將士們……」

擁有除族權力的只有家主，白素錦問出這句話的時候，就表示了她所承認的白家家主是白語元。白語元自然領會得到，做出回應的同時，也表示了他拿下白家家主的決斷。

送走白語元時，衙門的公告已經張貼出去，很快消息傳遍全城，一時間大街小巷議論的都是白家可能即將遭受滅門的命運。

白家老宅。

白老太太和白二爺不知道自己是如何從府衙大牢出來回到家的。白明軒對所犯之罪供認不諱，白老太太當即癱坐在大牢潮濕的地上，嚎啕大哭。這個她最期待的兒子，不僅殺害了他的親兄長，還將白家上上下下一起拉上了死路，沈重的失望、絕望和悲愴鋪天蓋地壓下來，白老太太只覺得天都塌了下來。

白二爺雖文不成，武不就，可打小被白大爺幫扶著，並未真正受過什麼苦，憑著油嘴滑舌又頗得老太太歡心，即便主掌了家業，實際上更像是個甩手掌櫃，虧得白大爺當年留下了一批靠得住的管事們。

如今遭逢突變，家中頓時連個主心骨都沒有，二房人心惶惶，三房更是哭嚎不斷。白二爺回府後第一件事就是將丁氏母子攆到了三房的院子，余氏跪在老太太房門口哭得幾乎肝腸寸斷，哀求老太太和白二爺救救白三爺。

白老太太本就一口老血堵在心口，如今又聽到余氏在門外嚎哭不止，既怒又急，一下子就暈厥了過去，嚇得屋裡伺候的婆子和丫鬟們又是跑去請郎中，又是掐人中急救，偏偏余氏又衝進來對著暈倒的老太太哭得越發淒慘，白二爺見狀直接命人將余氏給架了出去，陪著余氏同來的白大少白宛廷見狀，同架著余氏的下人撕扯起來。

白語元一踏進福林院，入目的就是這樣一幅人仰馬翻的場景。

看到白語元出現，白二爺驀地眼睛一熱，心裡一下子就踏實了兩分。

將余氏和白宛廷請出福林院，盯著郎中給老太太看過診，又將府裡的下人們聚到一起訓了頓話，白語元這才有時間喘口氣、喝口茶。

清溪園內，二房一家人齊聚一堂，就連懷孕近八個月的蕭氏也被接回了府。此時，所有人都難掩焦慮、恐懼地看著白語元，向來倨傲的白語年戰戰兢兢地問道：「二哥，咱們現在該怎麼辦？」

年前清肅大案之後，朝廷論功行賞，白語元因為募糧兩千石而被恩賞稅半，恒豐糧行更是被賜予了御筆親題的「義商」金匾。那時候大家才知道，白語元同白素錦之間的關係並非表面上看來的那般疏離。

這個時候，在白家人的眼裡，白語元恐怕是唯一能在白素錦跟前說得上話的人，也是白家唯一的、最後的希望。

「我想請爹您將家主的位置交給我。」白語元也不贅言。「而我當上家主的第一件事，就是要將三叔一房逐出白家，從族譜中除名。」

一時間，堂內寂然無聲，只聽得見淺淺的呼吸聲。

妻兒齊聚的目光中，白二爺咬了咬牙，點頭。「好，一切按你說的辦。」

事不宜遲，既然做了決斷，翌日一早，在白二爺支持下開了祠堂，請了幾方見證人，將白家家主的位置正式傳給了白語元。

白語元剛接下外人眼中前途未卜、風雨飄搖的白家，當即就使用家主權力，將白明軒一房人從族譜中除名，逐出白家！

一時間全城再度譁然。

有人說白家是斷尾求生，不顧親情將白家三房拋了出去；也有人說白家三房自作自受，白家其他人為求自保也沒什麼錯，總比硬撐著最後全家陪葬得好……

外面眾說紛紜、風言風語，白家被置於風口浪尖之上；府內，三房撒潑耍賴，死活不肯接受被逐出家門的事實。

清溪園內，白語元冷眼看著怒髮衝冠的白宛廷、哭得幾乎暈倒的余氏、躲在人後畏畏縮縮的丁氏、和眼底隱忍中透著股恨意的白語昭，忽而唇邊扯出一抹滲著殘忍的冷笑。「殺人償命，血債血還，這宅子、這家業是大伯一手開創出來的，你們的夫君、父親卻為了自己的野心、私欲買凶殺兄，而你們，還不知廉恥地算計大伯唯一的血脈，甚至不惜置她於死地，你們有什麼臉、有什麼權利住在這裡，享受白家的銀錢供養?!

「你們不想離開白家是嗎？好，兩條路，要麼繼續留在白家，到時候白府舉家上下受罪。當今聖上仁德，我們這些人也就是家產被封，重新白手起家，而你們三房上下都要全部連坐受死。要麼你們離開白家，屆時冤有頭，債有主，你們自然也要為自己所犯下的罪過遭到懲罰，但是起碼能保得住命。」

白語元冰冷如刀的視線一一掃過眼前的幾個人，漠然說道：「給你們一天時間考慮，明日一早，我就去大將軍府回話。」

余氏驚得忘記了哭嚎，茫然地看著白宛廷。

「你能保證我們離開白家後就能保住性命？」白宛廷不甚信任地問道。

白語元嘲諷地挑了挑唇角。「事到如今，你只能相信，沒有質疑的權利。」

白宛廷只覺得心底湧出洶湧的恥辱和憤怒，這個一向被自己打壓著沒什麼存在感的堂弟，如今卻敢騎到了自己的頭上，甚至左右著自己的生死、命運，這對自視甚高的白宛廷來說無疑是奇恥大辱。

可是，生死攸關之際，白宛廷也只能用「大丈夫能屈能伸」、「君子報仇，十年不晚」

諸如此類的話來自我安慰了。

說是給你選擇的餘地，實際上為了求生，哪裡還有第二條路走。翌日一早，三房給出決定——離開白家。

白語元也不是決絕之人，按照白老太爺去世之時的家產狀況，給了三房五百兩現銀，以及城外一處用銀子折算得來的小莊子，莊子裡有處兩進的小宅子，和三十畝田。

白家這邊還有白語元這個一線希望在，遠在千里之外的京城，榮親王府卻沒有這個幸運。

文宣帝一接到周慕寒的飛鴿傳書，當即震怒之下砸了御書房的好幾對寶瓶，氣息還未平穩就命福公公傳來禁軍統領，直接上門將周景辰抓捕後打入宗人府大牢，同時令福公公親自去宣榮親王同杜王妃進宮面聖。

周景辰還沒等到消息傳回就被破府而入的禁軍給抓走了，杜王妃驚魂未定，差人火速前往聆音閣尋了榮親王回來。榮親王前腳剛進府，後腳福公公就到了，等到了太后宮裡，剛踏進偏殿，一個白玉茶盞就嗖的飛了過來，精準地砸在了杜王妃的胸口上，滾燙的茶湯在精緻昂貴的錦衣上暈染開來。

榮親王和杜王妃當即跪在殿門口，在霍太后的震怒之下被壓抑得甚至不敢抬頭看上一眼。

沒人知道當天太后的偏殿裡到底發生了什麼事，殿門緊閉，福公公和桂嬤嬤守在門口，百米之內閒雜人等一律不得靠近。

近一個時辰後，殿門被推開，榮親王臉色鐵青、神色頹然地兀自走在前頭，絲毫不顧及身後的杜王妃能否跟得上。

杜王妃面如死灰跟在後面，腳步虛浮蹣跚，眼睛似乎失去了焦點，同來時相比，彷彿一個時辰之間老了十幾歲。

看著兩人離開的背影，福公公和桂嬤嬤相視一眼，不約而同搖了搖頭。

周慕寒接到宮中的飛鴿傳書後翌日，衙門公開審理錦陽縣知縣白明軒勾結翻雲寨山匪行刺當朝撫西大將軍、榮親王世子，並於多年前買通這夥山匪謀害了白家前任家主白明啟。

圍觀堂審的臨西府城百姓將大堂外堵得水泄不通。

案件由省按察使馮大人親自主審，作為受害者及受害者家屬，周慕寒和白素錦從旁聽審，白家現任家主白語元也坦然露面，在堂外人群前觀看了全部過程。

公堂之上，白明軒對所犯罪行供認不諱，在供詞上畫押後，按察使馮大人當堂宣判——白明軒身為朝廷命官，公然勾結山匪殘害兄長、行刺當朝大員，徇私枉法、舞弊軍糧，罔顧人倫、藐視法紀、泯滅人性，實為律法所不容、人性所不齒，判斬立決，三日後於東市由周慕寒親自監斬！

與此同時，白明軒一脈子嗣，五代之內，男子不得參加科考，女子不得與四品以上官家結親。白宛廷當堂被革除功名，永生不得再入仕途。

這場轟動一時的行刺案隨著白明軒的東市問斬基本上落下了帷幕。半個月後，京城傳來消息，榮親王府大公子周景辰結黨營私，主使臨西府錦陽縣知縣白明軒刺殺榮親王世子周慕寒，經宗人府調查、審問後，皇上親下判決，斬立決；榮親王與杜王妃教養不力，榮親王降爵為榮王，並罰俸三年；榮親王王妃貶為側室，並罰去京郊法華寺思過一年。

短短月餘之內發生的事，足夠臨西，乃至整個大曆的百姓茶餘飯後閒聊上一年甚至幾年的了。

又過了近半個月，也就是二月末的時候，周慕寒接到了來自霍太后的家書，信中大部分是細細碎碎的叮囑，末尾提到，皇上已經在早朝正式公布冊立四皇子慕延為太子，很快冊封太子的文書將會發到各省的總督衙門，與此同時，五皇子和六皇子被調離原先的職務，安排了閒差，逐漸被架空喪失了實權。

自古儲位之爭便是成王敗寇，最後能混份閒差，將來做個閒散王爺，已經是恩賞之外的恩賞，若是再不識時務，那就只能是自己作死了。

收到霍太后的家書後沒兩天，京城廣安街外宅的呂管事也送了書信過來，信中更加詳細地說了王府內的情況——當日聖上命禁軍到王府捉拿了周景辰，太后娘娘隨後急召王爺和杜王妃入宮。從宮中回來後，王爺大發雷霆，將芙蓉苑的畫堂打砸一番後拂袖而起，去了聆音閣，而杜王妃懇請王爺未果後，四處託關係欲往宗人府探望羈押中的周景辰，卻處處碰壁，走投無路之下，杜王妃只能求見太后娘娘，幾番遭到拒絕後，她竟然頭腦一熱，直接跪到了宮門口，聲稱見不到太后就絕不起身。
新怨加舊恨，霍太后早對杜王妃不待見，不主動尋她麻煩就應該躲在王府裡偷著慶幸了，如今卻上趕著送上門來找死，霍太后自然不會辜負她，任憑杜王妃在宮門外一直跪著。心知太后這次是真的鐵了心，可杜王妃這會兒已是騎虎難下，說要跪到太后見她為止的是她，若是自己走了，惹得太后更加不痛快不說，更是食言無信。
於是，杜王妃只得硬著頭皮跪著，眼看日色西沈，隨行大丫鬟在杜王妃的示意下回府找榮親王解困，結果榮親王此時壓根兒就不在府裡，最後還是在聆音閣尋到的人。
聽了大丫鬟的稟告，榮親王立刻進宮，在宮門口見到跪在一側身體搖搖欲墜的杜王妃時，生平第一次沒有絲毫憐惜和心痛，只有對她愚蠢和衝動的怨責。
進宮見了太后，免不得又遭到了一番嚴厲的訓斥，出來後，榮親王是堵上添堵，示意隨行的丫鬟們趕緊扶著杜王妃回府，免得丟人現眼。
杜王妃回府後就病倒了，病勢來得迅猛，很快就起不來床了，周景辰被問斬當天她勉強爬起來去法場見了他最後一眼，回府後人就陷入了昏迷，太醫幾次下了病危，沒想到杜王妃生命力頑強，五天後醒了過來，沒死成。
另外，呂管事在信尾提到，杜王妃，哦，側夫人杜氏原先給三小姐相看的定遠侯府的婚事已經吹了。
「三小姐的婚事，以後怕是要讓王爺和側夫人多費心了。」想起數次見面對周嬌的印象，白素錦感慨道。

周慕寒將看過的信紙扔進香爐，淡淡說道：「心比天高，命比紙薄。」

白素錦。「……」竟然無法反駁，大將軍的嘴巴是越來越毒了……

儲君已立，五皇子、六皇子的黨羽或翦除、或沈寂，朝中局勢漸次明朗、清穩。周慕寒兩次三番奏請下，新任川省總督終於走馬上任，周慕寒卸下一半的重任，除了處理一些日常軍務，大部分精力都用在了水堰工程上。

白素錦也一下子變得忙碌起來。

當日在京城時，許大爺允諾給白素錦的那批家生子織工已經從錢塘到了臨西，一行二十四人，被妥善安排在了小荷莊一處單獨的院子裡。

織坊裡，二十四個織工每人面前一臺簡便的平紋木機，專為緙絲所用。織機上已經安裝好原色生蠶絲的細經線，經線下襯著一幅裝裱工整的春江圖，織工們手握毛筆，透過經線，將春江圖的彩色圖案描繪在經線面上。之後，她們將使用裝有彩色熟絲的小梭依據花紋圖案分塊緙織。

緙織使用本色生蠶絲為細經，彩色的熟絲為粗緯，通經斷緯，以緯緙經，使得只顯彩緯而不露經線，織成後，彩緯充分覆蓋在織物上部，完全不會因為緯線收縮而影響畫面花紋的效果。更神奇的是，緙織的成品花紋，正反兩面如一，負有雙面立體之感。

緙織成品之所以有「一寸緙絲一寸金」的盛名，除了因為其製造過程細緻之極，摹緙常常勝於原作，極具欣賞性，更重要的是緙織工藝對織工的要求極為高，不僅需要織技高超，還需要有一定的藝術造詣。這也是為什麼致用堂不惜重金聘請書畫先生的重要原因。

俗話說：「十年樹木，百年樹人。」

白素錦不是沒聽到街市間的風言風語，同行中也有不少人背後嘲笑她發瘋，可她由始至終都保持沈默，聽而不聞。

花練也好，錦緞也罷，只要有工藝，以及技術相對熟練的織工，都能完美複製生產，可緙織卻完全不同。一個沒有藝術功底的織工，即使織做技術再高超，也摹緙不出與原作同等水平、甚至是勝於原作的成品來。

無論哪個時空，唯有人才是不可辜負的！

西軍兵器營的工師已經將第一批火藥配製完畢，按照定量分裝後派專隊押送出大營，直送玉屏山。

周慕寒將緊隨其後親赴工事現場監督，臨行前，白素錦特意請常神醫過府來給周慕寒診脈。傷後療養不足兩個月，常神醫眉頭蹙得簡直能夾死蒼蠅，但廬江水堰事關無數黎民百姓福祉，工事伊始，周慕寒不親自到場怕是要鎮不住場面。

「切不可整日待在船上，你現在的身體最受不得濕冷之氣，吃食上也要注意，多用些暖湯，不要總是啃乾糧湊合，我多備了幾套保暖的衣物給你，一定要及時添加，別起早貪黑的，常神醫也說了，睡眠充足一些對你的傷勢有好處……」

送走常神醫，白素錦一邊親自給周慕寒整理箱籠，一邊不厭其煩地細細囑咐著，猛然意識到自己好像囉嗦太多，忍不住抬頭看向坐在一旁的周慕寒，目光觸及的剎那，白素錦恍然失神。

周慕寒就那麼靜靜坐在椅子上，無比耐心地聽著她一遍遍唸叨，眉眼舒展，臉上的笑意愜意柔和，無比享受一般。

這一刻，白素錦難以壓抑心底湧上的五味雜陳之感，放下手中的衣物走上前去，輕柔地擁抱住這個跟著自己一同改變的男人。

「再給我幾年時間。」周慕寒將臉頰埋在白素錦肩窩，低聲道。「等水堰建成，我就能多些時間陪著妳。」

白素錦緩緩收緊手臂，輕聲回道：「好。」

即便不能日日相守，即便還有很多未完的事要去籌謀、很多不安分的人要去算度，白素錦卻覺得自己的心從未有過的踏實、安定。懷抱中的這個男人雖然不曾說過那些海誓山盟的誓言取悅自己，但白素錦堅信，他是個值得託付所有之人。

這樣就夠了，她要的就是這麼多。

——全書完

2016年3月出版

必求良媛

文創風 386～387

出逃這件事，不就是求低調、求平安嗎？
為啥她會惹上這位難纏的公子！
她家的飯再好吃，他也用不著天天來報到吧……

萌愛無敵　甜蜜至上／林錦粲

意外當選穿越史上最悲催的公主，周媛著實相當無奈，
沒人疼、沒人愛，竟然還被昏君老爹塞給奸臣當兒媳。
天啊……奸臣造反之心路人皆知，她才不要當倒楣的棋子呢，
與其坐以待斃，不如包袱款款落跑吧！
逃出大秦皇室的牢籠，隱身揚州點心鋪，周媛的美味人生正式展開，
生意紅火得訂單接不完，還招來出自名門、人見人誇的謝家三公子。
但周媛深刻覺得，這謝希治根本是披著君子外皮的腹黑吃貨！
天天上門蹭飯，硬拉她組成嚐遍美食二人組，有好吃的就是好朋友，
又打著教授才藝的名號登堂入室，搞得她家忠僕齊心想把主子給賣了。
唉唉，不管是落跑公主，還是市井小娘子，她都惹不起這位公子，
眼看曖昧之火越燒越旺，澆也澆不滅了，該怎麼辦才好哪……

2016年2月出版

醫諾千金

文創風 381~385

換個位置，當然要換個腦袋！
過去她出身傭兵團，被迫殺人不眨眼；
如今她晉升女神醫，自然救人不手軟！
怎奈高明醫術竟令她陷入難以抉擇的情網中，
這下神醫也救不了自己了……

步步為營　字字藏情／清茶一盞

前世她是個孑然一身的女殺手，為了生存，只能讓雙手沾滿血腥，
不料穿越後，她竟成了夏家醫堂的三房千金夏衿，
不但祖上三代懸壺濟世，還多了雙親疼愛，享盡不曾有的天倫之樂，
怎奈日子雖與過去天差地別，卻不代表從此和樂美滿，
皆因原先的夏衿雖體弱多病，但不至於喝了碗雞湯就香消玉殞，
如今平白無故死了，在曾為殺手的她看來，其中必有蹊蹺！
偏偏這大門不出、二門不邁的小嫡女能惹上什麼仇家？
最可疑的，便是那鎮日與三房為難作對的大房了，
這不，她才剛釐清真相，又一堆烏煙瘴氣的糟心事接踵而來，
不巧他們這回的對手，不再是過去的軟弱小姑娘，
她要讓大房知道——既然有膽招惹，就別怪她不客氣！

流浪貓狗介紹所

為流浪貓狗加油 和貓寶貝 狗寶貝 廝守終生(一定要終生喔！)的幸福機會

對人來說，貓寶貝狗寶貝只是生活的一部分，
但妳（你）對牠們來說，卻是生活的全部，領養前請一定要考慮清楚——

▲ 擁有燦爛笑容的可愛女孩Ruby

性　　別：女孩
品　　種：米克斯
年　　紀：3歲
個　　性：親人、親狗；不會護食，會坐下指令；
　　　　　不會亂叫，會自己進籠內
健康狀況：已結紮；已施打狂犬疫苗及七合一疫苗；
　　　　　四合一、血檢都過關
目前住所：新北市淡水區
本期資料來源：台灣認養地圖

『Ruby』的故事：

Ruby在幼犬時期就被送進五股收容所，當時Ruby和她的兄弟姊妹都不慎染上犬瘟，唯有Ruby撐了過去，存活下來。沒想到這麼一待就是三年的光陰。

Ruby個性很好，許多假日會去收容所幫忙的志工都很喜歡她，大家都認為她的笑容十分燦爛，於是將她取名為Ruby，在法文中是「紅寶石」的意思。

去年的十二月初，我接到五股收容所長期志工的通知，Ruby因為在收容所待的時間太久，所以要被轉介至更偏遠的瑞芳收容所。

當下得知這個消息，毅然決然把她接出來，在朋友的幫忙下將Ruby安排到寄養家庭生活。

Ruby的寄養家庭是由一位單親媽媽跟三個就讀小學的小朋友組成，他們也都很喜歡她，卻因為家庭、經濟因素不能長久照顧。

寄養媽媽說，Ruby是一個活潑調皮的女孩，經常在大家出門上班、上課時跑去偷翻垃圾桶。回家後唸她，Ruby又會一臉無辜地撒嬌，一副壞人不是她的樣子，把責任都推給寄養家庭本來養的老瑪爾濟斯身上，真是讓人又好氣又好笑。

希望這樣活潑又可愛的Ruby能夠找到適合她的主人，一同分享她的活力，體驗未來充滿朝氣的生活，我相信，這一天一定會到來！如果你/妳願意給Ruby一個溫暖有愛的家，歡迎來信carolliao3@hotmail.com(Carol 咪寶麻)，主旨註明「我想認養Ruby」，謝謝大家。

認養資格：

1. 認養者須年滿25歲，有獨立經濟能力，並獲得家人、同住室友或房東的同意。
2. 認養前須填寫問卷，評估是否適合認養。
3. 須同意簽認養寵物切結書。
4. 同意送養人日後之追蹤探訪，對待Ruby不離不棄。

來信請說明：

a. 個人基本資料：姓名、性別、年齡、家庭狀況、職業與經濟來源等。
b. 想認養Ruby的理由。
c. 過去養寵物的經驗，及簡介一下您的飼養環境。
d. 若未來有當兵、結婚、懷孕、畢業、出國或搬家等計劃，將如何安置Ruby？

商女高嫁 下

國家圖書館出版品預行編目資料

商女高嫁 / 輕舟已過著. --
初版. -- 臺北市 : 狗屋, 2016.03
冊 ; 公分. --（文創風）
ISBN 978-986-328-566-3（下冊：平裝）. --

857.7　　　105000274

著作者	輕舟已過
編輯	王佳薇
校對	林安祺　沈怡君
發行所	狗屋出版社有限公司
地址	台北市104中山區龍江路71巷15號1樓
電話	02-2776-5889～0
發行字號	局版台業字845號
法律顧問	蕭雄淋律師
總經銷	知遠文化事業有限公司
電話	02-2664-8800
初版	2016年3月
國際書碼	ISBN-13　978-986-328-566-3
原著書名	**《重生之锦书难托》**，由北京晉江原創網絡科技有限公司授權出版

定價250元

狗屋劃撥帳號：19001626

網址：love.doghouse.com.tw　E-mail：love@doghouse.com.tw